Der bessere Luther

***Tempora mutantur, nos et mutamur* in illis.**
(*Ovid*)

(Die Zeiten ändern sich, und wir ändern uns in ihnen)

For the times they are a-changin'

Come gather around people, wherever you roam
And admit that the waters around you have grown
And accept it that soon you'll be drenched to the bone
If your time to you is worth savin'
Then you better start swimmin' or you'll sink like a stone
For the times they are a-changin'

(*Bob Dylan*)

Ulla Wokkel

Der bessere Luther

Urlaub mit Krimi

Bibliografische Information der Deutschen Nationalbibliothek:
Die Deutsche Nationalbibliothek verzeichnet diese Publikation in der Deutschen
Nationalbibliografie; detaillierte bibliografische Daten sind im Internet über
http://dnb.dnb.de abrufbar.

TWENTYSIX – Der Self-Publishing-Verlag
Eine Kooperation zwischen der Verlagsgruppe Random House und BoD – Books
on Demand

© 2017 Ulla Wokkel

Herstellung und Verlag:
BoD – Books on Demand, Norderstedt

ISBN: 9783740731588

Cover:
KH Briksteen (Montage von eigenem Foto + Foto wikipedia.org/wiki/Wartburg
+ Julien Dupre, The Shepherd.
http://www.oelbild.de / Kuenstler/ Bilder/Gemaelde/Julien--Dupre.htm

Inhaltsverzeichnis

Personenverzeichnis

Teil 1   Thüringen (Frühsommer 2014)

1 Ein feste Burg	1
2 Aus tiefer Not schrei ich zu dir	20
3 Beweis an uns dein große Gnad	31
4 Alle Welt, die freue sich und sing mit großem Schalle	56
5 Bey Gott ist viel mehr Gnaden	70
6 Erbarm dich deiner bösen Knecht	82
7 Selig sind die Friedfertigen	102
8 Der Herr ist mein Hirte	123
9 Wolle Gott uns gnädig sein	144
10 Der Balken im eigenen Auge	158
11 Du sollst nicht töten zorniglich, nicht hassen noch selbst rächen dich	179
12 Mitten wir im Leben sind mit dem Tod umfangen	200
13 Der werfe den ersten Stein	220

Teil 2 – Teneriffa (Winter 2014 /2015)

14 Nuestra Señora de la Candelaria	227
15 La Esperanza	249
16 Dedo de Dios - Der Finger Gottes	265
17 Es steht bei deiner Macht allein die Sünden zu vergeben	282

Personenverzeichnis

Familie Briksteen-Wokkel
KH – Karlheinrich Briksteen, verheiratet in zweiter Ehe mit
    Ulla Wokkel
Nils - sein Sohn
Kathi (Katharina) - seine Schwiegertochter
Franziska, genannt Franzi oder Fränzchen - achtjährige Enkelin
Emma - eineinhalb Jahre alt, Enkelin
Ulla Wokkel - verheiratet in zweiter Ehe mit KH Briksteen
Björn - Sohn Ullas
Dominic, genannt Domi - Enkel von KH und Ulla
Hubert - Ullas Ex-Ehemann

Eisenacher Festkomitee zur 500jährigen Reformationsfeier
Luther - Ludwig Suchanek, genannt „der bessere Luther"
Marko Pape - katholischer Priester in Eisenach
Felix Schalbel - evangelischer Pfarrer in Eisenach
Thomas - Musiker
Ivi - junge Unterstützerin Luthers und zugleich Mitglied einer
    kirchlichen Jugendgruppe
Sven - Kellner, Freund von Ivi, ebenfalls Mitglied der kirchlichen
    Jugendgruppe
Ben - Freund von Ivi, wie sie Mitglied der kirchlichen Jugend
    gruppe

Hotelpersonal
Andrea Schmiddes, geb. Schmale - Rezeptionistin im Wartburg-
                    Hotel und Mitglied des Festkomitees; Tochter
                      von Erika Schmale
Monika - Angestellte im Wartburg-Hotel und im Eisenacher Hof
Mutter von Sven - Inhaberin eines Landgasthauses

Luthers Familie
Luthers Mutter - Kriegswitwe (verwitwete Suchanek), Flüchtling
                  im 2. Weltkrieg aus dem Sudetenland, hat nach
                  dem Krieg Erwin Schmale geheiratet, einen
                  Verwandten des Gutsbesitzers Schmale
Magda Schmale - zehn Jahre jüngere Schwester von Luthers Mutter; hat einen
                        jüngeren Bruder ihres Schwagers Erwin Schmale geheiratet;
                        jetzt verwitwet
Erika Schmale - Halbschwester Luthers; Tochter von Luthers Mutter aus 2. Ehe
                    mit Erwin Schmale

Gerda   - Ivis Mutter, Erbin des Gutshofs Schmale

Sonstige:
Brüder Löb – ein Bauunternehmer und ein Tierarzt in Eisenach
Monsignore Emilio Pirulli
Thüringischer Innenminister
Regionaler Polizeipräsident
Kamerateam des WDR – eine Reporterin und ein Kameramann
Touristen, Polizisten, Neonazis, weitere Mitglieder des Festkomitees und der kirchlichen Jugendgruppe

Teil 1 Thüringen (Frühsommer 2014)

1 Ein feste Burg

Als kurz nach Eisenach die Wartburg über ihnen auftauchte, entstand rege Betriebsamkeit im vorausfahrenden Auto, dessen Rücksitz mit Taschen, Plüschtieren, Kuscheltüchern, Bilderbüchern, CDs, Wasserflaschen, Bananen, Lakritz-Schnecken und zwei Enkeltöchtern vollgepackt war. Köpfe reckten sich, Finger zeigten nach oben und plötzlich sauste das rechte hintere Seitenfenster hinunter. Ein schmaler Kinderarm im rosa Pullover malte bizarre Zeichen in die Luft.
Sicherheitshalber drosselte KH das Tempo des nachfolgenden Jaguars. „Was soll das denn?", fragte er leicht irritiert. „Müssen wir jetzt parken, oder soll ich rechts ran fahren, oder was?"
„Nein, nein, folg ihnen einfach!", beruhigte Ulla, die vergeblich versuchte, den rosa Mädchenarm und die Burg gleichzeitig auf den Videofilm zu bannen.
„Fränzchen will uns wohl nur auf die Wartburg aufmerksam machen. Wahrscheinlich denkt sie, dass Oma und Opa in ihrem hohen Alter nicht mehr das Offensichtliche sehen!"
KH lächelte amüsiert.
Ulla ihrerseits revanchierte sich bei ihrer Enkelin, als links die Eselstation auftauchte. Sie machte ausladende Handbewegungen dorthin.
Wahrscheinlich hätte sie sich dies sparen können, denn bereits kurz zuvor hatte der rosa Arm sein Ziel geändert. Er piekste nun auf den Fahrer ein, und Ulla hörte deutlich

in ihrem inneren Ohr das Flehen der Achtjährigen: „Bitte, Papa, biiittteee!! Lass mich mit dem Esel nach oben reiten! Bitte! Ich kann das ganz alleine!"
Mama Kathi und Papa Nils fanden dies offensichtlich nicht. Dementsprechend erwies sich die Stimmung als etwas angespannt, als beide Autos wenig später auf dem Hotelparkplatz nebeneinander standen.

Franzi flüchtete sich sofort in die Arme ihrer Großmutter. „Oma Ulla, ich möchte einmal", empathische Betonung auf *einmal,* „einmal in meinem Leben auf einem Esel auf die Wartburg reiten!"
Ulla wollte gerade den Ritt für morgen versprechen, als sie KHs warnendes Hüsteln vernahm.
Ein schneller Blick auf ihren Stiefsohn Nils und seine Frau Katharina ließen Ulla das bereits begonnene „Ja, das können wir morgen mach..." abwandeln in ein „Ja, das können wir morgen mal sehen, ob es klappt!"
Kathi, Nils und KH entspannten sich.
Fränzchen wollte sich schmollend abwenden, als Emma sich von der Hand ihrer Mutter löste und auf Ulla zulief.
„Fra –Essel!"
Die Stimme der Anderthalbjährigen erwies sich als sehr gut entwickelt; alle Umstehenden hörten zu.
„Nein, nein", Ulla versuchte die Situation positiv zu nutzen, „nein, Franzi ist kein Esel. Sie möchte nur einmal im Leben auf einem reiten. Und dazu hat sie noch viel Zeit! Sie ist ja gerade erst acht!"
Alle lachten. Auch Fränzchen. Gern ließ sie sich von Opa KH, der gerade das Wartburg-Hotel und die Familie filmte,

ablenken, weil sie durch das Kamera-Objektiv schauen durfte.

An der Rezeption wurden Nils und KH von einer jungen Dame nach vorn an einen großen, geschnitzten Holztisch gebeten.
Ulla fand Kathi und sich, die beiden Frauen, ohne Grund ausgegrenzt.
Fränzchen rettete die Situation, indem sie zwischen dem Tisch einerseits und Mama, Oma und Emma auf der anderen Seite hin und her pendelte. „Die Frau heißt Andrea. Ich hab ihr Schild gelesen. Und jetzt sollen Opa und Papa über die Besichtigung entscheiden."
„Welche Besichti...?".
Aber Kathi fiel Ulla ins Wort. „Andrea? Wie heißt sie denn weiter?" Fränzchen rannte sofort nach vorn, um weitere Informationen zu ergattern.
Kathi kam die Frau bekannt vor. „Vielleicht haben Nils und ich sie mal auf einer Hotel-Management-Fortbildung kennengelernt."
Franzi klärte auf, dass der Nachname auf dem Schild „Schmiddes" lautete.
Nein, Kathi, konnte sich an keine Andrea Schmiddes erinnern. Wohl aber an eine andere Andrea „mit Sch.... Und die hier ähnelt hier irgendwie." Daraufhin betrachtete sich Ulla die „Empfangsdame" genauer.
Sie war hübsch, ziemlich hübsch sogar mit ihren mittellangen braunen Haaren, dunklen Augen und einer kleinen Stupsnase. Aber unter diesem oberflächlich Angenehmen deutete ihr Gesicht etwas Vergrämtes an.
Kummer oder Einsamkeit. Oder beides.

Ulla konnte ihre Mutmaßungen nicht weiter verfolgen, denn die junge Frau hatte ihr Gespräch mit den Männern beendet und umarmte nun ohne Scheu Kathi.
„Katharina! Schön dich wieder zu sehen!!Erinnerst du dich noch an mich?"
Ja, Kathi erinnerte sich. Allerdings an einen anderen Nachnamen.
„Schmale. Ja, das war damals. Long, long ago. Ich hab´ inzwischen geheiratet. Nein, nein, wir haben keine Kinder wie ihr. "
Täuschte Ulla sich oder fuhr wirklich ein Schatten über Andreas Gesicht?
Unglückliche Ehe.
Mögliche weitere Vermutungen Ullas wurden unterbrochen, denn nun überstürzten sich die Ereignisse.

Der Pendlerbus spuckte neue Gäste aus, die Andreas Aufmerksamkeit beanspruchten.
Ulla hatte den Eindruck, dass man sich kannte; der Ton wechselte vom Professionellen ins Familiäre. Speziell die beiden schwarz gekleideten Männer in Nils´ Alter mit weißem runden Stehkragen unter Jackett und Pullover wurden von Andrea sehr freundschaftlich umarmt. Ulla hielt sie für junge Pfarrer.

Von Kathis Arm herab zeigte Emma ohne Scheu mit ihrem Finger auf jeden Ankömmling und begrüßte sie freudig mit *Mann* oder *Frau*. Sie sortierte richtig.
Allerdings stutzte sie, als sich ein sehr schlanker, fast knochiger junger Mann näherte mit einem braunen, üppigen Wuschelkopf, buschigen Augenbrauen, einem langen zum

Zopf geflochtenen Kinnbart und einem Gitarrenkasten auf dem Rücken. Doch dann ordnete sie ihn richtig ein.

„Mann?" Sie wirkte ein bisschen zögerlich.

„Ja", erklang eine kecke Stimme, „ja, natürlich Mann, aber in erster Linie Musiker. Do–re-mi-fa-so-la-ti-do!" Er sang die Tonleiter in Emmas Ohr und diese griff entzückt nach seinem Bart.

Während Kathi ihre jüngere Tochter zu stoppen versuchte, zupfte Fränzchen aufgeregt an Omas Ärmel.

„Du, ist das ein Zauberer, oder was?" Sie deutete auf einen abseits stehenden alten Mann.

Selbst Ulla überraschte der Anblick des Alten. So etwas hatte sie seit ihrer Kindheit nicht mehr gesehen. Langer brauner, wallender Umhang, weißer Bart, braun-grauer Schlapphut. Er stützte sich auf eine Art Wanderstock; oder war es ein Hirtenstab?

„Emh", sie versuchte sich zu fassen, „Zauberer – nö, glaub ich nicht. Als ich klein war, liefen Schäfer so herum. Vielleicht ist das hier ein Eselstreiber. Er steht ja in der Nähe der Eselstation."

Neben ihr ertönte ein meckerndes Lachen.

„Zauberer – das ist gut!" Der junge Mann mit dem geflochtenen Bart beugte sich zu Fränzchen herunter. „Ja, das würde sogar passen. In gewisser Weise zaubert er auch. Aber wir hier nennen ihn *Luther*. Sogar: *den besseren Luther*."

Fränzchens Augenbrauen zogen sich zu Fragezeichen zusammen.

Ihr Papa kam ihr zu Hilfe. „Luther. Franzi, das weißt du doch. Der Bibelübersetzer. Zum ersten Mal ins Deutsche. Hier auf der Wartburg."

Dann übermannte Nils seine Konfessionslosigkeit. „Luther, der Ketzer - wie ihr guten Katholiken ihn bezeichnen würdet. Der Rebell."
Ein Blick seiner Frau ließ ihn verstummen.
Ulla bereitete sich innerlich darauf vor, Franzi später Rebell und Ketzer erklären zu müssen.
Leider hatte sie sich getäuscht.
Die tatsächliche Frage war viel komplizierter zu beantworten.

***

Zu viert hatten sie die Wartburg besichtigt – Franzi, Nils, Ulla und KH; trotz Emmas anfänglichen Protestgeschreis, die alles genauso machen wollte wie ihre große Schwester.
Aber die Besichtigung erwies sich aus Franzis Sicht sowieso als Flop.
Der Tintenfleck an der Wand, der von Luthers Vertreibung des Teufels zeugte, war verschwunden. Es gab nur noch Kratzspuren.
Interessanter waren die Wandmalereien über die Geschichte der heiligen Elisabeth. Die war noch jünger als Franzi in eine fremde Familie gegeben worden, um auf ihre Ehe mit einem der Söhne vorbereitet zu werden.
Fränzchen schüttelte sich bei der Vorstellung, von zu Hause weggehen zu müssen.
Aber das Schlimmste kam, als sie ein Einhorn auf einer Wand entdeckte und der Guide steif erklärte, das sei keins.
Kein Einhorn! Und das wollte er ihr, einer Einhorn-Expertin, weismachen? Franzi schnaubte vor Wut, als der

Guide ihre Erklärungen nicht annahm und sich weitere Diskussionen verbat. Sie leistete anschließend so viel passiven Widerstand, dass Nils schließlich mit ihr die Führung vorzeitig verließ.

Nun saß die wieder vereinte Familie hier im vollgestopften Burgcafé gegenüber dem Wartburg-Palas bei Kaffee, Kuchen und Limonade. Franzis Blicke durchforsteten den Raum und blieben am Nebentisch hängen. Ob sie Oma etwas fragen dürfe?

Klar doch. Ulla erwartete eine Frage nach Ketzern oder nach Einhörnern und blickte ihre Enkelin aufmunternd an.

„Oma, was ist ein schwuler Pfarrer?"

Ulla schluckte. Wie sollte sie das einer Achtjährigen erklären? Und noch dazu, wenn die vermutlich so Bezeichneten direkt in ihrer Nähe saßen?

Ihr Blick streifte kurz den Nebentisch mit den beiden jungen Männern in den schwarzen Jacketts und dem Alten, der seinen wallenden Mantel, den Hirtenstab und den Schlapphut neben sich gelegt hatte.

Also fragte sie sicherheitshalber erst einmal das Offensichtliche zurück: „Wie kommst du denn darauf, Fränzchen?"

Ganz einfach! Fränzchen hatte auf einer ihrer vielen Erkundungstouren durch das Hotel den Begriff aufgeschnappt. Und Oma müsste es eigentlich auch gehört haben.

„Das weißt du doch, Oma! Die unfreundliche Frau ..."

Unwillkürlich durchsuchten Ullas Augen erneut das kleine vollbesetzte Café.

Glücklicherweise war die miesepetrige Alte, die ihr und den Kindern im Burghof aufgelauert und ihnen „Ruhestörung" vorgeworfen hatte, nicht anwesend.
Sofort griff Kathi ein. „Bitte, Franzi, wir wollen das alles jetzt nicht hören!"
Aber ihre Tochter gab nicht so schnell auf.
„Was, Mama?", fragte sie scheinbar unschuldig nach, „unfreundlich oder schwul?"
Und schon echote Emma lautstark: „Schuuul!"
Die beiden jungen Männer, die sich am Nebentisch angeregt mit dem auffälligen Alten unterhielten, schauten zu Emma hin.
„Das ist genug, Franziska!" Kathi blickte streng. Sofort legte Fränzchen demonstrativ klappernd ihre Kuchengabel auf den Teller zurück.
„Ich hab keinen Hunger mehr!", schmollte sie.
Nils rettete die Situation. „Wenn du deine Erdbeertorte aufgegessen hast, gehen wir beide raus und ich erkläre dir alles."
Mit großen Happen verschwanden die Erdbeeren in Fränzchens Mund. Damit sich auch der Tortenboden auflöste, half Ulla unauffällig mit und suchte schnell ein anderes Thema.
„Ich habe gehört, dass hier auch eine Theatergruppe proben soll. Weißt du, welche?", fragte sie Nils. Der zuckte die Schulter – keine Ahnung.
Franzi ließ sich ohnehin nicht ablenken.
„Doch, die unfr... die Frau hat es aber gesagt! Das Wort .... ." Sie formte mit ihren Lippen ein unsichtbares „schwul" trotz des Stirnrunzelns ihrer Mutter.

Dann erklärte sie zwischen einzelnen Bissen. „Zuerst hat sie nämlich Emma beleidigt. *Das kleine Fräuleinchen mit der schrillen, durchdringenden Stimme!*"
Franzi verdrehte die Augen und lieferte eine perfekte Imitation der unangenehmen Alten.
„Meine Freundin und ich wollten hier ein paar ruhige Tage verbringen. Und nun diese Kinder. Besonderes das kleine Fräuleinchen mit der schrillen durchdringenden Stimme. Und dann diese ... diese Theaterleute!"
Fränzchen hatte den letzten Krümel verschluckt und zog sich im Stehen die Jacke an. Die Aufmerksamkeit des Nebentisches war ihr nun sicher.
Mit einem Blick auf ihre Mutter spielte sie laut und deutlich ihren letzten Trumpf aus:
„Und dann, Oma, als du mit Emma schon weitergegangen bist, dann hat sie noch gesagt: *Und zu allem Elend noch diese schwulen Pfarrer!"*
Nils zog seine Tochter schnell zum Ausgang.

Als Kathi sich entschuldigen wollte, winkten die Männer am Nebentisch schmunzelnd ab. „Wir kennen das Gerücht; es verfolgt uns schon lange."
„Ja, eigentlich schon seit eurer Jugend", erinnerte sich der Alte, „seit der Schule. Ich weiß, ich habe das Problem mit allen im Ethikunterricht besprochen."
Aha, daher diese Vertrautheit. Schüler und Lehrer.
Und nicht nur das.
„Nein, wir sind keine Theatergruppe. Aber wir alle gehören dem Festkomitee zur Vorbereitung der 500-Jahr-Feier der Reformation an. Und manchmal - das stimmt - gibt´s in unserer Gruppe auch Theater!"

Die drei stellten sich vor: Ludwig Suchanek ‚ehemaliger Lehrer; Marko Pape, katholischer Priester; Felix Schalbel, evangelischer Amtskollege aus Eisenach.
„Unterscheidbar vor allem an der Frisur", feixte Felix und deutete vielsagend auf seine Lockenpracht im Gegensatz zu Markos glatten, kurzen aschblonden Haaren.
„Gut", kommentierte KH etwas sarkastisch, „dann sind wir ja alle religionsmäßig auf bestem brüderlichen Vereinigungs-Wege; 500 Jahre nach der Reformation!"
Sehr direkt wandte Ulla sich an den alten Mann.
„Ludwig – wie Lu - Luther?"
Das war vorschnell; sie sah sofort an KHs Blick, dass er die Zeit noch nicht reif für solch eine persönliche Frage fand.
Doch der Alte hob halb amüsiert die rechte Augenbraue.
„Ach, hat sich das schon herumgesprochen? Wenn erwünscht, erkläre ich es mal irgendwann später. Bei einem guten Wein im Kaminzimmer. Wenn´s recht ist."
Es war recht.
Ulla erinnerte sich an den sinnenfreudigen Luther. Das konnte ein netter Abend werden!

***

Aber leider nein!
Ein gemütlicher Abend sah anders aus.
Dabei hatte er viel versprechend angefangen.
Ihr Tisch im gläsernen Restaurant ermöglichte einen wundervollen Panoramablick auf die grünen Berge um sie herum.
Fränzchen hatte mit ihrem Vater vom Balkon aus die kleinen Häuschen auf den gegenüberliegenden Lichtungen im

Fernglas beäugt. „Feen-Häuser! Papa, gehen wir dort morgen mal hin?"

Jetzt stießen die Erwachsenen auf den malerischen Sonnenuntergang an und genossen in Ruhe den leckeren „Gruß aus der Küche", da Franzi mit ihrer kleinen Schwester Rundgänge durchs Hotel unternahm.
KH bedankte sich gerade für „dieses großzügige Geschenk anlässlich meines Siebzigsten", als seine Rede durch eine aufgeregt hereinstürmende Enkeltochter unterbrochen wurde.
„Schnell, Mama, Papa, schnell! Im Hof! Die Zigeuner bedrohen gerade Luther!"
Die Gespräche an den umliegenden Tischen erstarben; Köpfe wandten sich Franzi zu.
„Wo ist Emma?" Die Panik in Kathis Stimme war nicht zu überhören.
Fränzchens Gesicht verzog sich zu einem riesigen Vorwurf.
„Eben! Ich sagte doch: Schnell !!! Sie ist bei Luther!"
Kathi ging nicht auf diesen patzigen Ausspruch ihrer Ältesten ein, sondern rannte mit langen Schritten auf den Hof. Der Rest der Familie folgte sofort.

In der Nähe des Tores stand groß und breitbeinig der alte Mann. Auf seinen Schultern saß Emma und beschimpfte lautstark in ihrer Kindersprache zwei dürre, dunkelhaarige Männer in abgerissener Kleidung. Mit ihrem Lieblingstier – ein brauner Grüffelo mit riesigen Zähnen – versuchte sie auf einen der Männer einzuschlagen.
Hoteltüren öffneten sich; schnell versammelten sich Menschen. Aus den Augenwinkeln sah Ulla, dass sich dicht

hinter Andrea auch die beiden Pfarrer und der junge Musiker aus der Rezeptionstür drängten.
Da drohten die beiden Männer Luther mit der Faust und schrien etwas mit schwerem Akzent. Dann verschwanden sie eilig durch die Toreinfahrt und knallten die schwere Flügeltür hinter sich zu. Sofort startete draußen ein Motorrad.
Nicht einmal mehr die Rücklichter waren erkennbar, als sich die Ausgeschlossenen durch das Tor gedrängt hatten.
„Lasst", sagte Luther mit Autorität, „lasst sie. Es sind arme Verirrte. Sie werden wieder zur Vernunft kommen."
„Bist du sicher?" Andreas Stimme klang dünn und ängstlich. Auch die beiden Pfarrer schüttelten zweifelnd ihre Köpfe. „Vielleicht sollten wir die Polizei informieren? Sie haben dich doch bedroht."
Dennoch schien Luther sicher. „ Ach, von Bedrohung kann keine Rede sein. Und das kleine Mädelchen hat mich ja gut beschützt."
Er tätschelte Emmas Bein, und diese quietschte vor Vergnügen.
Luther hob Emma von seiner Schulter und übergab sie Kathi. „Hier haben Sie Ihre mutige Kleine. Und das Festkomitee isst jetzt schnell, damit wir anschließend in Ruhe tagen können. Alles findet wie geplant statt."
Es erhob sich kein Widerspruch. Bis auf den jungen Mann mit dem geflochtenen Bart. Spöttisch murmelte er: „Tja, unser Luther. Heldenhaft wie immer."
Luther ignorierte ihn.

Als Ulla zwischen Vorspeise und Hauptgang mit Fränzchen „nur mal eben ein bisschen frische Luft" schnappte, war

das Hof-Tor mit einem dicken Bolzen fest verschlossen. Hinter dem Rezeptionsfenster schien jemand ihre Bewegungen genau zu beobachten. Und auf der Mauer der oberhalb gelegenen Wartburg - so erschien es Ulla - patrouillierte eine Wache, um den von oben leicht einsehbaren Hotel-Innenhof zu kontrollieren.
Schnell betraten sie wieder das anheimelnde Hotel und setzten schweigsam ihren Rundgang fort.
Aus dem Wappensaal erklang eine Gitarre. Dann fielen mehrere Stimmen vertrauensvoll in das Kirchenlied ein.
„Ein feste Burg ist unser Gott!"
Fränzchen drängte sich fest an Ulla.

***

Der Hauptgang schmeckte vorzüglich. Der Mond beleuchtete die gegenüberliegenden Berge, und die Stimmung hob sich wieder, als KH Geschichten aus Nils´ Kindheit erzählte.
„Weißt du noch, als du und Lisa bei Oma Annedore ...".
Zwischendrin erschien Andrea, um sich zu verabschieden. Sie hatte ab morgen Urlaub. Emma schlief friedlich im Kinderwagen.
Als Fränzchens Eis zum Nachtisch aufgetragen wurde, tauchte diese nicht auf. Obwohl sie die strenge Auflage erhalten hatte, nicht weiter als bis zum Tresen zu gehen. Ullas Instinkt sagte ihr, wo sie die Suche beginnen sollte. Es zahlte sich nun aus, dass sie mittags das gesamte Hotel mehrfach mit ihrer Enkeltochter erkundet hatte.

Und richtig, auf der Treppe zum „Jungbrunnen", dem Wellness-Bereich, der Fränzchens Interesse auf sich gezogen hatte, kam ihr eine prustende Enkelin entgegen.
„Sie haben sich geküsst!", offenbarte sie verschämt hinter vorgehaltener Hand.
„Na und? Das ist doch ganz normal!" Ulla war unbeeindruckt. „Papa und Mama küssen sich doch auch. Und ich und Opa. Und du ..."
„Aber!" Fränzchens Stimme hörte sich verunsichert an und ihre sonst so fröhlichen Augen offenbarten Zweifel. „Aber die zwei..."
Sie stoppte, als sie die Schritte ihrer Mutter hörte.
„Franziska, hör zu!" Kathis Ton klang sehr energisch. „Wenn du dich noch einmal unerlaubt entfernst, bleibst du nur noch an meiner Nähe. Heute und morgen. Ich möchte nicht, dass du die anderen Leute störst. Oder sogar hinter ihnen her spionierst. – Haben wir uns verstanden?"
„Ich spioniere nicht", protestierte Fränzchen schwach.
Ulla merkte ihrem zarten, aber fest verschlossenen Gesichtchen an, dass sie nun nicht mehr preisgeben würde, was sie im Jungbrunnen gesehen hatte.
Es war auch nicht nötig.
Als Ulla einen Blick zurückwarf, kamen gerade die beiden Pfarrer aus dem Wellness-Bereich.
Kein Wunder, dass Fränzchen verunsichert war wegen eines Kusses!

***

Der freundliche Kellner hatte den Erwachsenen Kaffee und ein Verdauungsschnäpschen im geschmackvollen Kaminzimmer serviert und für die beiden Mädchen Lollis mitgebracht. Es herrschte himmlische Ruhe.
Emma schlief noch immer und Franzi hatte bei dreifachem Ehrenwort die Erlaubnis erhalten, dass sie noch ein bisschen von der Empore über dem Wappensaal die Arbeit des Festkomitees verfolgen dürfte.
Andrea, die doch noch nicht nach Hause gefahren war, hatte versprochen sie im Auge zu behalten.
Aber in die Planungen der Erwachsenen für den morgigen Tag platzte Franzi hinein.
„Jetzt zanken sie. Wegen der Heiligen Elisabeth. Kannst du mitkommen, Oma?"
Natürlich konnte Oma das – gerne.

Ulla genoss den Blick von der Empore in den großen Wappensaal. „Schau, Fränzchen, diese hübschen Wandmalereien. Wie zu Zeiten der Ritter. Und dort der Heilige Georg, der den Drachen tötet."
Franzi zeigte sich nicht interessiert.
„Das weiß ich schon alles. Aber warum zanken sie wegen Elisabeth?"
Das konnte Ulla nicht erklären. Noch nicht, jedenfalls.
Sie nahm allerdings eine gewisse Spannung im Saal wahr. Ein giftiger Unterton hatte sich in die Auseinandersetzung eingeschlichen, die vorrangig zwischen Luther und dem jungen Musiker mit dem langen geflochtenen Kinnbart geführt wurde, dessen Stimme süffisant klang: „Wenn ihr unbedingt wollt, dass Andrea mitspielt, dann lasst sie doch Katharina von Bora sein. Oder eine andere entlaufene

Nonne. Die sich mit einem ebenfalls entlaufenen Priester einlässt. Das würde besser passen!"
Sein meckerndes Lachen begleitete diese Anspielung, und Marko zuckte zusammen.
„Schluss jetzt!" Luthers Stimme klang gebieterisch. „Es geht nicht darum, dass Andrea mitspielt. Obwohl ich sie gern dabei hätte."
Täuschte Ulla sich oder tätschelte er wirklich heimlich die Hand der jungen Frau, die dicht neben ihm stand?
„Es geht darum, dass wir einen Rahmen für unser Theaterstück brauchen. Einen Ausgangspunkt sozusagen. Und der ist bei uns: Luther zweifelt die Heiligkeit Elisabeths an. Beziehungsweise - er bezweifelt die lauteren Motive der Kirche für ihre Heiligsprechung. Schließlich wurde diese von einem der gefürchtetsten Inquisitoren der damaligen Zeit vorangetrieben. Von ihrem Beichtvater, der gleichzeitig ihr Vormund war. Der hatte nicht nur Zugriff auf ihr Vermögen, sondern er hat sie auch psychisch und physisch misshandelt. Natürlich nur, um ihre Religiosität zu fördern."
Die Ironie der letzten Worte ließ Luther kurz sacken, dann fügte er strahlend hinzu:„ Das würde doch hervorragend zu unseren protestantischen Starrkopf und Ketzer passen! Und es würde einen guten Rahmen für unser Luther-Stück abgeben!"
Ulla war fasziniert. Der alte Mann fasste das Unbehagen in klare Worte, das sie selbst während der Wartburg-Führung angesichts der Mosaiken im Elisabethsaal befallen hatte.
Aber dann wieder das meckernde Lachen. Thomas schien nicht überzeugt. Er klimperte demonstrativ ein paar Takte

auf seiner Gitarre. Ulla meinte, *Devil in Disguise* zu erkennen.

„Pass nur auf, Luther, dass nicht irgendwann die Obrigkeit ihre schützende Hand von dir zieht. Wegen deiner eigenen Sturheit. Und deiner ketzerischen Gedanken. Eine Warnung hast du doch heute schon erhalten."

Es wurde totenstill im Saal.

Doch dann ermahnte ihn der evangelische Pfarrer.

„Das ist genug, Thomas. Hüte dein lockeres Mundwerk. Dies ist kein Spiel!"

Und Luther fügte mit Blick nach oben hinzu: „Vergib ihm, Herr, denn er weiß nicht, was er tut."

Dabei erblickte er Fränzchen und Ulla auf der Empore und winkte fröhlich. „Wir haben Zuschauer. Also nun bitte ernsthafte Arbeit, meine Herrschaften!"

***

„Aber irgendwas ist seltsam, Kalli", flüsterte Ulla und schmiegte sich leicht fröstelnd in den warmen Arm ihres Mannes.

Sie hatten das Licht im Zimmer gelöscht, das Fenster ihres Hotelfensters geöffnet und genossen den Blick auf die dunklen Berge, deren Konturen im Mondschein klar erkennbar waren.

„Hmm? Wieso seltsam, Liebes?" KH hauchte einen kleinen Kuss auf ihr Ohr.

Ulla küsste kurz und abgelenkt zurück.

„Erstens diese Andrea. Wieso ist sie noch hier, obwohl sie längst frei hat? Weil sie unglücklich verheiratet ist. Doch, du musst nicht widersprechen, Kalli. Das hab ich im Ge-

fühl. Zweitens herrscht so eine komische Atmosphäre im Festkomitee. So – so unecht. Und drittens natürlich diese Männer, die Luther bedroht haben."
KH lächelte. „Na, Ulla-Schatz, bist du wieder im Krimi-Modus? Siehst überall Geheimnisse und Verbrechen?" Er drückte sie liebevoll.
Dann aber fuhr er mit seiner Gegenargumentation fort: „Es ist doch ganz natürlich, dass Andrea noch nach Dienstschluss hier anwesend ist – schließlich gehört sie dem Festkomitee an."
Ulla sah ihn mitleidig von oben herab an mit ihrem „Männer-haben-keinen-blassen-Schimmer"-Blick.
„Klar, KH, klar. Aber warum? Warum ist eine verheiratete Frau im Festkomitee? Wer interessiert sie dort mehr als ihr eigener Mann?"
Irgendetwas knarrte unter ihnen.
Zu KHs großem Schrecken lehnte sich Ulla weit aus dem Fenster. Instinktiv zog er sie heftig zurück. Da legte sie ihm den Finger auf den Mund.
Vorsichtig und geräuschlos lotste sie ihn an ihren Fensterplatz und machte ihm Zeichen hinauszuschauen.
Er traute seinen Augen nicht. Auf der unter ihnen liegenden Terrasse des Wellness-Bereiches küsste Andrea gerade einen Mann. Einen Mann im langen Schäfermantel und mit breitem Schlapphut. Vertraut und zärtlich.
Kopfschüttelnd blickte KH seine Frau an. „Das glaub ich ni..."
„Psst", unterbrach sie ihn. „Hast du den Schatten dort drüben an der Ecke unter den Bäumen gesehen?"
Als KH sich wieder aus dem Fenster beugte, erblickte er nur Dunkelheit. Keine Menschen, keinen Schatten.

Sie schlossen ihr Fenster vorsichtig und zogen die Vorhänge fest zu.

„Ich hab doch gesagt, Kalli", Ulla wiederholte sich, „ dass alles so unecht war. Ich kann´s dir nicht erklären. Aber irgendwie war es unecht. Wie Theater."

KH hütete sich seiner Frau zu widersprechen. Es würde nur endlose Diskussionen geben.

Dennoch musste Ulla erneut ihr drittes Argument aufgreifen. „Drittens die Männer. Diese finsteren Gestalten. Sie machen mir wirklich Angst."

„Ulla", KHs Stimme klang jetzt ernst und ein bisschen vorwurfsvoll, „du wirst doch nicht plötzlich Vorurteile gegenüber Ausländern pflegen?"

„Nein, KH. Natürlich nicht."

Sie schwieg einen Moment. Dann fuhr sie langsam fort.

„Aber ich war am nächsten dran und hab gehört, was sie gesagt haben."

„Was, Ulla, was denn?"

Ulla sammelte sich. Sie zwang sich regelrecht zu den Worten, die sie den ganzen Abend zu verdrängen versucht hatte.

„Der eine sagte: *Hör damit endlich auf! Das ist die letzte Warnung!*

Und der andere: *Du bekommst keine weitere Chance!*"

KH zog sie fest an sich.

2 Aus tiefer Not schrei ich zu dir

Vögel, die am morgen früh singen, holt abends die Katze.

Glücklicherweise dachte Ulla nicht an dieses Sprichwort, als sie am nächsten Morgen in einen perfekten Tag erwachte.
Noch nie hatte sie von einem Badezimmerfenster einen Blick in grüne Hügel erlebt, die sich bis zum Horizont als Ketten zogen - und das unter blauem Himmel!
Unter der Dusche summte sie ein bisschen, bis ihr die unangenehmen Ereignisse des gestrigen Abends wieder einfielen.
Aber das fröhliche Geplauder am Familientisch und das leckere Frühstück hoben ihre Stimmung wieder.

Danach ließen die beiden Enkeltöchter keine Zeit mehr für Grübeleien.
Emma hatte das „Oma- mit"-Spiel entdeckt.
Mit entwaffnendem Charme stellte sie sich vor Ulla auf, die kleinen Grübchen vom Lächeln verstärkt, und zog energisch an Ullas Hand.
„Oma –mit!" Ihre Stimme klang laut und gebieterisch, und Ulla ging mit ihr auf Tour: ins Kaminzimmer, von dort in den Hof, wo Grüffelo die kleinen Ziersträucher beschnuppern musste, ein Blick in den noch leeren Wappensaal, dann kurze Suche nach Mama im Restaurant und hinunter in die *Saaauna* – Emma hatte gestern ein neues Wort gelernt.

Als bei einem der Kurzbesuche bei Mama diese Ulla erlösen wollte, griff KH ein.
"Lass sie! Ulla ist nun mal eine total verrückte Oma. Und außerdem...", er zwinkerte seiner Frau verschmitzt zu, "und außerdem kann sie so ungehindert und unverdächtig spionieren!"
Ulla grinste betont unschuldig zurück. "Spionieren – ich? Spionieren tun nur die anderen!"
Kurz zuvor hatte sie nämlich Fränzchen erlöst, die im sonnigen Innenhof an einem Tisch von den beiden alten Frauen befragt wurde.
Franzi kaute auf etwas Bräunlichem herum und trat ungeduldig von einem Bein aufs andere. Aber jedes Mal, wenn sie sich entfernen wollte, legte sich eine faltige Hand auf ihren Arm. Finger mit Altersflecken schwenkten eine Schokoladentafel vor ihrer Nase.
Und Franzi antwortete geduldig: "Opa KH – wie er heißt? Karlheinrich; auf keinen Fall Karlheinz!" Zur nachdrücklichen Verstärkung bewegte sie ihren Kopf mit jeder Namenssilbe auf und ab.
"Natürlich sind Opa und Oma verheiratet. Auch wenn sie andere Nachnamen haben. - Nein, ich hab nicht zwei Omas. Ich hab drei. Wieso denn nicht? - Warum Papa das Personal hier duzt? Weil sie alle zu seinem Hotel gehören!"
Vor Überraschung lockerten sich die Hände der alten Damen; aber bevor Fränzchen dies nutzen konnte, wurde schon die nächste Frage auf sie abgeschossen.
"Nein, die Zigeuner gestern waren nicht hinter Emma her. Sie hatten Streit mit Luther. – Wieso mit Luther?"
Fränzchen dachte kurz nach.

Schließlich sagte sie leichthin von oben herab, und Ulla erkannte KH in ihrer Enkeltochter wieder: „Luther? Das weiß doch jeder! Luther ist ein Ketzer und Rebell! Also hat er Streit."
Dann erblickte sie erleichtert Ulla und ihre kleine Schwester. „Hallo, Emma, hallo Oma!"
Emma stieß ein fröhliches „Fra!" zur Begrüßung aus.
Ulla freute sich, dass es laut und durchdringend klang, und schämte sich kein bisschen wegen ihrer Schadenfreude.

***

Den nächsten Besuch in der Sauna hatte Fränzchen unter ein Motto gestellt.
„Wir erkunden jetzt die Drachenhöhle. Psst, ganz leise!"
Das hatte offenbar auch Emma verstanden.
Denn als sie vorsichtig die Tür zum Wellness-Bereich öffneten, fuhr eine Frau erschreckt aus einer hinteren Ecke auf, wo sie sich an einem Schrank zu schaffen gemacht hatte.
Es war Andrea.
„Entschuldigung", Ulla versucht sich schnell zu fassen.
„Sorry. Wir spielen gerade Drachenhöhle."
Andrea lachte laut auf. *Schuldbewusst und künstlich*, fand Ulla.
„Alles klar! Viel Spaß!", sagte Andrea und fügte beim Hinausgehen hinzu: „Äh, ich bin noch hier ... weil ... weil gestern Abend haben wir noch lange getagt. Es war einfach zu spät. Aber ich fahr gleich."
Damit war sie verschwunden.

Was soll das denn? Ulla schüttelte sich. Eine völlig unnötige Erklärung. *Will Andrea etwas verbergen?*

Im Innenhof schien die Sonne warm.
Emma ließ Grüffelo schmatzend grüne Strauchblätter fressen, und Fränzchen hatte die Idee, ihm Wasser zu besorgen. In der Tür zur Rezeption stieß sie mit dem evangelischen Pfarrer zusammen.
Er entschuldigte sich bei Fränzchen überschwänglich. Ulla fiel sein freudiger, leicht entrückter Gesichtsausdruck auf. Dieses ungewöhnliche Verhalten klärte sich für Ulla, als sie die hübsche junge Frau mit blondem Pferdeschwanz an der Rezeption erblickte, die gerade von Fränzchen wegen Wasser befragt wurde.
Ullas Frauen-Instinkte sprangen sofort an.
Aha. Dem anderen Geschlecht doch nicht ganz abgeneigt.
Sie fühlte sich bestätigt, als sie Marko, den katholischen Priester allein und - so empfand sie es - unglücklich in einer abgelegenen Ecke des Innenhofes erblickte.
Eifersucht. Eine klassische Dreiecksgeschichte.
Aber Fränzchen und Emma hatten kein Gespür für Dreiecksgeschichten, sondern wollten, dass Oma Grüffelo fütterte und tränkte.
Als Ulla nach getaner Arbeit wieder einen Blick in die abgelegene Hofecke warf, staunte sie.
Der katholische Priester und Luther.
Sehr ernsthaft schüttelten sie sich die Hände - wie bei einem Abschied.
Der alte Mann zog den jüngeren kurz an sich heran, umarmte ihn fest. Dann schob er ihn ein wenig von sich fort und zeichnete ein kleines Kreuz auf seine Stirn.

Gott schütze dich.

***

Der Mittag verlief aus Fränzchens Sicht unschön:
Kein Eis, sondern nur Bratwurst oder Pizza auf die Hand.
Keine Tobereien mit Oma, denn Emma sollte im Kinderwagen schlafen.
Zum wiederholten Mal der heilige Georg mit dem Drachen auf dem Eisenacher Marktplatz. Langweilig!
Keine Drachenhöhle unterhalb der Wartburg, denn der Zugang war für einen Kinderwagen nicht geeignet.
Schloss Wilhelmstal war kein Schloss, sondern nur eine Ruine. Oder noch schlimmer: eine abgesperrte Baumaßnahme.
Zu allem Überfluss verboten ihr Mama und Papa „Hexe" zu sagen zu einer zahnlosen, schwarzgekleideten Frau in einem kleinen Blumengärtchen vor einem verwahrlosten Haus. Obwohl die ein fransiges schwarzes Hexenkopftuch umgehängt und Emma mit knochigen Fingern gedroht hatte, als diese eine Blüte abrupfte.

Erst als Franzi Oma zu ihrem üblichen Drachen-Spiel überreden konnte, wurde der Nachmittag gerettet.
Oma verwandelte sich in den grünen Drachen Felix und schwebte mit ihr, dem weiß-schillernden Zauberdrachen Fenja, über die Erde. Das machte viel Spaß, zumal Felix weder so weit, so hoch, so tief und erst recht nicht so farbig wie Fenja Feuer spucken konnte.
Zusammen konnten sie sogar Bauzäune überwinden. Felix war anfangs etwas unsicher, aber dann entdeckte er, dass der Zaun an einer Stelle offen stand.

Sie arbeiteten sich langsam in den alten Schlossbereich vor.
Während Fenja den Weg mit einer riesigen Feuerwolke frei spie, las Felix eine Tafel und erklärte ihr, dass genau in diesem Säulengang vor mehreren hundert Jahren die Werke des bekannten Komponisten Georg Philipp Telemann aufgeführt wurden.
Felix schlug vor, dass sie in aller Ruhe den Blick durch die Säulen auf den Teich genossen und sich ein Konzert vorstellten.
Aber Fenja hatte bereits den Feuerspei-Tiefgang eingeschaltet und war weiter geeilt.
Deshalb entdeckte sie unterhalb des wackeligen Holzstegs in einer kleinen versteckten Höhle Unerhörtes: heutige Jeans und feste Männer-Schuhe; beides völlig verdreckt und stinkend.
Naserümpfend zog sie Felix weiter, der komischerweise genauer nachschauen wollte.
Kurze Zeit später trafen sie am großen Teich den Rest der Familie wieder.
Opa, Mama und Papa sprachen von „einem verkommenen Kinderheim", „Baracken" und „nicht zugänglichen Bereichen".
Emma schlief immer noch.

***

Ulla schaute auf die Uhr. 16.15 Uhr.
Sie war froh, dass Fränzchen nicht mehr maulte. Denn Nils hatte versprochen, dass sie jetzt die „Feen-Häuser" suchen würden.

Auf einem engen, aber gut zugänglichen Waldweg wanderten sie alle in die Höhe.
Ulla und Franzi hatten den Pfad verlassen und kletterten bergan unter hellgrünen Buchen im raschelnden Laub des vergangenen Herbstes. Ab und zu brannte Fenjas Feuerwolke den Weg frei.
Dann musste Fränzchen austreten und verschwand nach einem eiligen Sprint in einem Gebüsch weiter oben am Hang. Ulla hatte Mühe, sie einzuholen.
Nachdem sie ihre Enkelin endlich erreicht hatte, rief sie in betont lockerem Ton zu den übrigen Familienmitglieder hinunter: „Hier ist alles gut! Franzi muss nur mal! Wir steigen gleich wieder ab."
Natürlich war nicht alles gut.
Franzi hatte sich einen sehr steilen Abhang für ihren Toilettengang ausgesucht. Das von ihr gewählte Unterholz befand sich zwar in einer Senke, aber nur ein Meter davon entfernt fiel der Berg steil nach Süden ab.
Erst jetzt konnte Ulla erkennen, dass die „Feen-Häuser" nicht am diesseitigen Berghang lagen, sondern gegenüber - getrennt durch den Steilabfall und ein winziges Sträßchen. Außerdem sahen sie von hier nicht wie verwunschene Feen-Häuschen aus, sondern wie einfache Bauernkaten.
Der kleine, aber sehr steile Abhang dazwischen wirkte gefährlich.
Ulla schaute genauer hin und meinte eine Art Spur zu entdecken. *Als ob jemand hinunter gerollt wäre. Ein großer Jugendlicher. Wahrscheinlich als Scherz und Mutprobe.*

Was dann kam, würde sie nie vergessen:

Auf dem Waldweg unter ihnen schob Kathi fröhlich winkend den leeren Kinderwagen hin und her. Emma hatte je eine Hand von KH und Nils gefasst und stapfte stolz und eifrig bergan ihrer Oma entgegen.
Hinter sich hörte sie Franzi im Laub wühlen.
„Oma, hier ist alles so durcheinander. Kann es sein, dass es hier Wildschwei ... Oh, was ist denn das?"
Ihre Stimme signalisierte Verblüffung und Unsicherheit zugleich.
Als Ulla sich schnell zu ihr drehen wollte, verlor sie ihr Gleichgewicht und stolperte in die Tiefe.
Für eine Sekunde verlor sie die Orientierung.
Als sie die Augen wieder öffnete, blickte sie in einen Pistolenlauf.
„Hände hoch!"
Instinktiv gehorchte Ulla, und die Waffe verschwand vor ihrem Gesicht.
Sie hörte Fränzchens glucksendes Lachen, das sich schnell entfernte.
„Reingelegt, Oma! - Aber jetzt: Hände hoch, Papa und Opa! Emma, Hände hoch!"
KHs Schrei ließ Ulla den Schmerz in ihrem Bein vergessen; sie sprang so schnell wie möglich auf.
„Nein", gellte KHs Stimme, „wirf weg, Franzi! Sofort! Schmeiß sofort das Ding weg! Das ist kein Spielzeu...!!"
Franzi stolperte. Dann knallte ein Schuss.
Totenstille.
Wenig später wimmerte ein Kind.

***

Die Zeit dehnte sich endlos, bis schließlich Notarzt und Feuerwehr erschienen.
Wieder und wieder streichelte Ulla die kalte Hand der bewusstlosen Emma.
Aus ihrem Unterbewusstsein tauchten Worte empor, die sich schließlich zu einen Satz bündelten, untermalt von Orgelmusik. *Aus tiefer Not schrei ich zu dir, Herrgott, erhör mein Flehen.*
KH lehnte bleich an einem Baum, die Hände in den Hosentaschen geballt. Ulla hatte den Eindruck, dass er dasselbe murmelte. *Not … erhör ….Flehen …*
Emma lag im Schoß ihrer Mutter, die auf der schwarzen Erde sitzend, die Kleine sanft hin und her wiegte. Über Kathis Wangen liefen Tränen, und ihre Lippen bewegten sich lautlos. Sie schien zu beten. Emmas linker Arm war mit Nils´ Pullover fest umwickelt; trotzdem sickerte rote Feuchtigkeit durch.
Verzweifelt versuchte Nils seine älteste Tochter zu beruhigen, die hysterisch weinte und immer wieder versuchte wegzulaufen. Er drückte sie fest an sich und streichelte beruhigend ihren Kopf. „Es wird alles gut, Franzi", beschwor er sie, „glaub mir."
Aber Franzis Schluchzen wurde lauter. „Ich bin schuld. Natürlich. Lass mich los!" Sie wehrte sich mit aller Kraft gegen Nils; sie biss, kratzte und schlug.
Als sein hilfesuchender Blick Ulla und KH erreichte, brachen die Gottesdienst-Erinnerungen laut aus Ulla heraus: *Aus tiefer Not schrei ich zu dir, Herrgott, erhör mein Flehen.*
Seltsamerweise schien Fränzchen damit etwas anfangen zu können. Schon nach wenigen Worten fiel sie ein: „Er-

hör mein Flehen. Aus tiefer Not ... ." Allmählich beruhigte sie sich und kuschelte sich in den Arm ihres Vaters.

KH flüsterte: „Komm, Liebes, wir müssen die Spuren sichern." Ulla schüttelte den Kopf und wollte sich weigern. Doch Nils´ dankbarer Blick auf KH belehrte sie eines Besseren.
Offensichtlich war sie hier keine Hilfe. Im Gegenteil. Mühsam erhob sie sich und folgte KH.
Hinter der ersten Wegbiegung blieb er stehen und nahm sie fest in seine Arme.
„Liebes! Niemand macht dir einen Vorwurf."
Das wusste sie.
„Also hör auf, dir selbst Schuld zu geben. Du kannst nichts dafür."
Sie schüttelte den Kopf. „Doch, ich hätte ..."
KH hielt ihr den Mund zu. „Nichts! Was hättest du tun können? Du hast Franzi doch nicht die Pistole in die Hand gedrückt! Oder? Na also."
Sie vergrub ihr Gesicht an seiner Brust, und er streichelte ihre Haare.
„Liebes, bitte, hör auf! Mit den Selbstvorwürfen. Ein dummer, dummer Zufall, der nichts mit dir zu tun hat. Wenn ein Idiot eine ungesicherte Waffe ausgerechnet dort versteckt hat – dafür kannst du nichts und dafür kann Fränzchen nichts. Ihr seid die Opfer."
Als KH zum wiederholten Mal *gemeiner, hinterhältiger Idiot* in ihr Ohr flüsterte, bemühte Ulla sich in die Realität zurückzukehren.
Natürlich hatte KH Recht!

Und es nützte überhaupt nichts, wenn sich KH aus Sorge um sie nun in eine unberechenbare Wut auf einen Unbekannten hineinsteigerte. Es nützte nur...
Ja, was? Die Wahrheit. Was war wirklich passiert?
Sie wischte die Tränen ab und löste sich aus KHs tröstenden Armen.
„Komm", sagte sie. „Du hast Recht. Wir suchen Spuren."
Hand in Hand zogen sie los.

3 Beweis an uns dein große Gnad

Als Ulla und KH abends allein im Wartburg-Hotel auftauchten, veränderte sich die Atmosphäre schlagartig.
Das Festkomitee genoss offenbar gerade eine Tagungspause; einige Mitglieder vertraten sich die Beine auf dem Parkplatz und begrüßten sie freudig.
Mit niedergeschlagenen Augen wollte ihnen eine sehr blasse Ulla ausweichen. Aber das meckernde Lachen des jungen Musikers hielt sie zurück.
„Hallo", rief er betont freundlich, „guten Abend! Ganz allein? Haben Sie den Rest Ihrer Familie in der Drachenhöhle entsorgt?"
Natürlich sollte es ein Scherz sein.
Das wussten sie beide.
Aber Ulla gelang nur ein müdes, trauriges Kopfschütteln, und KH zischte aggressiv: „Halt dein Maul, du – du Ziegenbart. Was weißt denn du?"
Erstaunt schaute Luther zu ihnen hin. Dann verfinsterten Falten sein Gesicht.

Die sympathische blonde Frau an der Rezeption drückte sofort ihre Anteilnahme aus.
„Das tut mir sehr, sehr leid. Kann ich irgendetwas für Sie tun?"
Aufgrund von KHs fragenden Blick ergänzte sie: „Nils hat angerufen. Ich weiß Bescheid. Die junge Familie Briksteen wird heute nicht mehr kommen, weil sie im Krankenhaus sind. Aber machen Sie sich keine Sorgen. Erfurt hat eine gute Notfallstation. Die helfen auch in ganz schwierigen Fällen. "

Ulla sackte in sich zusammen.
KH legte besorgt seinen Arm um sie und orderte zwei Cognacs in das Kaminzimmer.
Leider spielten dort die beiden alten Damen ein Brettspiel. Und obwohl sich Ulla und KH möglichst unauffällig in der entgegengesetzten Ecke niederließen, hatte Ulla den Eindruck, dass die beiden sofort ihre Antennen so weit wie möglich ausfuhren.
Sie seufzte und statt mit KH den Tag zu besprechen, griff sie lustlos zur *Erfurter Zeitung*.
KH beschäftigte sich mit seinem Handy.
Irgendwann stupste er sie mit seinem Ellenbogen an und hielt ihr das Display unter die Augen:
Macht euch keine Sorgen. F. noch unter Schock – aber nur ungefährliche Schmauchspuren u. oberflächliche Verletzungen durch Fall. E. nur kleinen Schuss-Kratzer am Arm; Kugel hat sie nur gestreift. Ohnmacht durch Schock. Sind überglücklich. Nils und Kathi mit Kindern.
KH vollführte - zu der nur von ihm hörbaren Reggae-Musik von Bob Marley - ausufernde Hüftschwünge, und Ulla küsste ihn überschwänglich.
Die beiden Alten schnalzten missbilligend.
Luther erschien im Türrahmen. Seinen forschenden Blick ignorierten sie.

Beim Abendessen spürten sie förmlich die Fragezeichen der gestern schon anwesenden Gäste.
Verständlich.
Statt eines Familientisches nun ein Zweiertisch. Flüstern statt Kindergebrabbel.
Gemunkel anderer Gäste über einen schrecklichen Unfall.

Aber Oma und Opa fröhlich, fast euphorisch.
Ulla hätte gern das Tagesgeschehen mit KH in aller Ruhe besprochen, wenn nicht die beiden Alten am Nebentisch gewesen wären. Sie schienen auf jedes Wort zu lauern.
Deshalb lenkte Ulla auf ein belangloseres Thema ab.
„Schau mal, KH, fehlt nicht beim Festkomitee Marko Pape, der katholische Priester?"
Nicht nur KHs Blick wandte sich dem Tisch zu, auch die beiden alten Frauen schauten betont unauffällig und diskret hinüber.
„Hmm", KH hatte ihre Absicht verstanden, schluckte einen Bissen Schweinefilet genießerisch hinunter und ergänzte: „Aber die junge Dame von der Rezeption gestern, Andrea Schm... Schmale oder Schmiddes oder wie auch immer ... fehlt auch!"
Täuschte Ulla sich, oder schauten sich die beiden Alten wirklich vielsagend an?
„Na ja – vergiss nicht, dass sie ab heute Urlaub hat", hörte Ulla sich sagen und hoffte, dass keine Ironie in ihrer Stimme spürbar war, „den sie als glücklich verheiratete Frau natürlich unbedingt mit ihrem lieben Mann verbringen will. Festkomitee hin oder her."
Bingo!
Die herablassenden Mienen der beiden Alten signalisierten deutlich, dass Ulla keine Ahnung hatte.
Diese strahlte und fühlte sich in ihrer Theorie über Andreas unglückliche Ehe bestätigt.
Irgendwann erschien Luther an ihrem Tisch.
Er hielt eine Flasche Rotwein in der einen Hand und zog sich mit der anderen einen Stuhl heran. Großzügig schenkte er ihnen Wein nach und verwickelte sie in ein Gespräch

über Luther, die Interessen der Fürsten an der Reformation, den Schmalkaldischen Bund und über den Bauernkrieg.
KH war in seinem Element.
Natürlich hatte Luther damals den Zeitgeist getroffen.
Natürlich war er nützlich für Fürsten, die gegenüber Rom und gegenüber dem Kaiser ihre eigenen Machtansprüche sichern wollten.
Natürlich hatte ihn die Obrigkeit instrumentalisiert.
Ulla liebte es, wenn ihr Mann sein historisches Wissen auspackte und in einen fairen Meinungsstreit eintrat. Allerdings gab es mit dem heutigen Luther keinen Streit.
Er hegte ähnliche Ansichten wie KH.
Ulla fürchtete, dass es langweilig werden würde.
Richtig - schon bald flüchteten die beiden Alten genervt und erschöpft von ihrem Tisch.
Viele andere Gäste verließen gesättigt das Restaurant.
Luther bestellte eine zweite Flasche Wein.
Dann begannen seine unangenehmen Fragen.

***

An Schlaf war nicht zu denken.
KH und Ulla machten einen Spaziergang zur Wartburg hinauf. Vom oberen Pfad blickten sie auf das Hotel, kurz vor der herabgelassenen Zugbrücke am Wartburg-Eingang.
Nach und nach verloschen die Lichter in den Hotelzimmern.
Im Hof trafen sich einsame Raucher. Bewegungsschatten zeigten einige Besucher im Kaminzimmer an. An der Re-

zeption beugten sich ein männlicher Wuschelkopf und ein weiblicher Pferdeschwanz eng zusammen.
Ulla räusperte sich. „Unter normalen Umständen würde ich jetzt...". Sie führte ihren Satz nicht fort.
„Was, Ulla?" Als sie den Kopf schüttelte, neckte KH sie. „Anspielungen auf die Verliebtheit eines evangelischen Pfarrers in eine junge blonde Frau an der Rezeption?"
„Vergiss es, Kalli. Angesichts der Wirklichkeit ist es nebensächlich."
Sie zog ihn in den Torschatten und küsste ihn.
„Ich bin so froh", flüsterte sie, „dass Fränzchen und Emma nichts passiert ist. Und dass ich dich habe. - Trotzdem ..."
Dann trat sie einen Schritt zurück. Ihre Stimme nahm einen nachdenklich-sachlichen Ton an.
„Was, KH, was war für dich das Schlimmste heute?"
Er antwortete nicht sofort.
Sein Blick schweifte über die malerische Wartburg und das Hotel, beides romantisch ausgeleuchtet. Im Hintergrund die schwarz-gewellten Hügelketten gegen einen mondhellen tiefblauen Horizont. Kein Platz für Verbrechen.
Und doch! Er fasste Ullas Arm.
„Das Schlimmste", sagte er mit unterdrücktem Groll, „das Schlimmste war die Polizei."
Falls Ulla überrascht war, zeigte sie es nicht.
KH fuhr fort, seine Stimme rau vor Ärger.
„Dass sie felsenfest behaupteten, die Pistole könne von einem Wilderer stammen. Eine Pistole! - Glaub mir, Ulla...!"
Sie hatte sich ihm zugewandt und glaubte ihm alles. „Zwar sind schon einige Jahrzehnte seit meiner Bundeswehrzeit

vergangen. Aber auch heute jagen Wilderer mit Gewehren, nicht mit Pistolen."
KH zögerte einen Moment. Erzürnt fuhr er fort:
 "Und dann - Fränzchens Schuss war nicht der erste, der aus der Pistole abgefeuert wurde. *Mindestens zwei vorher*. Hat der ältere Polizist jedenfalls dem jüngeren zugerufen. Vor uns, den Zeugen! Wenn sie professionell ermitteln würden, dürften wir sowas gar nicht erfahren."
Er schluckte seinen Ärger hinunter und drehte Ulla zu sich hin.
"Aber wenn das alles so ist...", er stoppte einen Moment und fuhr dann nachdenklich fort, "dann ist auf einen Menschen geschossen worden. Nicht auf ein Tier. Da bin ich hundertprozentig sicher."
Ulla nickte bestätigend.
KH hing weiter seinen Überlegungen nach.
"Du hast die Motorradspuren gesehen."
Ein zustimmendes Hm-hm signalisierte KH, dass sie seinem Gedankengang folgte. Seine Stimme nahm Fahrt auf, als seine Empörung zunahm.
"Das war mindestens so eine schwere Maschine wie die blau-orange von Blohn. Nicht so eine kleine wie seine weiße."
Vor Ullas geistigem Auge erschien das Bild ihrer Tiefgarage, in der ihr Nachbar fünf Motorräder parkte. "Ja, das stimmt!"
"Und dann sagen diese Idioten von Polizisten", KHs Zorn war nicht zu überhören, "dann sagen diese Idioten: *Ein kleines Moped. Nehmen unsere Jugendlichen manchmal, wenn sie im Wald ein bisschen Unsinn machen*!"

KH schlug sich vor die Stirn. „Wo sind wir denn hier? In Hintertupfingen? Oder in Kirgisistan? Die können mich doch nicht für blöd verkaufen!"
„Shh", Ulla versuchte ihn zu beruhigen.
„Stimmt aber doch", brummte er widerspenstig.
„Klar, du hast völlig Recht. Aber mit deiner Stimme jagst du denen unten im Hof Angst ein."
Sie erinnerte sich an ihr ungutes Gefühl gestern Abend, als sie sich im Hotel-Hof durch eine Art Wartburg-Patrouille beobachtet fühlte.
„Und außerdem müssen sie nicht alles hören! Guck, der Ziegenbart beobachtet uns schon!"
Tatsächlich, der junge Musiker schirmte seine Augen gegen die Laternen ab. Er schien etwas zu suchen; sein Blick tastete systematisch die Burg ab.
Ulla zog KH weiter.

***

„Weißt du, was für mich am schlimmsten war, Kalli?"
Auch heute genossen sie vor dem Schlafengehen einen letzten Blick aus ihrem Fenster.
Wolken verhängten den Mond; die Berge wirkten düster und undurchdringlich.
„Lass es, Liebes!" KH wehrte ab, er wollte ihr die schmerzlichen Erinnerungen ersparen.
„Nein, nein. Nicht ... nicht das."
Ulla holte tief Luft und dann sagte sie sehr bestimmt: „Eigentlich ist es unglaublich. Aber am schlimmsten war für mich Luther."

„Luther?" KH protestierte. „Wieso denn Luther? Er ist doch ganz sympathisch."
„Ich meine ihn auch nicht als Person. Ich meine seine Fragen."
Nun verstand KH gar nichts mehr. „Wieso denn das? Er hat doch sehr klug und gezielt gefragt."
Ulla seufzte.
„Eben. Er hat so gefragt, wie die Polizei uns hätte verhören müssen. Jegliches Detail, jede Kleinigkeit war ihm wichtig. Er schien den Ort zu kennen. Und das Motorrad. Vielleicht auch die Waffe; vielleicht auch ..."
Ihre Stimme verstummte.
KH drückte fest ihre Hand und nickte langsam.
Ja, jetzt wurde ihm klar, worauf Ullas Gedanken hinausliefen.
Schweigend und bedrückt betrachteten sie, wie die Wolken den Mond frei gaben. Die Landschaft leuchtete für einen Moment grün-golden. Sterne funkelten.
Erleichtert wollte Ulla das Fenster schließen, als KH sie zurückhielt.
Sie folgte seinem Finger. Deutlich war oben am Hang eine dunkle Figur zu sehen, die einen langen Schatten warf. Einen ungewöhnlichen Schatten. Breiter Hut und wallender Mantel. Langer Stock. *Wie ein Zauberer.*
„Luther! Wohin geht er?"
Fragezeichen legten sich auf KHs Gesicht. Er hob resignierend die Schultern.
„Kalli, du meinst, er geht ... geht er zum Tatort? Mitten in der Nacht? Warum?"
KHs geöffnete Hände zeigten an, dass auch er keine Antwort wusste.

***

Beim Frühstück war Luther anwesend.
Er sah müde und blass aus; wirkte aber frisch geduscht und sauber gekleidet – sah man seinen schweren schmutzigen Wanderstiefeln ab.
Er aß deftig und schwieg.
Die Stimmung im Festkomitee schien gedrückt.
Noch immer fehlte der katholische Priester.
Offenbar gab es darüber Meinungsverschiedenheiten.
Felix verteidigte seinen Berufskollegen; der junge Musiker hielt dagegen. Die übrigen Mitglieder wirkten gespalten.
Luther schüttelte geistesabwesend den Kopf, als er befragt wurde.

Plötzlich erschien ein übernächtigter, aber freudiger Nils.
„Ein Hotelfrühstück ist doch wesentlich besser als ein Krankenhausfrühstück!" Entsprechend ließ er es sich schmecken.
Den Mädchen ging es gut; alle würden heute Mittag entlassen. Er holte nur die Koffer der Familie ab.
Luther schaute aufmerksam zu.
Ein glücklicher KH und eine frohe Ulla begleiteten Nils zum Parkplatz, als Ulla schwer angerempelt wurde.
Der unachtsame Mann mittleren Alters entschuldigte sich knapp und stürmte dann mit unfreundlichem Gesicht in die Rezeption.
Sofort erklang heftiger Wortwechsel.
Die drei machten kehrt.

In der Rezeption waren Papiere auf den Boden gefegt worden. Mit Wut verzerrtem Gesicht schüttelte der Mann die junge Frau am Empfang.
„Wo ist sie? Los, sag mir, wo sie ist!"
Gerade als Nils und KH eingreifen wollten, kam Verstärkung – der Hoteldirektor und Felix Schalbel.
Der kümmerte sich sofort um die junge Frau, während der Hoteldirektor höflich, aber bestimmt um Aufklärung bat.
„Bitte, Herr Schmiddes, was soll diese Szene? Ihre Frau hat seit gestern Urlaub. Nein, keine Debatten. Jedenfalls nicht hier. Wenn Sie mir bitte in mein Büro folgen!"

***

Andrea Schmiddes war verschwunden.
Sie hatte gestern Morgen gegen 9 Uhr das Hotel verlassen, war aber nicht zu Hause angekommen.
Unwillkürlich tauchten vor Ullas innerem Auge die Pistole und die Schleifspuren auf. Sie schüttelte sich.
Das Festkomitee unterbrach seine Arbeit. Besorgte Stimmen drangen aus dem Wappensaal nach außen, gefolgt von heftigen Diskussionen. Nur von Luther war nichts zu hören.
Die beiden Alten tuschelten geheimnistuerisch und winkten Ulla vertraulich zu. „Nur keine Sorge! Einfach durchgebrannt! Kein Wunder – bei *dem* Mann!"

Später, als KH nach schönen Filmmotiven von der Wartburg suchte, schmuggelte sich Ulla heimlich auf die Empore des Wappensaals, wie Fränzchen ihr das gezeigt hatte.

Luther war anwesend. Er stand müde an die Stirnseite gelehnt, direkt unter dem Kampf des heiligen Georg mit dem Drachen.
Er hob seine Stimme.
„Ruhe, bitte. Natürlich arbeiten wir weiter. Es war allen klar, dass Andrea aufgrund ihres Urlaubs heute und gestern nicht mitmachen würde. Für unsere Arbeit hat sich in Bezug auf Andrea also nichts geändert. Gar nichts."
Ungläubiges Gemurmel.
Machte er sich keine Sorgen um Andrea?
Luther seufzte.
„Wir brauchen die Zeit für unsere Proben - unbedingt. Und die Polizei ist eingeschaltet. Sie wird Andrea viel besser helfen können als wir."
„Ach nein, ehrlich?" Die Haltung des jungen Mannes mit dem geflochtenen Ziegenbart signalisierte offen Widerstand. „Luther der Polizisten-Versteher; Luther, der Obrigkeitsfreund!"
Er lachte hämisch. „Was ist in dich gefahren, Ludwig? Dies mag für den alten Luther ja gelten. Aber wir dachten immer, du bist der bessere Luther!"
Einige Hände klatschten zaghaft Applaus.
Verzweifelt versuchte Felix die Stimmung zu wenden.
„Seid vernünftig, bitte."
Er appellierte an den gesunden Menschenverstand: „Vielleicht ist Andrea nur bei einer Freundin untergekommen. Hat sie nicht häufig genug Probleme mit ihrem Mann angedeutet? Und wenn der Schmiddes nun auch noch gewalttätig wird! Eben hat er jedenfalls versucht Monika zu würgen."
Ulla sah zustimmendes Kopfnicken.

Selbst Thomas, der Musiker, fand kein Gegenargument. Aber er konnte sich eine sarkastische Bemerkung nicht verkneifen:
„Wunder über Wunder! Nun haben wir auch noch einen Schwulen als Frauenversteher. Oder wirst du deinem gerade erst verschwundenen Freund schon untreu?"
Das ging zu weit.
Böse Blicke und widerspruchsvolles Gemurmel der Gruppe wiesen ihn in die Schranken.
Deutlicher Widerspruch kam durch die Stimme einer jungen Frau, die Ulla bisher kaum wahrgenommen hatte:
„Aber - das solltest du doch wissen, Thomas. Homosexuelle Männer sind immer viel einfühlsamer als heterosexuelle!"
Der junge Musiker zuckte wie von einem Schlag getroffen zusammen.
Neugierig betrachtet Ulla die junge Frau: Eigentlich eher ein Teenager, sehr schlank, mittelgroß, hübsches Gesicht, grün-rot gefärbte schulterlange, glatte Haare, Piercing im rechten Nasenloch, intelligente Augen, zerrissene Jeans, ärmelloses T-Shirt, das ein Tattoo am rechten Oberarm offenbarte.
Kopfschüttelnd wollte Thomas auf sie zugehen, aber Luther rettete die Situation mit Humor:
„Na denn! Dann lern mal was über die männliche Einfühlsamkeit, Thomas. Und das von unserem Küken, aber einer offensichtlichen Männerkennerin - von Ivi. Ja, es geschehen wirklich noch Wunder. Merk dir das, du ungläubiger Thomas, du. – Und nun an die Arbeit!"
Die Stimmung entspannte sich.

***

Als KH seine beiden Enkeltöchter unversehrt dem Auto entsteigen sah, bekam er feuchte Augen. Ulla küsste ihn schnell und gerührt, bevor sie ihre Arme weit ausbreitete. Emma vergaß sofort ihren dick bandagierten Arm und hopste glucksend auf ihre Oma zu, während Fränzchen an der Autotür herumdruckste.
Ein aufmunterndes Zwinkern ihrer Mama und ein freundschaftlicher Rückenknuff ihres Papas setzten sie schließlich in Bewegung.
An Ullas Gesicht flüsterte sie: „Entschuldigung, Oma Ulla. Und Entschuldigung, Opa KH."
KHs konsternierten Blick und Ullas „Aber" wischten Kathi und Nils mit einer Geste beiseite.
Fränzchen fuhr fort: „Ich ... das war falsch mit der Pistole." Sie schluckte. „Tut mir leid Oma, dass ich sie dir in Gesicht gehalten habe. Sie hätte losgehen können."
Ulla drückte Fränzchen fest. „Hauptsache, dir ist nichts passiert, Kind."
Fränzchen strahlte sie erleichtert an.
Ein Räuspern ihrer Eltern hinter ihrem Rücken erinnerte sie, dass sie noch nicht fertig war.
Sie schmiegte sich an KHs Arm. „Opa KH, die Pistole war kein Spielzeug. Du hattest Recht. Sie ist echt losgegangen. Ich hätte sofort auf dich hören müssen. Und sie gleich wegschmeißen."
KH tätschelte ihren Kopf und nahm sie dann in den Arm. „Wir sind so froh, dass alles gut ausgegangen ist, Fränzchen. Oma und ich hätten es nicht aushalten können, wenn euch ... wenn irgendwas passiert wäre."

KH hatte Tränen in den Augen.
Nils drückte seinen Vater fest.
Fast verborgen lehnte Luther im Schatten der Steintreppe.
„Hallo, Herr Suchanek", begrüßte ihn Kathi freundlich.
Doch Ulla reagierte befremdet. Hatte er etwa die Szene bewusst beobachtet?
Dann erinnerte sie sich etwas beschämt an ihren eigenen kleinen Spionage-Akt gestern von der Empore.
Sie hatte ihre Gründe gehabt. Luther würde auch seine haben.
Fränzchen hakte sich froh Luther ein. Offenbar war sie erleichtert, Entschuldigung und Schuldbekenntnis hinter sich gebracht zu haben.
Nun konnte sie endlich die Sensation verbreiten.
„Du, ich hab eine wirkliche Pistole gefunden, Luther. Eine richtige. Kein Spielzeug. Sie hat echt geschossen."
Dann schaute sie ihn zweifelnd an.
„Weißt du überhaupt, was eine Pistole ist, Luther? Gab es sie zu deiner Zeit schon?"
Luther lachte.

***

Ulla und KH fanden Fränzchen und Luther in einer nicht einsehbaren Ecke des Wappensaales.
Unter einem Wandgemälde von verschnörkelten Rosen zeigte er ihr Bilder von Pistolen. Felix schirmte die beiden mit seinem Körper ab.
Ulla empörte sich: „Mein Gott, was soll das?"
Aber KHs Hand legte sich beruhigend auf ihren Mund, seine Augen fixierten beschwörend ihren Blick.

Lass ihn, Ulla. Er weiß, was er tut.
Fränzchen blickte kaum auf, als Oma und Opa sich scheinbar beiläufig näherten.
„Nein, die nicht. Sie war kleiner. Zeig mir nochmal die erste."
Luther breitete geduldig Fotos - Internet-Downloads, vermutete Ulla - vor Fränzchen aus. Offenbar hatte Luther sich vorbereitet.
Irgendwann beschränkte sich die Auswahl auf zwei. Fränzchen schwankte, und KH hielt den Atem an.
Fränzchen entschied sich. „Die da! Die war´s!"
KH atmete aus.
Er und Luther sahen sich zufrieden an.
Immer noch irritiert streichelte Ulla zuerst Fränzchen und fragte dann betont unbefangen: „Und was soll das alles, Herr Suchanek? Warum dieses Pistolen-Erkennungs-Spiel mit Fränzchen?"
Offenbar konnte Luther ihren Ton nicht deuten. Er runzelte die Stirn.
„Ich meine", Ulla versuchte Klarheit zu schaffen, ohne Fränzchen in die Wirklichkeit einzuweihen, „ich meine: Eigentlich wäre dies doch Polizei-Angelegenheit gewesen."
KH verzog seine Lippen. Luther blickte irritiert.
„Die Polizei..."
Im Hintergrund klappte eine Tür.
Sie fuhren herum, sahen aber niemanden.
Luther fixierte Ulla scharf und sprach dann sein Urteil: „Die Polizei sind ..."
„Idioten", fiel Ulla vorschnell ein, sich an den Ausspruch ihres Mannes erinnernd.

„Nein!" Luther schüttelte seine weiße Mähne. „Schlimmer. Die Polizei sind Büttel. Büttel der Herrschenden. Und momentan besonders der Schlachter- und Bau-Mafia."
Ulla und KH sahen sich fragend an.
Aber Luther hatte sich in Rage geredet und ließ sich nicht stoppen. „Und natürlich Büttel der Neonazis. Was hier in Thüringen sowieso fast dasselb ..."
Jemand pfiff warnend durch die Zähne.
Es war der junge Musiker mit dem geflochtenen Bart. Offenbar hatte er sich unbemerkt genähert.
„Luther", er klang sehr besorgt, „du redest dich um Kopf und Kragen."
Luther schnaufte verächtlich. „Und wenn die Welt voll Teufel wär..."
„... so tät ich mich nicht fürchten", fiel Felix´ Stimme zögernd ein. Doch dann nahm sie Fahrt auf. „Aber Luther, doch, bitte, fürchte dich", fuhr er beschwörend fort. „Leider geht es hier nicht um Teufel. Leider geht es hier um weltliche Macht. Um handfeste wirtschaftliche und politische Interessen."
„Trotzdem!" Luther schüttelte widerspenstig seinen weißen Schädel. „Da halte ich es doch gern mit dem echten Luther - Gottvertrauen!"
Beinahe theatralisch breitete er seine Arme aus und sang ein Kirchenlied:

Beweis an uns dein große Gnad
und straf uns nicht auf frischer Tat,
wohn uns mit deiner Güte bei,
dein Zorn und Grimm fern von uns sei.

Sein tiefer Bass erfüllte den dämmrigen Wappensaal und vermittelte die Überzeugung, dass es sich nicht um eine Bitte, sondern um eine Gewissheit handelte.
Fasziniert betrachtete Franzi den alten Mann. Sprüche aus ihrem Kommunionsunterricht wurden durch ihn lebendig.
„Und im finsteren Tal - der Herr ist mein Hirte", ergänzte zuversichtlich ihre glockenhelle Stimme, als Luther geendet hatte.
„Eben. Das kleine Mädchen hat es verstanden", sagte Luther zufrieden und streichelte sanft Franzi über den Kopf.
Thomas und Felix rollten verzweifelt ihre Augen gen Himmel.

***

Am Abend wurde Luther im Schlosshof in aller Öffentlichkeit verhaftet.

Als die schwer bewaffneten Polizisten Luther ins Auto stießen, war die „junge Familie Briksteen" glücklicherweise bereits abgereist. So wurde Fränzchen dieser Schock erspart.

Der Rest des Festkomitees gluckte im Unglück noch enger zusammen. Die Mitglieder ließen keine Außenstehend in ihren inneren Zirkel. Aber Ulla nahm heftige Diskussionen wahr.

Als die beiden alten Damen beim Abendbrot ihren Tisch näher an Ulla und KH heranrückten, seufzte letzterer zwar innerlich, verzichtete aber auf Protest.

Daher konnten die beiden Alten die Gelegenheit zum Reden gut nutzen.
Sie stammten aus Erfurt. Sie sprühten vor Wissen, das sie unbedingt loswerden wollten.
„Luther, äh, Herr Suchanek ist schon seit DDR-Zeiten ein Begriff. Als informeller Informant."
Stirnrunzeln bei KH und Ulla.
„Er hat Kirchenmitglieder an die Stasi verraten."
KHs skeptischer Blick bewirkte eine Modifizierung.
„Natürlich aus guten Gründen. Er musste sich selbst retten."
Als KH und Ulla verständnislos nachfragten, erklärten die beiden, dass Luther zu DDR-Zeiten Beihilfe zu illegalen Grenzübergängen geleistet habe.
„Also Fluchthelfer?", fragte Ulla unschuldig aus BRD-Sicht nach.
„Psst", die beiden sahen sich schnell um. Ängstlich. Als ob die Zeit zurückgedreht worden wäre.
„Illegale Republikflucht. Darauf standen lange Haftstrafen."
„Er wollte sich das ersparen", ergänzte flüsternd die Dünne, „und hat dann sein Flucht-Netzwerk auffliegen lassen."
Aber die Dicke urteilte laut und selbstgerecht: „Andere reinreißen, um sich selbst zu retten! Der reinste Judas! Bigott, nenne ich das, bigott. – Aber so sind sie halt, die Katholen."
Ulla und KH warfen sich fassungslose Blicke zu.
Wie kamen nun plötzlich die Katholiken ins Spiel? Und wie sollte man den Vorwurf des heimtückischen Verrates bewerten?

Behütet in der BRD aufgewachsen, suchten KH und Ulla nach einer angemessenen Reaktion auf diese Aussage. Ihnen fiel nichts ein.
Um wieder sicheren Boden unter die Füße zu gewinnen, fragte KH: „Und heute? Was hat er sich heute zuschulden kommen lassen?"
Die Körperhaltung der beiden signalisierte deutliche Abwehr.
„Heute? Wir wissen nichts."
KH hob skeptisch die rechte Augenbraue. Genau wie Ulla war er überzeugt: *Das ist eine Lüge.*

***

Im Kaminzimmer wünschte sich Ulla die Enkeltöchter herbei. Mit ihnen hatte sie ohne Verdacht zu schöpfen durchs Hotel stromern und Eindrücke sammeln können. Und nun?
Das Festkomitee mied das Kaminzimmer, und die Tür zur Empore über dem Wappensaal fand sie verschlossen. An einem Tischchen an der Bar lauerten die alten Damen.
Sie musste sich etwas ausdenken.
KH verdrehte zwar die Augen, als sie ihm ihren Vorschlag unterbreitete, aber er widersprach nicht.
„Es wolle Gott uns gnädig sein", murmelte er, als er sich erhob.
„Hä?" Aus Ullas Gesicht sprachen tausend Fragezeichen.
KH freute sich über seine gelungene Überraschung und erläuterte kurz von oben herab: „Kirchenlied Luthers. Vergiss nicht, dass ich in meiner Jugend mal Kindergottesdienst gehalten habe."

Ausgesprochen würdevoll ließ er dann sein leeres Glas an der Bar auffüllen. Anscheinend zufällig setzte er sich zu den beiden alten Damen. Sie waren bald in ein eifriges Gespräch verwickelt.
Ulla grinste zufrieden.
Sie selbst zog sich ins Kaminzimmer zurück, las und trank viel Wasser.
Daher hatte sie - fand sie - guten Grund häufig die Toilette aufzusuchen. Der Weg dorthin führte am Wappensaal vorbei.
Zufälligerweise verirrte sich Ulla hinein. Sicherheitshalber blieb sie im spärlich erleuchteten Eingangsbereich stehen.
„Wir sind hier nicht mehr in der DDR", hörte sie Felix sagen. „Sie können nicht einfach Leute festnehmen! Wir müssen entschieden protestieren!"
„Und – was soll das bringen?"
Thomas´ skeptische Stimme übertönte das zustimmende Gemurmel der anderen.
„Ja, ja, du hast völlig Recht. Wir sind nicht mehr in der DDR. Aber das heißt noch lange nicht, dass es keine Seilschaften mehr gibt. Oder Netzwerke, wie es auf BRD-Deutsch heißt. Ihr wollt mir doch nicht ernsthaft erzählen, dass unser lieber Herr Löb keine Kontakte zum Polizeipräsidium oder zur Presse pflegt?"
Stille. Offenbar hatte er einen Nerv getroffen.
Felix gab noch nicht auf. „Kontakte oder auch Netzwerke – ja, da gebe ich dir Recht, Thomas. Aber auch die können keine willkürlichen Verhaftungen bewirken!"
Es war die Stimme der jungen Frau mit dem Piercing, die widersprach. „Träum weiter, Felix!"
Ulla war über den ironischen Ton sehr erstaunt.

Sarkastisch fuhr Ivi fort: „In welcher guten Welt lebst du denn? Natürlich wird dies nach außen keine willkürliche Verhaftung sein, Felix. Es wird einen Grund geben. Mindestens einen. Ich glaube, im Fabrizieren von Verhaftungsgründen stehen sich DDR und BRD nicht nach."

Leider brachte in diesem Moment ein Kellner Getränke. Mit einer schwachen Entschuldigung huschte Ulla hinaus; er schaute ihr misstrauisch nach.
Bei ihrem nächsten Toilettengang fand sie die milchige Doppelglastür zum Wappensaal abgeschlossen. Zwar drangen durch den breiten Spalt Stimmen, aber sie konnte nichts verstehen.

An der Bar befand sich KH immer noch in einem angeregten Gespräch mit den alten Damen. Genauer gesagt: Sie redeten eifrig auf ihn ein, während er verständnisvoll nickte und sein Gesicht in aufmerksame Zuhörer-Falten legte. Als er Ulla erblickte, verdrehte er seine Augen und warf einen flehentlichen Blick gen Himmel.

Doch sie ignorierte die kleine Gruppe, bestellte sich einen Rotwein ins Kaminzimmer und setzte sich so, dass sie durch das Glasfenster im Türrahmen die Rezeption im Auge behielt. Sie versuchte sich auf ihren E-Reader zu konzentrieren.
Nichts Wesentliches ereignete sich.
Irgendwann musste sie eingenickt sein, denn Ivi drückte ihr plötzlich ihr E-Book in die Hand. „Das ist Ihnen aus der Hand gerutscht. Ich wollte nicht, dass es kaputt geht."
Als Ulla sich bedankte, winkte Ivi ab.

„Okay, okay. Aber was lesen Sie denn da? Ich hab nur einen kurzen Blick drauf geworfen", sie klang entschuldigend, „ aber da fielen mir einfach die Namen des Trios auf – Zschäpe, Mundlos und Böhnhardt."
Ulla nickte müde. „Ja, ja - das ist „Heimatschutz" von Stefan Aust. Sehr interessant."
Ivi winkte ab. „Den richtigen Heimatschutz kenn ich natürlich. NSU und so. Kommt ja von hier. Aber das Buch kenne ich nicht. Gibt´s was Neues?"
Ulla schwieg verdutzt. Was wäre neu an der rechtsextremistischen Szene und ihren Verflechtungen mit den Staatsorganen für eine junge Frau aus Thüringen?
Sie zuckte die Schultern. „Weiß nicht. Vielleicht. Das müssen Sie selber lesen."
Ivi nickte und verschwand so lautlos wie sie gekommen war.

Nach einer endlosen Wartezeit wollten Ulla schon wieder die Augen zufallen. Im letzten Moment nahm sie die erhoffte Bewegung am Rezeptionstisch wahr.
Langsam und vorsichtig bewegte sie sich näher zur Tür. Verstohlen durchforsteten ihre Augen den Raum.
Nein, niemand außer ihr befand sich im Kaminzimmer. Sie ging in die Knie und schaute durchs Schlüsselloch.
Felix hatte seine Hand auf die Schulter der jungen Frau gelegt.
„Moni", sagte er beschwörend, „mach dir keine Sorgen. Sie ist in Sicherheit! Davon bin ich überzeugt."
Ein Geräusch hinter sich ließ Ulla zusammenfahren.
Leider konnte sie sich nicht so schnell wie in jüngeren Jahren aus der Hocke erheben. In ihrem Rücken knackte

etwas; sie konnte sich nur schwerfällig und langsam umdrehen.
Als sie KHs schadenfreudiges Lachen hörte, war sie empört, aber beruhigt.

***

Wegen der langen Nacht waren sie die letzten beim Frühstück. Dennoch zeigte Ulla sehr diskret auf eine kleine Notiz im hinteren Teil des *Erfurter Boten*. Beim Durchblättern hatte eine Überschrift ihr Interesse geweckt.

Verhaftung - Unbekannte Leiche gefunden
Eisenach.es
Wie wir kurz vor Redaktionsschluss von der örtlichen Eisenacher Polizei erfuhren, wurde gestern am Spätnachmittag ein Mann auf der Wartburg verhaftet. Die Festnahme steht offenbar im Zusammenhang mit der Leiche eines unbekannten Mannes, die in einem abgelegenen kleinen Bauernhof gefunden wurde. Der inhaftierte L.S., Besitzer der Kate, hüllt sich in Schweigen.

„L.S.", flüsterte Ulla. „Ludwig Suchanek. Glaubst du, Kalli, dass Luther ein Mörder ist?"
K.H. warf ihr einen beschwichtigenden Blick zu. „Ulla, keine vorschnellen Schlüsse. Wir wissen überhaupt noch nichts!"
Er hatte Recht. Es gab nur wenige Tatsachen.
Männliche Leiche - also Gott sei Dank war die tote Person nicht Andrea.
Fundort – eine abgelegene Bauern-Kate, die offenbar Luther gehörte.
„Leider fällt ein Verdacht auf Luther - denn er ist der Besitzer", musste Ulla der Polizei zugutehalten.

„Na ja", KH schien nur halb überzeugt, „ aber was sollte sein Motiv sein?"
Fieberhaft dachte Ulla nach. „Was ist mit ... mit ... na ja, so was wie Feinde? Er wurde bedroht und hat sich gewehrt. Notwehr, natürlich. "
„Feinde?" KH zeigte sich überrascht, doch Ulla ließ sich nicht beirren.
„Du, Kalli, das ist gar nicht so abwegig. Denke an die beiden Männer, die Fränzchen als Zigeuner bezeichnet. Sie haben Luther eindeutig bedroht; ich hab´s selbst gehört."

***

Dann beim Kofferpacken schlug KH beiläufig vor, statt direkt nach Hause zurückzukehren, noch „eine kleine Spritztour" durch Thüringen zu unternehmen. „Das wolltest du doch schon immer mal machen. Schmalkalden und so."
Klar wollte sie das. Vor der Reise war es ihre Idee gewesen, diesen historischen Ort an den Wartburg-Aufenthalt anzuhängen. KH hatte das damals als „zu viel" empfunden.
Ullas Verwunderung stand wohl in ihrem Gesicht zu lesen, denn KH gestand etwas dünn: „Okay, Ulla, ich wollte die Tour nicht. Aber was soll´s nun? Zuhause tigerst du nur unruhig umher, bevor dieser Fall nicht geklärt ist. Also", er lächelte sie vielsagend an, „also bringen wir´s jetzt schnell hinter uns. Du beschäftigst dich jetzt mit der Sache, und ich hab schneller meine Ruhe!"

An der Rezeption im Wartburg-Hotel händigte ihnen der diensthabende Mitarbeiter neben der Rechnung auch

Ullas E-Book-Reader aus. „Entschuldigung, der wurde gestern Abend im Kaminzimmer gefunden. Man vermutet, dass es Ihrer ist."
Dass sie in ihrer Müdigkeit ihr E-Book vergessen hatte, wunderte Ulla weniger. Aber dass Ivi wie aus dem Nichts plötzlich neben ihr stand und murmelte: „Danke! War wichtig! Dem Gerät ist nichts passiert, wir haben gut aufgepasst!" - das erweckte Ullas Erstaunen. Zudem nickte Ivi ihr freundschaftlich und vertrauensvoll zu.
Die spinnen doch alle hier!
Als KH sie fragend anschaute, weil er ihr Gemurmel nicht verstanden hatte, flüsterte sie liebevoll in sein Ohr: „Ich weiß nicht, KH, aber irgendwie spinnen hier alle."
Zustimmend nickte er.

4 Alle Welt, die freue sich und sing mit großem Schalle

Statt auf der Autobahn Richtung Frankfurt fuhren sie auf einer kleinen Landstraße Richtung Schmalkalden.
Geistesabwesend verfolgten Ullas Augen die gewundene Straße durch hellgrüne Buchenwälder.
Fast nahtlos knüpfte sie an das morgendliche Frühstücksgespräch an.
„Doch, KH, wir wissen ganz schön viel. – Auch Dank deines heldenmütigen Einsatzes bei den alten Frauen gestern Abend!"
Sie grinste ihn hinterhältig an.
Die kurvige Strecke durch das sanft-grüne Thüringer Bergland erwies sich als wenig befahren. Also konnte KH ihr einigermaßen aufmerksam zuhören.
Ulla versuchte ihre Gedanken zu sammeln. Was war ihr von KHs Kurzbericht über das Getratsche der Alten im Kopf haften geblieben?
Luther – der Liebling aller Frauen.
„Glaubst du, KH, dass es sich um eine Eifersuchtstat handelt? Dass vielleicht der Mann von Andrea Schmiddes …"
KH schüttelte entschieden den Kopf. „Nein, nein. Die beiden hatten kein Verhältnis. Die Zärtlichkeit zwischen ihnen schien eher – eher verwandtschaftlich."
Ja, so sah Ulla das auch. Was dann?
Luther - viel Feind, viel Ehr. Er liebte das richtig.
„Er hat sich Feinde gemacht." Klar. KH nickte zustimmend. „Aber wobei?"
Schnüffelte gern herum. Legte sich gern an. Besonders mit den Oberen.

„Oder glaubst du, dass Luther irgendwelchen Kriminellen auf der Spur war - sowas wie der thüringischen Mafia? Die haben ihn zuerst bedroht, und dann hat er sie umgebracht – vielleicht nur in Notwehr, weil sie ihn auf der Wartburg bedrohten?"

„Hmm", KH konzentrierte sich auf die Straße. „Natürlich – denkbar wäre das. Aber dann ist Zeitraum sehr eng, in dem Luther die Tat hätte begehen können."

Ulla seufzte.

KH hatte Recht.

Die Männer hatten Luther am ersten Abend gedroht, und bereits am Nachmittag des zweiten Tages hatte Fränzchen die Waffe gefunden. Während der gesamten Zeit war Luther auf der Wartburg gewesen. Sie hatten ihn selbst dort gesehen.

„Also, Monsieur Poirot, was sind derzeit Ihre Schlussfolgerungen?", fragte KH mit einem leicht ironischen Unterton.

Ulla setzte sich gerade, zupfte eitel an einem imaginären Schnurrbart und verdunkelte nicht nur ihre Stimme, sondern gab ihr auch einen leicht französischen Akzent.

„Oui, voila, isch weiß, dass isch nischt weiß. Es ist noch zu fruh, um Schlüssfolgerungen su siehen. Warten wir ab, was votre amis de police der Presse mitteilen. Morgen Seitüng lesen, Monsieur K-A, morgen Seitüng lesen!"

KH grinste.

Glücklicherweise brauchten sie nicht bis zum nächsten Tag zu warten. Die späten Abend-Nachrichten waren schneller.

***

Aber jetzt war es einfach nur ein netter Ferientag.
Oder fast.
An diesem sonnigen Frühlingsmittag befuhr KH gemächlich und ohne Plan - so schien es Ulla - viele kleine Nebenstrecken durch den Thüringer Wald. Sie erfreuten sich an blühenden Obstbäumen, gelben Rapsfeldern und bunten Blumengärten in den kleinen Ortschaften.
Ulla summte vor sich hin.
„Wirst du jetzt plötzlich fromm, oder was?" Sie meinte eine leichte Missbilligung in KHs Stimme zu hören.
Erstaunt blickte sie ihn an.
„Du singst ein Kirchenlied", erläuterte er.
„Na und, KH? Eigentlich heißt es: *Geh aus mein Herz und suche Freud in dieser schönen Frühlingszeit*. Ich werde nämlich noch viel Freude brauchen und sammele sie schon mal auf Vorrat. Aber das ist Paul Gerhardt und nicht Luther."
Sie deutete auf das Smartphone in ihrem Schoss. „Hab ich mal gegoogelt. Luthers Kirchenlieder. Und dies passt auch auf Paul Gerhardts Melodie*: Und alle Welt, die freue sich und sing mit großem Schalle*! Es ist Original-Luther!"
Unbeeindruckt zuckte KH seine Schultern und fuhr stetig weiter.
Sie meinte den Weg zu erkennen. „Ist dir eigentlich klar, KH, dass du zurückfährst?"
Als er nicht antwortete, wusste sie, dass er die Route mit Absicht geändert hatte.
Er parkte und hielt ihr die Tür auf.
„Bitte, Monsieur Poirot", sagte er mit einer übertriebenen Verbeugung, „ohne eine erneute Besichtigung des Fund-

ortes der Waffe wären Sie nicht glücklich - ne pas heureux!"

***

Sie war trotzdem nicht glücklich; und KH zeigte blankes Entsetzen.
„Wer hat denn hier gewütet? Hier kann man ja überhaupt nichts mehr erkennen – keine Motorradabdrücke, keine Schleifspur. Die Laubmulde, in der Fränzchen die Pistole gefunden hat, ist total durchwühlt. Und drum herum alles zertrampelt. Noch nicht mal mehr Fränzchens Spuren von ihrem Sturz und dem anschließenden Hinunterkugeln sind intakt!"
Ullas Magen fühlte sich flau an.
„Glaubst du ... könnten vielleicht Wildschweine ...?"
KH schüttelte den Kopf und zeigte ihr Schnittstellen an einem Baum.
„Wildschweine schneiden keine Rinde aus Bäumen. Wohl aber Menschen, die z.B. Spuren von einem Streifschuss oder eine Kugel entfernen wollen."
Es fiel ihr schwer, aber dann gehorchte ihre Stimme doch.
„Könnte Luther dies angerichtet haben? In der Nacht, als er nicht im Hotel war?"
KH ließ sich Zeit mit der Antwort und suchte einen größeren Umkreis ab. Dann hockte er sich hin und winkte sie heran.
„Theoretisch schon. Wenn er nach dem langen Marsch vom Hotel hierher noch viel Energie und eine gute Taschenlampe gehabt hätte. Aber schau mal hier."
Ulla erblickte Fußspuren in unterschiedlicher Größe.
„Stiefelspuren!"

„Polizeistiefel", KH fügte dieses Detail sehr betont hinzu, „Polizeistiefel – und zwar verschiedene!"
Langsam stand er auf.
Es war unglaublich. Ulla musste zur Sicherheit nochmal nachfragen.
„Willst du damit sagen, KH, dass die Polizei bewusst die Spuren am Fundort der Waffe zerstört hat?"
Ja, er nickte bestätigend. Ja, genau das wollte er sagen.

In Gedanken versunken fuhren sie weiter. Von der malerischen Landschaft nahmen sie nichts wahr.
Einmal deutete KH durch die Frontscheibe nach rechts oben.
Durch Hecken und Bäume schlängelte sich ein steiniger, trockener Feldweg den steilen Hang hinauf. Durch einen aufgeschichteten Holzhaufen und ein Gebüsch fast vollständig versteckt, duckte sich ein Häuschen unter eine dunkle Baumgruppe aus Tannen und Eichen.
Es wäre ihnen normalerweise nicht aufgefallen. Aber dichte Staubwolken über dem Pfad deuteten auf rege Verkehrsbewegungen hin. Vor dem Holzstapel parkte ein blau-weißer Wagen.
„Votre amis de police", flüsterte KH, „auf Luthers Grundstück."
Ulla nickte geistesabwesend.
Irgendwann kam sie in die Wirklichkeit zurück und sagte zögernd: „Eigentlich, Kalli, eigentlich macht dieser Aufwand an Zerstörung doch nur Sinn, wenn es sich nicht nur um den Fundort der Waffe handelt. Sondern um ...", sie druckste ein bisschen herum, „um ... um den Tatort."
KH schien nur halbwegs erstaunt.

„Vermutlich", bestätigte er gedehnt, „das scheint mir auch wahrscheinlich."
Nachdenkliches Schweigen.
Es war Ulla, die es nach einiger Zeit durchbrach. „Ich brauch jetzt erst mal einen Kaffee."

Leider musste sie auf diese Stärkung verzichten.
Denn als sie an Schloss Wilhelmstal vorbeifuhren, überkam Ulla plötzlich eine Idee. Fast wäre sie KH ins Lenkrad gefallen.
„Stopp, halt an, Kalli, bitte!"
Kopfschüttelnd bremste er scharf ab und bog auf den Parkplatz ein.
Ulla kramte etwas aus ihrer Handtasche und steckte es in die Tasche ihres Anoraks. Es sah aus wie ihr zusammenrollbarer Einkaufsbeutel aus reißfestem Material.
„Frag nicht, Kalli", riet sie, als sie seinen erstaunten Blick sah. „Gib dein Bestes und wandele als harmloser Spaziergänger hier herum. Mach einfach ein paar Fotos, schau dir die Häuser an, und so."
Während Ulla scheinbar absichtslos und vollkommen harmlos durch eine Lücke im Bauzaun verschwand, gab KH tatsächlich sein Bestes als typischer Spaziergänger.
Es fiel ihm nicht leicht.
Zwar fand er schöne Fotomotive:
Gewelltes grünes Land, das zu einem kleinen See abfiel, der durch eine Blumeninsel geteilt wurde. Im Vordergrund die alten, verfallenen Schlossgebäude, hinter deren Säulengang Ulla gerade in die Tiefe hinabstieg. Darüber ballten sich graue Gewitterwolken.

Kam daher dieses unheimliche Gefühl, das ihn beschlich, dieser Eindruck von Bedrohung?
Nein, KH war sich sicher. Das war es nicht.
Er fühlte sich beobachtet.
Schnell drehte er sich herum. Eine Gardine im Erdgeschoss des verkommenen Wirtschaftsgebäudes bewegte sich.
Hatte hier nicht Fränzchen vor wenigen Tagen eine alte Frau als Hexe bezeichnet?
KH horchte.
Von Ulla kein Geräusch.
Am Horizont nahm er eine Bewegung wahr. Es sah so aus wie – nein, das konnte nicht sein.
Sicherheitshalber zoomte er mit der Kamera das Bild heran.
Doch! Fünf dunkelhaarige, magere Männer marschierten auf sie zu, Schüppen und Hacken drohend in die Luft erhoben.
„Ulla, beeil dich! Gefahr im Verzug!" KH versuchte seine Frau leise, aber eindringlich zu mahnen.
Keine Antwort.
Die Männer waren nur noch dreißig Meter entfernt. Ihre Kleidung wirkte verwahrlost, ihre Gesichter blickten finster.
„Ulla, Achtung!" KHs Stimme warnte nun laut und deutlich.
Kein Lebenszeichen.
Ihm blieb nichts anderes übrig als ebenfalls durch die Treppe hinter dem Säulengang zu klettern.
Je eiliger er sich bewegte, umso schneller kamen die Männer näher. Sie redeten nicht, aber ihre Bewegungen

mit Schaufeln und Hacken sprachen eine deutliche Sprache.
„Ulla, schnell! Wir müssen sofort hier weg!"
Er fand sie unterhalb der Treppe kniend, ihren Kopf in ein Loch gesteckt.
Als sie seine flehende Stimme hörte, richtete sie sich etwas mühsam auf.
Ein Blick hinter seinen Rücken ließ sie sofort die Situation erkennen.
„Komm! Hinter mir her!" Sie steckte eilig etwas in ihre Tasche und signalisierte ihm zu folgen.
Einen kurzen Moment zögerte er. Aus dem Loch stank es.
Ein kurzer Blick hinein zeigte ihm völlig verschmutzte Männerkleidung. Eine Jeans, ein Hemd. Weiter kam er nicht.
Ullas Stimme drängte zischend:„ Beeil dich! Aber Achtung, fall nicht!"
Als er sie einholte, zwängte sie sich gerade unterhalb des Säulenganges eng an der Wand entlang durch einen kleinen Graben.
KH meinte Laufschritte hinter sich zu hören und folgte ihr gebückt.
Kurz bevor er um die Ecke bog, blickte er sich schnell, aber vorsichtig um.
Der erste Verfolger hatte das Loch in der Treppe erreicht.
Offenbar erstaunte ihn dieser Anblick. Er blieb abrupt stehen und machte seinen Kumpels eilige Handbewegungen.

„Erst mal haben wir sie abgeschüttelt", flüsterte KH etwas außer Puste, als er Ulla hinter dem verkommenen Haus der alten Frau einholte.
Abwehrend schüttelte sie den Kopf und zeigte mit dem Kinn auf ein Fenster.
Verstanden, nickte er.
Sie hakte sich bei ihm unter, und beide verließen schnell die Gefahrenzone. Vom Parkplatz kamen ihnen Touristen entgegen. Erleichtert atmeten sie auf.
„Du stinkst", flüsterte er in ihr Ohr. Sie knuffte ihn freundschaftlich.
„Fahr hier erst mal weg, dann zeig ich dir was."

***

„Und was machen wir nun damit?"
Sie hielten etwa 10 Kilometer hinter Wilhelmstal auf einem kleinen unbelebten Waldparkplatz.
Ulla hatte spitzfingrig mit einem Papiertaschentuch aus ihrem wasserdichten Einkaufsbeutel einen verschlissenen schwarzen Herrensocken gefischt. Er stank bestialisch.
„Wie Gülle. Als ob er in ein Jauchefass gefallen wäre!" KH wandte seine Nase ab.
„Hm. Oder bewusst hinein gesteckt. Um einen anderen Geruch und eine andere Farbe zu übertünchen."
„Wie kommst du denn darauf?"
Während KH trotz Ullas besorgtem Blick die Scheibe öffnete, zog sie vorsichtig ihren zweiten Fund aus dem Beutel.
Ein schmuddeliges Herrentaschentuch.
„Siehst du die Flecken. Grünlich, braun, schwarz und hier – schwarzrot."

KHs Magen regte sich unangenehm.
„Ich denke, das ist Blut!"
Hinter ihnen knackte es im Wald.
Erschreckt ließ KH die Scheibe hochfahren und Ulla flüsterte fast panisch: „Gib Gas!"
Beim eiligen Wenden erblickte KH im Rückspiegel einen Waldarbeiter.
Er hielt ein Handy an sein Ohr gepresst und gestikulierte wild hinter ihnen her.

Als sie wieder auf die Hauptstraße einbogen, folgte ihnen ein schweres Motorrad.
Trotzdem summte Ulla vor sich hin. *Und alle Welt, die freue sich und sing mit großem Schalle.*
Dann warf sie einen beruhigenden Blick auf KH, der sich angestrengt bemühte, das Motorrad abzuschütteln.
„Nein, ich bin nicht verrückt geworden, KH. Ich bin sehr, sehr froh. Wir haben ein wichtiges Beweisstück gefunden! Glaub mir. Fahr zurück nach Eisenach. Und lass den Motorradfahrer doch einfach vorbei! "
KH bremste und zeigte ihr einen Vogel.

***

Am schwersten war es, den Jaguar durch die schmale Einfahrt des altehrwürdigen „Eisenacher Hofes" zu bugsieren.
KH lenkte äußerst langsam und übervorsichtig, um Kratzer zu vermeiden.
Ulla unterdrückte ihre Ungeduld und überspielte ihre aufkeimende Gereiztheit mit Verständnis.
Ja, ja, die Katze ist nun mal sein Schmuckstück. Denn wie hatte die Beamtin damals in ihrer Kfz-Zulassungsstelle

gesagt? *Ach, Sie wollen ein Kätzchen anmelden?* Und schnell hinzugefügt, als sie ihre verständnislosen Blicke sah: *So sagt man doch zu einen Jaguar, nicht wahr?*
Kätzchen passte nicht, fanden Ulla und KH übereinstimmend, dazu war der Wagen einfach zu majestätisch. Aber Katze.
Nach dem Parken gestaltete sich alles einfach.
Ein Zimmer war schnell gebucht, zumal an der Rezeption die blonde junge Frau mit dem Pferdeschwanz Dienst hatte. Sie erkannte sie sofort, denn erst gestern hatte sie in dem zur gleichen Kette gehörenden Wartburg-Hotel ausgeholfen. Monika. Moni. So jedenfalls hatte Felix sie genannt.
Natürlich rief sie gern im Pfarrhaus an, um Pfarrer Schalbel ausrichten zu lassen, dass ihn Frau Wokkel und Herr Briksteen Senior unbedingt und schnellstmöglich sprechen wollten.
„Der Pastor ist noch im Gottesdienst", teilte sie mit. „Aber ich versuche es immer wieder - keine Ursache, gerne", wehrte sie KHs Dank ab.
Hier ist mehr im Spiel als professioneller Service am Kunden!
Als Ulla diesen boshaften Hintergedanken ihrem Mann mitteilte, lächelte der nur milde.
„Na und, Ulla? Warum sollten eine nette junge Frau und ein unverheirateter evangelischer Pfarrer keinen Gefallen aneinander finden?"
Ja, warum nicht? Es sei denn...
KH erriet ihren Einwand und grinste sie breit an.
„Bedenke, dass du bisher keinen Beweis für Felix Schalbels mögliche Beziehung zu Marko Pape hast. Außer dem

Klatsch der alten Frauen. Und seit wann hörst du auf sowas?"
Peinlich berührt stellte Ulla fest, dass sie errötete.
Auch der Musiker mit dem geflochtenen Ziegenbart, wollte sie zu ihrer Rechtfertigung anführen.
Aber sie biss sich auf die Zunge. KH hatte Recht. Es gab nur Gerüchte. Keine Fakten.
Sie genehmigten sich einen Cognac als Aperitif und schauten sich in der gut besuchten Lobby gemeinsam KHs Fotos an.
Einen Schnappschuss von Schloss Wilhelmstal vergrößerte KH auf Ullas Bitte so weit, dass man nichts mehr vom sanierungsbedürftigen Schloss, sondern nur noch das Schild mit der geplanten Baumaßnahme sah.
„Da!" Ullas Zeigefinger deutete aufgeregt. „Bauunternehmen: I. Löb."
„Löb, Löb", grübelte KH, „wo hab ich den Namen schon mal gehört?"
„Kannst du gar nicht", Ulla war sehr bestimmt, „ich weiß ihn vom Festkomitee."
„Und ich von den alten Damen!" KH erinnerte sich plötzlich sehr genau an sein Gespräch in der Bar.
Die beiden Alten - berichtete er nun - hatten sich nur vielsagend angeschaut, als KH beim zweiten Glas Sekt und einer neuen Schüssel Knabberei noch einmal nachhakte.
Hatte sich Luther denn auch heutzutage Gegner gemacht?
Sie steckten sich Nüsse und Rosinen in den Mund und zuckten die Schultern.
Gegner, gar Feinde?
Feinde - na ja, das sei wohl etwas stark ausgedrückt. Aber - ein vielsagender Blick und gegenseitiges Zuprosten –

„aber natürlich lieben die großen Bosse es nicht, wenn jemand ihre Machenschaften anprangert."
Die Frage nach den Machenschaften wurde nicht beantwortet.
Wohl aber wurde einer „der großen Bosse" benannt – Ingo Löb, Bauunternehmer. Eigentlich „die gesamte Familie". Mehr hatte KH ihnen nicht entlocken können.

In Ullas Gehirn ratterte es.
Seilschaften ... unser lieber Herr Löb ... Kontakte zum Polizeipräsidium oder zur Presse ...
Sie wollte gerade diese Erinnerungen mit KH teilen, als ein weiterer Gast die Nachrichten im regionalen TV laut stellte.
Erfurt. Die Staatsanwaltschaft hat heute den vorläufigen Haftbefehl gegen L.S. außer Kraft gesetzt Mangels an Beweisen. L.S. war im Zusammenhang mit der kürzlich in seiner Kate gefundenen, noch immer unbekannten Leiche festgenommen worden. Die mutmaßliche Tatwaffe wurde am Donnerstagnachmittag von Spaziergängern zufällig entdeckt. Wie aus Polizeikreisen verlautet, trat der Tod des Unbekannten vermutlich am Donnerstag zwischen 11.00 und 15.00 Uhr ein. Für diese Zeit hat Herr S. ein Alibi.
Ulla flüsterte sofort: „Also nach Andreas Verschwinden und kurz bevor Fränzchen die Waffe entdeckte!"
Da wurde auf dem Bildschirm eine Zellentür aufgeschlossen: Luther, dessen Gesicht unkenntlich gemacht wurde, der aber durch Kleidung und Figur unschwer zu erkennen war, trat ins Freie.
Die Polizei bittet um Mithilfe der Bevölkerung. Dies ist der unbekannte Tote.
Ein Foto wurde eingeblendet.
Ulla sog hörbar den Atem ein, und KH legte beruhigend seine Hand auf ihren Arm.

Falls Sie Angaben zu diesem Mann machen können, nimmt jede örtliche Polizeidienststelle sachdienliche Hinweise entgegen unter folgender Nummer ...

Ulla schnaufte erneut.
Dann kramte sie recht umständlich einen Zettel und einen Stift aus ihrer Handtasche.
Vorsichtig schaute sich KH um. Als er die neugierigen Blicke der anderen Gäste auf Ulla bemerkte, prostete er seiner Frau zu.
„Auf einen wunderbaren Urlaub, mein Schatz", sagte er betont liebevoll und laut. Er zog sie an sich heran und küsste sie auf die Wange.
Dabei flüsterte er in ihr Ohr: „Kein Wort! Du kennst den Mann nicht! Verstanden? Verhalt´ dich ganz normal wie eine verliebte Touristin!"
Laut sagte er: „Ein wunderbarer Tag heute! Wie heißt es doch so schön bei Luther: Und alle Welt, die freue sich und singe mit großem Schalle!"
Ulla verschluckte sich an ihrem Cognac.

5 Bey Gott ist viel mehr Gnaden

Auf ihrem Weg ins Pfarrhaus stritten sie.
„Doch, Kalli, das war einer der beiden Männer, die Luther auf der Wartburg bedroht haben. Ich bin sicher!"
Sie könne nicht sicher sein. Es sei dunkel gewesen. Und selbst wenn – sie könne keinerlei weitere Angaben zu dem Mann machen. Also. Was nütze dann der Polizei ihr Hinweis?
„Ulla", beschwor er sie, „Ulla versteh doch. Das einzige, was passieren kann, ist: Du belastest Luther. Du lieferst der Polizei ein Motiv, warum Luther auf den Mann geschossen haben könnte."
Trotzdem. Ulla war halsstarrig. Die Polizei musste es wissen. Vielleicht half es weiter.
KH seufzte und versuchte einen anderen Überzeugungsweg.
„Wir haben noch nicht mal die Socken und das Taschentuch der Polizei übergeben, geschweige denn, sie auf den Rest der Kleidung im Loch aufmerksam gemacht. Du wolltest erst Felix Schalbels Einschätzung hören. Dann bitte, Ulla, bitte, lass uns im Fall des „Zigeuners" genauso handeln."
Darauf ließ sich Ulla ein.

Der junge Pfarrer wirkte müde und überarbeitet.
Tiefe Sorgenfalten hatten sich in seinem Gesicht eingegraben. Selbst Monikas herzlicher Gruß ließ ihn nur flüchtig lächeln.
Bei der frohen Botschaft von Luthers Entlassung winkte er traurig ab.

„Er ist weg. Luther ist weg. Einfach verschwunden. Sein Handy ist tot. Bei niemandem hat er sich gemeldet. Sogar nicht bei seiner Mutter oder seiner Tante."
Dennoch bot Felix ihnen Wasser und Saft an.
Sein Smartphone lag so auf dem Tisch, dass er relativ unauffällig das Display kontrollieren konnte. Während des Gesprächs tat er dies oft.
„Andreas Mann hat sich auch in Luft aufgelöst. Er ist abgehauen, als ihn die Polizei in der Nähe von Luthers Kate festnehmen wollte. Offensichtlich überwachen sie das Häuschen. Dahin geht Luther sicher nicht zurück."
Nervös drehte Felix sein Glas zwischen den Händen und schaute seine Gäste ratlos an.
Ulla und KH nickten zustimmend, während vor ihrem inneren Auge das kleine Haus auf dem Berg auftauchte, die vielen Fahrzeuge auf dem steilen Feldweg und das Polizeiauto vor dem Holzstapel.
Unruhig sprang Felix auf. „Und Marko hat auch nicht ...", er brach schuldbewusst ab und setzte sich wieder.
„Entschuldigung", sagte er schwach lächelnd und versuchte sich unter Kontrolle zu bringen.
„Ich bin wohl beruflich etwas zu sehr angespannt momentan. Daher greift mich alles zu sehr an. – Was kann ich für Sie tun?"
KH schaute seine Frau fragend an. Nach diesen Worten von Felix konnten sie doch unmöglich sofort die stinkenden Socken auf den Tisch legen!
Aber Ulla lächelte einfach harmlos.
Danach tat der alte Frauentrick, erst einmal auf etwas Nebensächlicheres abzulenken, auch hier seine Wirkung.

Ob Peter Schmiddes in Luther einen unliebsamen Konkurrenten vermutete und sich deshalb bei seiner Kate aufhielt?
Sie klang betont unschuldig.
Felix wehrte ab. „Unsinn. Luther ist ihr Onkel. Wenn einer weiß, wo sie sind, dann er."
Den Plural kommentierte Ulla nicht, auch wenn sich Fragezeichen auf KHs Stirn bildeten. Stattdessen wunderte sie sich laut, dass Luthers Mutter noch lebte. Sie müsste doch sehr alt sein.
„Ja", der Pfarrer nickte. „Mitte bis Ende 80. Sie war sehr jung, als er geboren wurde. Fünfzehn oder sechzehn. Eine sehr junge Kriegerwitwe."
Während Ulla ein bisschen Kopfrechnen praktizierte, fragte KH weiter.
Ob dem Herrn Pfarrer der Name Löb bekannt sei?
Ja, natürlich. Eine angesehene örtliche Baufirma. Sehr gute Kontakte zu Politik und Presse, auch wirtschaftlich geschickt vernetzt. „Keiner kann gegen ihn an. Auch Luther nicht."
„Warum hat Luther es denn versucht?" KH versuchte seine Frage beiläufig zu stellen.
Schulterzucken.
„In seinem Alter doch sicher nicht aus purem Oppositionsgeist", ließ KH nicht locker.
Erneutes Schulterzucken.
Unvermittelt griff Felix nach seinem Smartphone, das blinkte.
„Entschuldigung, aber ich hab gleich noch einen Abendtermin. Was kann ich für sie tun?"
Da Ulla legte ihren Einkaufsbeutel auf den Tisch.

***

Eine halbe Stunde später verließen sie das Pfarrhaus ohne Einkaufsbeutel.
Felix Schalbel hatte sich sehr zurückhaltend gezeigt in der Frage, ob sie die Polizei einschalten sollten. Er würde sich aber mit einem zuverlässigen Freund beraten.
Etwa bei der Polizei? Ulla vermutete das, aber sie sprach es nicht aus
Morgen würde er sie informieren.
Sie tauschten Handy-Nummern aus.

Ulla fühlte sich unzufrieden.
„Irgendwie betrogen", sagte sie zu KH, als sie durch die halbdunklen Straßen Eisenachs liefen.
Gähnende Leere.
Straßenlaternen und der Mond beschienen relativ billige Geschäfte, die zum Teil in imposanten Jugendstilgebäuden untergebracht waren.
„Hier ist der Hund verfroren", stellte KH resigniert fest.
„Man könnte beinahe wirklich glauben, dass Jugendliche aus lauter Frust und Langeweile Unfug im Wald anstellen."
„Oder aber protestieren!" Ulla, die vor ihm um eine Kirchenecke gebogen war, kam unvermittelt zurück.
„Schau dir das mal an, Kalli. Aber leise! Erschreck die jungen Leute nicht."
Unter dem spitzgiebeligen gotischen Kirchenportal hockten drei Jugendliche auf einer braunen Wolldecke um eine große Kirchenkerze. Die Pullis ihrer Kapuzen waren über

ihre Köpfe gezogen; gespenstische Schatten wanderten über die nur schwer erkennbaren Gesichter.
Neben ihnen erleuchteten zwei Kirchenkerzen eine Stellwand.
Mahnwache.
Mahnwache. Für wen?
Weil die jungen Leute ihr Interesse spürten, reichte ihnen der Junge im orangen Kapuzenpulli eine Taschenlampe.
Als KH das Licht auf die Stellwand aufblitzen ließ, fuhr Ulla erschrocken zurück.
Ihnen leuchtete ein Foto von Marko Pape entgegen.
Dicht aneinander gedrängt lasen sie den Text.

Mahnwache.
Unser Priester ist verschwunden.
Er hat uns keine Nachricht hinterlassen.
Deshalb fürchten wir uns.
Marko Pape ist ein unliebsamer Rufer in der Wüste.
Er setzt sich ein für die Würde des Menschen – für die Rechte von Flüchtlingen, Homosexuellen und Ausgebeuteten.
Er hat sich gegen den Zölibat ausgesprochen.
Die kirchlichen Behörden ermitteln gegen ihn. Er wurde zu einer Untersuchung vorgeladen und verhört.
Danach verschwand er.
Warum und wie?
Seine kirchlichen Vorgesetzten verweigern uns die Auskunft.
Deshalb fragen wir öffentlich:
Wo ist Marko Pape? Was wird ihm vorgeworfen?
Wird er bedroht? Ist er in Gefahr?

Ein Blick auf die Jugendlichen zeigte, dass sie nicht angesprochen werden wollten. Sie waren tief in ihr Gebet versunken.

Und vergib ihnen ihre Schuld. Wie auch wir vergeben unseren Schuldigern.
Und führe uns nicht in Versuchung...
Ullas kleiner protestantischer Teufel flüsterte etwas in ihr Ohr, und sie sagte: „Bei Luther heißt das: *Ob bei uns ist der Sünden viel, bei Gott ist viel mehr Gnaden!*"
„Gib nicht so an mit deinen neuesten Kenntnissen von Luthers Kirchenliedern!" Scheinbar empört zog KH seine Frau weiter.
Sie zögerte, denn sie hatte den Eindruck, dass Blicke sie verfolgten. Verstohlen schaute sie zurück.
Ein kleines Kapuzengesicht schaute ihr aufmerksam nach. Unmerklich nickte es ihr zu und senkte sich wieder zum Gebet.
Da brausten drei Motorräder an der Kirche vorbei. Da die Fahrer keine Helme trugen, fielen die kahlgeschorenen Köpfe besonders auf. Ebenso die drohend erhobenen Fäuste.
Die Mahnwache packte rasch alle Sachen zusammen und verschwand unauffällig in der Kirche.
Ulla schüttelte sich unwillkürlich.

***

„Ivi", platzte es aus Ulla plötzlich heraus.
Natürlich! Das kleine Gesicht unter der großen Kapuze war Ivi!
Sie wandte sich von der teuer aufgemachten Schaufensterscheibe mit der billigen Damenkleidung ab und zupfte KH am Ärmel.
Der telefonierte gerade mit Nils und wehrte ab.

„So, so", lachte er. „Sieht Fränzchen jetzt überall Zigeuner und will ihre kleine Schwester schützen. Na, das ist doch lieb. – Ja, uns geht´s gut. Wir verlängern unseren Urlaub noch ein bisschen. Augenblicklich sind wir in eurem Eisenacher Hotel. Ja, die Parkerei war etwas schwirig, aber ..."
Ulla lief ein paar Schritte weiter und äugte in die Auslagen. Wieder wunderte sich über den Kontrast zwischen der teilweise recht billigen Ware und den gut erhaltenen Jugendstilfassaden, die durch geschickte Beleuchtung der abendlichen Stadt ein wohlhabendes Flair gaben.
Zigeuner.
Das Wort haftete in ihrem Kopf. Zigeuner? Wie kam Fränzchen eigentlich auf Zigeuner?
Ulla selbst hätte diese Bezeichnung höchstens für den größeren der beiden Luther-Bedroher angewendet. Für den Getöteten.
Der andere - viel zu klein und schmal. Eine fast kindliche Figur. Klar, auch pechschwarze glatte Haare und eine braune Haut.
Aber dunkler als der andere, eher wie ...
Das Bild von fünf Männern mit drohend erhobenen Schaufeln und Hacken erschien vor ihrem geistigen Auge.
Ja, genau.
Genauso hatte auch der andere ausgesehen.
Ihre Gedanken wanderten zum Loch unter der Treppe. Dort hatte jemand Kleidung entsorgt. Vom Material her zu urteilen eine billige Jeans und ein sehr einfaches Sweatshirt. Feste hohe Schuhe mit dicken Sohlen. Arbeitsschuhe. Farben waren nicht mehr zu erkennen gewesen, denn jemand hatte die Kleidungsstücke zuvor in Gülle gewälzt.
Warum?

Der Grund war offensichtlich.
„Der Mörder muss in wahnwitziger Eile gehandelt haben", sagte Ulla, als KH sein Handy einsteckte und sie einholte. „Das erklärt natürlich auch den Fehler..."
„Welcher Fehler?" KH unterbrach sie perplex. „Und welcher Mörder? Ulla, wovon redest du?"
„Das ist doch klar", ungeduldig sprudelte es aus ihr heraus, „wenn er mehr Zeit gehabt hätte, dann hätte er die Hosentasche kontrolliert und festgestellt, dass das Taschentuch sich eben nicht mit Jauche vollgesaugt hatte. So dass die Flecken, die Blutflecken, noch erkennbar sind."
Überrascht wiegte KH seinen Kopf hin und her.
„Doch, Kalli, er hatte einfach keine Zeit. Denk mal nach. Zwischen 11.00 und 15.00 Uhr hat er den Mord begangen. Wir waren kurz nach drei in Wilhelmstal. Vielleicht eine Viertelstunde später hat Fränzchens Drache das Loch frei gespien. Der Mör... - der Täter muss also gerade vorher ..."
Ulla schüttelte sich bei dem Gedanken.
„Liebes", KH fasste sanft ihren Arm, „ist dir nicht gut? Vielleicht war der Cognac auf fast leeren Magen eine schlechte Idee. Komm, lass uns etwas essen."

Während KH genüsslich die Tomaten-Oliven-Paste dick auf das frische Bauernbrot strich, zerkrümelte seine Frau geistesabwesend eine Scheibe zwischen ihren Fingern. Dazwischen trank sie einen Schluck Prosecco.
„Vergiss Kirgisistan, Kalli", sie vollführte ausladende Bewegungen mit dem rechten Arm.
„Kirgisistan ist natürlich Quatsch. Nepal. Nepal kommt schon eher hin."

Schweigend zog ihr Mann das Prosecco-Glas auf seine Tischseite.
Dann legte er seine Hand über ihre.
„Ulla, Liebes", seine Stimme klang sehr bestimmt, aber seine Augen schauten tief besorgt. „Kein Wort mehr. Und keinen Tropfen Alkohol. Erst mal isst du jetzt richtig."
Während sie sich die Thüringer Spezialitäten schweigend schmecken ließen, streifte sie immer wieder sein beobachtender Blick. Sie grinste verschmitzt zurück und nickte besserwisserisch mit dem Kopf.
Mehrfach deutete sie mit dem Kinn hinter seinen Rücken, wo eine Glaswand den Blick auf die Rezeption und die Konferenzräume frei gab.
„Unser Ziegenbart-Freund", flüsterte sie.
KH versuchte sich unauffällig umzudrehen. Der Musiker befand sich in Begleitung von zwei weiteren Mitgliedern des Festkomitees.
„Und jetzt kommt Felix!"
Wenig später kündigte sie an: „Da - Ivi. Sie ist sogar anders angezogen. Da muss sie aber schnell gebetet haben."
KH machte ihr das Ruhezeichen. Pssst! Sie nickte und holte sich ihr Glas zurück.
Nach einer Weile flüsterte sie:
„Sie tagen in Raum 2a. - Seltsam, KH. Die Getränke werden nicht von einem Kellner gebracht. Sondern von Monika. Und sie schließt sofort die Tür hinter sich."
Dann bemerkte sie neugierige Blicke der anderen Gäste und kommentierte deshalb laut das leckere Essen.
„Köstlich, dieser Braten vom Werla-Ferkel. Und diese delikate Soße aus thüringischem Apfel-Senf!"

Zwischen zwei Bissen spottete sie leise: „Man könnte meinen, es handelt sich um einen Geheimbund, nicht um ein Festkomitee."
Zu ihrer Überraschung vergaß KH sein selbst auferlegtes Schweigegebot und flüsterte zurück: „Manchmal beinhaltet so ein Treffen eben beides!"
Sofort ergriff sie die gute Gelegenheit für eine Debatte.
„Ja, eben." Sie schaute sich um; offenbar waren alle Gäste mit sich und ihrer Mahlzeit beschäftigt. Also fuhr sie fort: „KH, setz deine kleinen grauen Zellen in Gang. Auf der Wartburg verschwinden aus einem Festkomitee zu Ehren Martin Luthers in kurzer Zeit zwei Personen – ein katholischer Pfarrer, eine Hotelmitarbeiterin. Eine dritte Person, genannt Luther, wird zuerst bedroht, anschließend verhaftet, zu guter Letzt wieder freigelassen. Dann verschwindet er. Löst sich in Luft auf. Und der Ehemann der verschwundenen Frau ist auch nicht auffindbar. - Das alles soll ein Zufall sein?"
KH gab auf.
Er würde Ulla heute nicht mehr stoppen können. Gut, solange sie nicht wieder wirres Zeug redete, würde er mit ihr diskutieren.
„Okay, Liebes, aber leise."
Sie warf ihm ein Kussmäulchen zu.
„Ich soll mich doch wie eine verliebte Touristin verhalten", flüsterte sie schelmisch, als sie seinen erstaunten Blick sah.
„Mein Schatz, das war ein wunderbarer Tag heute", ergänzte sie halblaut, aber deutlich vernehmbar.
„Die Wartburg – einmalig! Hübsch - das hellgrüne Grün drum herum! Und nun diese leckeren Thüringer Klöße!"

KH war diese Show peinlich, und er wusste nicht, wie er sich verhalten sollte. Mitmachen?
Seine Frau prostete ihm verliebt zu und tätschelte seine Hand.
Als sie sicher war, dass die anderen Gäste sich wieder ihren Tellern widmeten, nahm sie im beiläufigen Konversationston leise die Diskussion auf.
„Also, wir sind einer Meinung: kein Zufall. Stellt sich also die Frage: Warum? Erster Grund - gilt für Peter Schmiddes: Eifersucht, verschmähte Liebe, heimliche Suche nach der verschwundenen Frau?"
Sie sah ihm tief in die Augen und hob ihm ihr Glas entgegen.
Innerlich seufzend ließ sich KH das Spiel ein und prostete verliebt zurück: „Ja, das könnte sein, aber nur, wenn er kein Vertrauen in die Polizei hat."
„Ja, mein Schatz, das finde ich auch", flötete sie mit einem schmelzenden Lächeln, „aber das hat hier ja wohl keiner. Sonst wüssten wir schon mehr. Irgendwie fühlen sich hier die Einheimischen immer noch wie in einem Überwachungsstaat. Denk nur an die seltsamen Reaktionen in Bezug auf den Bauunternehmer."
KH stutzte.
Täuschte er sich, oder hatte der einsame Gast in der teuren hellbraunen Velour-Lederjacke am Tisch hinter Ulla wirklich seinen Stuhl zurückgeschoben und lehnte nun auch noch seinen Oberkörper in ihre Richtung?
Pass auf, signalisierte er ihr, *vorsichtig*.
„Ja, Liebste", er zog sie zu sich herüber, anscheinend um ihre Wange zu küssen, „aber die Gründe der anderen?"

Sie überlegte einen Moment. Zart führte sie anschließend seine Hand an ihren Mund und küsste seine Fingerspitzen.
„Andrea: Weil sie sich von ihrem Mann trennen will. Marko? Fragezeichen. Vor der Mahnwache war ich überzeugt, dass er einfach überarbeitet und nervös war und eine Auszeit brauchte", nuschelte sie verliebt in seinen Daumen, „jetzt denke ich, dass er kirchliche Repressionen fürchtet wegen seiner unorthodoxen Auffassungen."
KH nickte ihr scheinbar verträumt zu und widmete sich seinem Essen.
„Das eine schließt das andere nicht aus!", schmatzte er verwaschen zwischen zwei Bissen hervor. „Obwohl heutzutage ... bei Papst Franziskus ...da müssen die Reformer doch auch viel offener ...! Wie war dein Spruch vorhin? Ob bey uns ist der Sünden viel - "
„ bey Gott ist vielmehr Gnaden", half Ulla aus. „Aber es ist nicht mein Spruch. Es ist ein Kirchenlied Luthers."
„Egal!"
KH benutzte das Lieblingswort seines Enkels Dominic, mit dem der unangenehme Situationen zu bereinigen versuchte.
Fast grinste er genauso schelmisch wie Domi.
„Egal. Luther hin oder her. Unter Papst Franziskus müsste die Kirche offener mit Sündern und unliebsa..."
Hinter ihm öffnete sich plötzlich die Tür zur Rezeption.
Monika führte einen Mann in den Speisesaal.
Unwillkürlich entfuhr Ulla ein lauter Überraschungsschrei.
„Achtung! Ein vatikanischer Spion!"
Der Saal erstarrte.

6 Erbarm dich deiner bösen Knecht

„*Ein vatikanischer Spion* – so heißt der Roman, den ich gerade lese. Hochinteressant!", erklärte Ulla betont laut und schaute selbstbewusst lächelnd in die Runde.
Sie hatte sich wieder gefangen.
Höflich wendeten die anderen Gäste ihre Augen ab und kümmerten sich um ihre Mahlzeit.
KH konzentrierte sich auf die Grübchen seiner Frau und den hinter ihr sitzenden Mann.
Der hatte sich umgedreht und wandte sein wettergegerbtes, leicht faltiges Gesicht erwartungsvoll der Tür zu. Seine linke Hand zierte ein dicker Siegelring; der breite Ehering an der rechten war mit einem kleinen Brillanten geschmückt.
Erfreut stand er nun auf.
Direkt an ihrem Tisch traf er mit den beiden Neuankömmlingen zusammen.
„Ach, da haben wir ihn ja schon", zwitscherte Monikas Stimme betont fröhlich.
„Darf ich Sie bekannt machen? Monsignore Pirulli - Magistratsmitglied Herr Dr. Löb."
Ullas Gabel klapperte laut auf ihren Teller, während Monika ihnen einen sonderbaren Blick zuwarf.
Ängstlich? Warnend?
Es war KH, der sich als erster fasste.
Er hatte Ullas spontanen Ausspruch vom vatikanischen Spion sofort verstanden, als er den Mann in seiner schwarzen Soutane mit dem weißen Käppchen auf dem Kopf erblickte.

Unzweifelhaft ein katholischer Würdenträger, der nun überschwänglich vom Bauunternehmer begrüßt wurde.
Sie durften keinen Verdacht auf sich lenken.
Verliebt schaute er seiner Frau in die Augen, und diese turtelte zurück. Sie sprachen nur noch über Kinder, Enkelkinder und die Schönheiten des Thüringer Waldes.

***

„Ist dir eigentlich aufgefallen, Kalli", fragte Ulla später, als sie sich im Bad Zahnpasta auf ihre Bürste drückte, „dass kein Mitglied des Festkomitees an uns vorbei gekommen ist? Ich hatte die Tür immer im Blick."
„Richtig, Liebes; aber was schließt du daraus? Dass sie immer noch tagen?" Er sah abgespannt aus, wollte aber ihrem Gesprächsdrang genügen.
„Nein, dass du Recht hattest. Sie sind auch ein Geheimbund und sind durch eine Geheimtür entwischt. Mit Hilfe unserer schönen Monika."
„Du mit deiner Phantasie", er lächelte müde.
Sie küsste ihn zärtlich. „Geh schlafen, KH. Ich komme gleich. Ich kritzele nur noch ein paar Sätze in mein Tagebuch."
Als er nach einer Weile kurz erwachte, schrieb sie immer noch.
„Mach die Augen zu, Kalli", sie erhob sich vom Schreibtisch und schloss die Kladde, „ich bin gleich bei dir."
Aber erst als sie sich fest an ihn kuschelte, konnte er ruhig weiterschlafen.

***

Am nächsten Morgen mieden sie beim Frühstück jegliches verfängliche Thema, ohne sich abgesprochen zu haben.
Dies sollte sich als sinnvolle Vorsichtsmaßnahme erweisen.
Während KH für beide Saft besorgte, kümmerte sich Ulla um Zeitungen.
Sie wollte KH das einzige Regionalblatt zur Lektüre geben, doch dieser winkte ab.
„Ich hab ja noch deine netten Liebesbriefe", grinste er verschmitzt und verwies auf ihre Kladde, die sie ihm gleich am frühen Morgen überreicht hatte mit der Bitte, Anmerkungen und Ergänzungen anzufügen.
Als er zwischen Spiegeleiern mit Speck und dem zweiten Gang – Brot mit einheimischer Wurst und Käse – das kleine Büchlein öffnete, musste er schmunzeln.
Typisch Ulla, eine klar organisierte Übersicht!

Fakten	*nachhaken*
Mittwochabend : Luther wird auf Wartburg bedroht	Grund? Nationalität der Bedroher? Hat „unser lieber Herr Löb" etwas mit den Drohungen zu tun?
Donnerstagmorgen: Andrea Schmiddes und Marko Pape verschwinden aus dem Wartburg-Hotel	Warum? Wann genau ist wer verschwunden? Was weiß Luther? Hat Luther geholfen? Was wissen die anderen Mitglieder des Festkomitees, besonders Felix?

Donnerstag zwischen 11.00 und 15.00: Luther-Bedroher wird erschossen	
	Täter - einer oder mehrere? Motiv? Gab es Auftraggeber? Warum wird Leiche bei Luthers Kate gefunden? Ist Fundort der Waffe der Tatort?
Donnerstagnachmittag F. findet Täter (?)-Kleidung u. Tatwaffe	Ist so früher Fund reiner Zufall?
Donnerstagabend L. horcht KH u. Ulla aus	Grund?
Donnerstagnacht Luther verschwindet nachts aus Hotel	Grund? Wer - außer uns - weiß davon?

Offene Fragen:
1. Wer ist die Schlachter-Mafia, wer die Bau-Mafia?
2. Warum wurde Luther bedroht?
3. Warum scheinen viele Menschen aus Luthers Umfeld etwas zu wissen, behaupten aber das Gegenteil? Angst?
4. War Luthers Freilassung aus der Haft nur ein Behörden-Trick, um ihn danach unbemerkt zu beseitigen (s. großes Polizeiaufgebot vor seiner Kate)?
5. Falls nein, was ist der Grund für L.s Verschwinden (Eigenständige Nachforschungen? Will er andere schützen? Vorsichtsmaßnahme?)
6. Warum besteht ein Festkomitee zur 500-Jahresfeier der Reformation aus Protestanten und Katholiken? Hat es in Wirklichkeit ein anderes Ziel?
7. Wer genau aus der kath. Kirche hat Marko verhört? Mit welchem Ziel? Was wird ihm vorgeworfen?
8. **Wo und wie finden wir Luther?**

KH nickte seiner Frau anerkennend zu.

Dann malte er in die erste Zeile der Tabelle hinter „Nationalität" ein dickes Fragezeichen.

In Frage 6 merkte er hinter *Katholiken* an: *Typische Wessi-Frage. Wen schert´s?*

Ulla, die ihm über die Schulter schaute, verstand sofort, was er meinte.

Wenn jemand als Christ in einer nicht religiösen Gesellschaft wie damals in der DDR leben wollte und Gleichgesinnte suchte, interessierten konfessionelle Grenzen vermutlich nicht.
Im Gegenzug zeigte Ulla ihm einige Textstellen aus den *Eisenacher Nachrichten.*

Tatwaffe stammt aus Überfall auf örtliche Polizeistation in Südthüringen vor vier Monaten ... zwei Schüsse abgefeuert ... Selbstmord ausgeschlossen ... vermutlich rumänischer Staatsbürger ... Motiv unklar ... möglicherweise in Drogenhandel verwickelt ... Kein Hinweis auf Täter ... obere Polizeidienststelle in Erfurt hat Ermittlungen an sich gezogen ... sachdienliche Hinweise ...

„Also nichts wirklich Neu...", erklärte KH und erstarrte.
Sie hatten sich so positioniert, dass sie den gesamten Speisesaal überblickten.
Und dennoch.
Dennoch hatte sich der Monsignore völlig unbemerkt an den Tisch einer älteren Dame gesetzt und unterhielt sich angeregt und leise mit ihr.
„Auf leisen Sohlen", kommentierte Ulla süffisant, „wie ein schwarzer Kater. – Schade, dass wir nicht Mäuschen spielen können."
Sie versuchte es dennoch, indem sie sich vom Büffet ausgiebig von den Leckereien bediente, die besonders nahe am Tisch des Padres standen.
Vergeblich.
„Vielleicht sollte ich mir doch mal ein unauffälliges Hörgerät zulegen", sinnierte sie gerade, als Felix Schalbel anscheinend beiläufig und nur flüchtig in das Restaurant hinein schaute.

Obwohl sein Blick sie genau traf, schaute er gleichgültig und teilnahmslos über sie hinweg.
„Wir kennen uns nicht", interpretierte KH fast tonlos. Daher vertiefte er sich in das Frühstück und in die Zeitung.
Ulla beschäftigte sich mit ihrer Kladde.
Scheinbar überrascht und erfreut zugleich begrüßte Felix den Monsignore und setzte sich an dessen Tisch. Die ältere Dame verließ bald den Raum, und Ulla bediente sich nochmals am Büffet.
„Gibt es Neuigkeiten", hörte sie Felix fragen und später aufgeregt: „Was - nicht in Rom? Aber der Papst kann doch nicht ..." Das weitere wurde vom priesterlichen Husten übertönt.
Mit einem deutlichen Blick auf Ulla lenkte der Monsignore das Gespräch auf die Schönheiten der Städte Eisenach und Erfurt. Sie verabschiedete sich schweren Herzens vom Büffet; doch sie wusste, sie würde nichts Wesentliches erfahren.
In ihre Kladde notierte sie weitere Fragen.
9. *Wollte Marko nach Rom? Wenn ja, warum? Vielleicht um Audienz beim Papst bitten?*
10. *Falls ja, ist er dort angekommen? Oder ist er vorher abgefangen worden?*
11. **Muss** *der Papst ihm Gehör gewähren? Wenn ja - wann?*

***

Als sie an der Rezeption auf ihre Rechnung warteten, erschien plötzlich Felix im Rahmen der privaten Tür hinter dem Tresen.
Er hielt sich im Schatten und flüsterte KH und Ulla zu: „Die Sachen werden im Labor untersucht. Ich rufe Sie an."

Dann trat er auffällig vor den Tresen und bat geschäftsmäßig um die Rechnung für die gestrige Tagung des Festkomitees.
Während Monika diese ausstellte, behielt er die Glaswand zum Speiseraum fest im Auge und redete betont distanziert mit Ulla und KH.
„So – Sie gehören also zu unseren Thüringen-Touristen. Wie schön für uns. Falls Sie an der Adresse von einem wirklich einsamen, echten Landgasthaus interessiert sind..."
Ulla hielt ihm eine neue Seite ihrer Kladde hin, und er kritzelte etwas hinein.
„Ja", KH ergriff die gute Gelegenheit, um weitere Informationen zu ergattern, „es gibt schon interessante Begegnungen im Land Luthers. Zwischen Wirtschaft und römischem Klerus. Das erleben wir zu Hause nicht so hautnah."
Ulla nutzte Felix´ verständnislosen Blick für eine wichtige Mitteilung im harmlosesten Plauderton.
„Monsignore hat sich gestern Abend hier im Restaurant zu einem gemütlichen Abendessen getroffen. Mit dem Bauunternehmer."
„Herrn Löb", ergänzte KH.
Monika, die gerade die Festkomitee-Rechnung in einen Briefumschlag faltete, schüttelte den Kopf: „Nein, nicht der Bauunternehmer. Gestern Abend – das war Dr. Löb."
Sie betonte das Wort „Doktor" besonders, und Felix stutzte.
Mit einem nachdenklichen Blick auf den Frühstückstisch des Priesters steckte er die Rechnung in seine Tasche.
Er schaute Monika an - fragend und zweifelnd zugleich, die unwissend ihre Schultern hochzog.

„Der Monsignore kann speisen, mit wem er möchte", sagte er dann diplomatisch, aber mit gepresster Stimme und wandte sich zum Gehen.

In Ullas Gehirn ratterte es. Sie hatte noch so viele Fragen. Möglicherweise sah sie ihn nicht so bald wieder.

Konzentrier dich auf das Wichtigste, versuchte sie Ordnung in ihre Gedanken zu bringen. *Und erwecke keinen Verdacht!*

Felix war schon an der Tür. Mit einem wichtigtuerischen Altfrauen-Tratsch-Gesicht bewegte sie sich eilig hinter ihm her.

„Ach", flötete sie geheimnistuerisch, „ also nicht der Bauunternehmer. Schade. Und dabei hätte ich ...", sie lächelte schelmisch-kokett, „und dabei hätte ich so gern mit ihm über die Nepalesen gesprochen!"

Felix fuhr herum.

Mit weit aufgerissenen Augen starrte er sie an.

„Um Gottes willen, seien Sie bloß still!", flüsterte er voller Panik und schloss fest die Tür hinter sich.

Vom Tresen ertönte ein Knall.

Monika bückte sich nach ihrer heruntergefallenen Kladde.

Völlig entgeistert schüttelte KH den Kopf.

Von hinten näherte sich der Monsignore.

***

Unter KHs missbilligenden Blicken packte Ulla eine halbe Stunde später zwei Paar neu erworbene Nordic Walking Sticks in den Kofferraum des Jaguars.

„Ja, ja, ich weiß, Kalli, dass dies dein Herz als Katzen-Besitzer sehr betrübt", räumte sie leicht spöttisch ein.

„Solch schnöde Allerwelts-Sportgeräte in solch einem eleganten Gefährt! Aber es ist besser so, glaub mir, es ist wirklich besser so."

Es war tatsächlich besser so.
Das gab sogar KH am frühen Nachmittag zu, als sie sich mit aufgekrempelten Jeans, festen Schuhen, dem kleinen Rucksack auf Ullas Rücken, der Kamera vor KHs Bauch und den Stöcken auf Wandertour begaben.
„Gut", sagte er fröhlich, „nun unterscheidet uns nichts von anderen Touristen-Senioren. Und ...", er zog demonstrativ die Schutzkappe von einem Stock ab und piekste sie sanft mit der Spitze, „und wir haben sogar noch eine Waffe."
„Nicht nur eine!"
Zustimmend grinsend zeigte Ulla ihm das Pfefferspray, das sie seit heute heimlich in ihrer Hosentasche verwahrte.
Sie machten sich betont wanderlustig auf den Weg, dem Felix ihnen per Handy empfohlen hatte.
Nur wenige Spaziergänger kamen ihnen entgegen, einmal begegneten ihnen zwei Reiterinnen. Auf halber Strecke klingelten sie drei Mountain-Biker an den Rand des Pfades.
Trotz des nächtlichen Regens war der Waldweg gut abgetrocknet, und sie kamen gut voran. Die großen Buchen und Eichen wölbten ein grünes Alleendach über sie; am Wegrand blühten weiß und lila sternenförmige Blümchen. Vögel zwitscherten, und manchmal wutschte ein Eichhörnchen vorüber.
Wie immer ließ Ulla ihren Mann vorangehen. Der gleichmäßige Rhythmus ihrer Schritte beruhigte sie allmählich.

Es hatte heute Morgen zu viele seltsame Vorfälle gegeben.
Als erstes hatte Monika darauf bestanden, ihre Koffer
persönlich zum Auto zu transportieren.
In ihr Small-Talk-Geplapper hatte sie wichtige Botschaften
verpackt.
„Dr. Löb ist ein Bruder des Bauingenieurs. Er ist Doktor der
Tiermedizin. Ihm gehört der hiesige Schlachthof."
Ullas erstauntem Blick wich sie bewusst aus.
Als beide schon im Auto saßen, machte sie ein Zeichen,
damit Ulla die Scheibe herunterließ.
„Ihre Kladde sollten Sie nie unbeaufsichtigt lassen und nie
verlieren", warnte sie eindringlich, überreichte ihr das
Heft und verschwand.

In der Eisenacher Filiale von *Alfs Sportladen* war urplötzlich Ivi neben Ulla aufgetaucht. Sie probierte T-Shirts an
und steckte ihr in einem unbeobachteten Moment einen
Brief zu.
„Bitte - für die *Eisenacher Post*. Ganz dringend. Echt. Bitte
abgeben - das wäre super. Unsere Gruppe erweckt nur
Verdacht."
Dann verschwand sie wie vom Erdboden verschluckt.
Hand in Hand hatten Ulla und KH den Brief beim Portier
des Zeitungsverlags abgegeben.
Ohne ihn heimlich zu lesen. Leider.
Ulla bedauerte immer noch, KH in diesem Punkt nachgegeben zu haben.

Hinter Eisenach war ihnen längere Zeit ein orange-blaues
Motorrad gefolgt. Doch als KH einen kleinen Umweg über
eine Nebenstraße nahm, verloren sie es. Also nur ein zu-

fälliges Hintereinanderfahren, entschieden sie, keine Verfolgung.

Irgendwann auf einer einsamen Straße im grünen thüringischen Bergland hatte Felix Schalbel in einem betont locker-fröhlichen Ton angerufen.
„Wie geht´s dir? Ich wollte dir schnell die gewünschten Infos zur Wanderung geben. Nehmt auf dem Pfad hinter eurem Hotel die erste Abzweigung links. Folgt dann der kleinen Meise Richtung Gutshof. Viel Spaß!"
Ulla hatte tief durchgeatmet wegen des ungewohnten Du´s und der völlig unbekannten Wanderung. Dann hatte sie ein halbwegs normales „okay" zustande gebracht. Offenbar war dies nicht genug. KH warf ihr einen besorgten Blick zu.
Mit einem „Und – bei dir auch alles in Ordnung?" versuchte sie normale Konversation zwischen Freunden vorzutäuschen.
„Hm, wie das Leben halt so ist – unterschiedlich", Felix´ Stimme klang beiläufig. „Die Laboruntersuchungen waren positiv in unserem Sinne."
Ullas Augen weiteten sich, als sie versuchte den Sinn dieser Mitteilung zu verstehen.
KH schaute sie fragend an und fuhr sehr langsam.
„Na prima", sagte sie vage, um die Gesprächslücke zu füllen.
„Das Schloss", fuhr Felix betont fröhlich fort, „lohnt sich nicht. Es gibt nichts mehr zu sehen. Wahrscheinlich nur Ärger. – Also weiterhin viel Spaß im schönen Thüringen!" Er legte auf.

Nach einem kurzen Seitenblick auf seine Frau hatte KH den nächsten Parkplatz angesteuert.
Ulla benötigte einen Moment, um sich zu fangen.
„Wenn ich es recht verstehe, hat der Pastor mir einen Hinweis gegeben, wohin wir gehen sollen. - Warum? Weiß ich nicht, Kalli, hat er nicht gesagt."
KH hatte sie um den genauen Wortlaut des Gesprächs gebeten.
Sie stimmten überein, dass offenbar die beschmutzten Kleidungsstücke vom Schlossgelände entfernt worden waren - vom wem auch immer - und dass Felix sie vor einem Betreten warnte.
„Aber: *Laborwerte positiv in unserem Sinne*? Was soll das bedeuten?"
„Eigentlich", KH zögerte etwas, wurde dann aber zuversichtlicher, „ eigentlich kann das nur heißen: Es ist so, wie wir es vermuteten: Das Blut stammt von dem Toten, dem erschossenen Rumänen."
„Dann aber", schlussfolgerte Ulla, „bedeutet das: Die Kleidung stammt vom Täter, der das Opfer wegschleifte und sich dabei mit dessen Blut beschmutzte. Sie wurde in Wilhelmstal versteckt. – Geht nicht anders, Kalli", erklärte sie aufgrund seines zweifelnden Blicks, „denk doch nur mal an die Kürze der Zeit zwischen Tod und unserem Kleiderfund!"
Er nickte: „Ja, wenn die in der Presse veröffentlichen Daten stimmen."
„Davon müssen wir jetzt mal ausgehen", sagte Ulla ernst, „sonst werden wir total konfus."
Sie hatte Recht. Eine Arbeitshypothese war notwendig, wenn sie sich nicht verrennen wollten.

Nicht verrennen – warum eigentlich?
KH schauderte innerlich, als er sich klar machte, dass sie sich in die Aufklärung eines Todesfalls, möglicherweise sogar Mordfalls, einmischten.
Das war Polizeiarbeit. Was, wenn sie in Gefahr gerieten? Er würde sich nie verzeihen, wenn Ulla etwas zustoßen würde.
„Hör zu, Liebes", er drehte ihren Kopf so, dass sie ihm direkt in die Augen schauen musste, „wir fahren sofort nach Hause, wenn dir danach ist. Wir sind hier an einem Wendepunkt. Es ist nicht unsere Aufgabe diesen Fall zu lösen. Und wir müssen uns nicht in Gefahr begeben."
Sie wich seinem Blick nicht aus.
„Ja, ich weiß, Kalli!" Ihre Stimme klang nicht so zuversichtlich, wie sie es sich wünschte. „Aber wir würden uns immer Vorwürfe machen, dass wir nicht alles getan haben, was uns möglich war."
Er küsste sie.

Später hatte sie zum leichten Ton zurück gefunden.
„Felix hat mich einfach geduzt", hatte sie geulkt, „als ob ich seiner Gruppe angehörte."
„Welcher?", hatte KH etwas gequält gefragt und sich auf die kurvige Strecke konzentriert.
„Wohl nicht dem Festkomitee", hatte Ulla verschmitzt vermutet.
Ein Seufzer hatte sich aus KHs tiefster Seele gelöst. „Hoffentlich auch nicht dem Geheimbund!"
Ulla hatte leichthin die Schultern gezuckt und ihm eine beruhigende Kusshand zugeworfen.

„Mach dir keine Sorgen, Kallilein. Zwar fleht Luther *„Erbarm dich deiner bösen Knecht"*, aber ich denke, wir halten es lieber mit der alten Weisheit *Hilf dir selbst, dann hilft dir Gott."*
Aber auch das beruhigte KH nicht.

Als sie nach einigem Suchen endlich das in Ullas Kladde notierte Landgasthaus gefunden hatten, sprudelten spöttische Kommentare aus Ulla nur so heraus.
Der Kontrast von original getreu restauriertem Fachwerkhaus und billigen Gipsabdrücken im blühenden Bauerngarten provozierte sie: Die Antike - Venus von Milo, Dornauszieher ,Laokoon - mischte sich locker mit romantischen Motiven - Schäfer und Schäferin, Bauernmädchen mit Vögeln im Schoß, Schwänen mit Blumenkörben.
KH ließ sich von ihr nicht beirren, sondern kümmerte sich ums Parken.
Er stellte den Jaguar an die entlegenste Stelle im Hof, die zudem durch Holunderbüsche schwer einsehbar war. Als er feststellte, dass das schwere Hoftor nachts geschlossen wurde, zeigte er sich sehr zufrieden
Gerade deswegen hatte Ulla erneut eine innere Unruhe erfasst.
Befürchtete KH, dass sie verfolgt würden? Klar, der Jaguar war ein sehr auffälliges Fahrzeug.
Falls jemand sie suchte, wären sie leicht zu finden.
Vorsicht konnte auf keinen Fall schaden, hatte sie entschieden und - in bester Winnetou-Tradition - kleine Zweige als Zeichen unauffällig um den Jaguar gelegt. So konnte sie später feststellen, ob sich jemand dem Auto genähert hatte.

***

Nun aber geriet Ulla durch den gleichbleibenden Rhythmus ihrer Walking-Stöcke in einen gleichmütigen Gemütszustand.
Sie entwickelte verschiedene Theorien über den Tatverlauf und verwarf sie wieder. Ideen über Täter und Motiv breiteten sich in unterschiedlichen Varianten in ihrem Gehirn aus und wurden beiseitegelegt.
Irgendwann hatte sie den Eindruck, einen Zipfel der Wahrheit erfasst zu haben, als KH plötzlich stehen blieb. Während er sich den Schweiß von der Stirn wischte, stellte er beiläufig die Frage, die ihn schon seit langem beschäftigte.
„Ulla, was sollte das eigentlich mit Kirgisistan und Nepal? Und heute Morgen mit den Nepalesen des Bauunternehmers?"
Ulla seufzte. Sie zog ihn vom Pfad in die Nähe eines undurchdringlichen Gestrüpps und lehnte sich an eine dicke Buche.
„Kirgisistan war ein Ausdruck von dir. *Wir sind hier nicht in Hintertupfingen oder Kirgisistan* hast du gesagt, als du dich über die Polizei geärgert hast. Das ist in meinem Kopf haften geblieben. Als Bild passt es gut."
Instinktiv flüsterte sie.
„Irgendwie hatte ich den Eindruck, dass Fränzchens Begriff „Zigeuner" nur auf einen der beiden Luther-Bedroher passte. Der andere sah genauso braun, zart und feingliedrig aus wie die Männer mit den Schaufeln in Wilhelmstal. Ich hab lange gegrübelt, wo ich solche Personen schon

mal gesehen habe. Und dann ist´s mir eingefallen: In einer
ARTE-Dokumentation. Über die Fußball-
Weltmeisterschaft-Baustellen in Katar. Und die gehäuften
Unglücksfälle dort mit den völlig entrechteten Arbeitsskla-
ven. Vorrangig aus Nepal. Und die Reaktion der Frauen
und Mütter zu Hause in Nepal über ihre toten Männer und
Söhne."
Entgeistert schaute KH sie an.
Dann nickte er, langsam verstehend.
Ja, auch er erinnerte sich an diese Dokumentation.
Ihre Beschreibung der Männer stimmte. Aber ihre Schluss-
folgerung? Konnte es sein, dass nicht nur in Katar, son-
dern auch in Deutschland ...?
Das kann bei uns nicht passieren!
Leider gab es inzwischen genügend Gegen-Beweise.
Erst kürzlich wurde auf Baustellen im Rhein-Main-Gebiet
aufgedeckt, wie rumänische Arbeitswillige unter falschen
Versprechungen nach Deutschland gelockt und schamlos
ausgebeutet wurden.
Ähnliche Berichte von Frauen aus den „südeuropäischen
Krisenländern der EU": Anscheinend seriöse Arbeitsver-
sprechen, dann ein 16-Stunden-Tag - mindestens, Einbe-
haltung eines Großteils des Mini-Lohns als Ausgleich für
völlig übertuerte Miete, Strom, Heizung. Und das alles in
einer Ein-Zimmer-Wohnung, geteilt mit vier weiteren
Frauen.
Und nun auch hier in Thüringen?
Es war durchaus denkbar.
Warum sollten die sprichwörtliche deutsche Tüchtigkeit
und das weltweit anerkannte deutsche Wirtschafts-Know-

how nicht auf dieselben marktgünstigen Mechanismen zurückgreifen wie Scheichs?
„Okay!" KH versuchte seine Gedanken zu ordnen.
„Also, wir gehen mal davon aus: Hier existiert ein Schlachthofunternehmen, das ausgesprochen billig produziert. Zum Beispiel weil Krankheiten der Tiere weggespritzt oder verschleiert werden durch den zuständigen Tierarzt. Und weil die Lohnkosten unverhältnismäßig niedrig sind - zum Beispiel durch nepalesische Schwarzarbeiter."
„Die zudem noch abgezockt werden durch übertreuerte Miet-Abzüge vom Lohn für billigste Massenunterkünfte wie in den überfüllten Baracken wie in Schloss Wilhelmstal", warf Ulla ein. „ Da hat der Bruder, der Bauunternehmer Löb seine Hände im Spiel!"
KH nickte. „Ja, das passt. Außerdem macht der Schlachthof noch zusätzlichen Profit, weil es hier vor Ort die Massentierhaltung fördert."
Sofort hatten beide wieder den Gülle-Geruch in der Nase, der sie auf dem Weg nach Thüringen mehrfach verfolgt hatte.
Er fuhr fort. „Gehen wir mal davon aus: Profitmaximierung durch ..."
Ulla stutzte. Beim Wort Profitmaximierung musste sie an ihre Studentenzeit denken.
Damals war das eine durchaus gängige Analyse-Kategorie. Profitmaximierung für Kapitalisten. Lange nicht mehr gehört.
Stattdessen: Arbeitsplatzgefährdung durch Investitionshemmnisse.
Wie scheinheilig war die Politik geworden!

Ungerührt fuhr KH fort: „Profitmaximierung durch geringe Anlieferungskosten. Und auch durch geringe Aufzugskosten. Denn die hiesigen Bauern, die kaum andere Verdienstmöglichkeiten haben, werden unter Niveau bezahlt."

„Und", Ulla erinnerte sich an ein Gespräch mit Kathis Vater über die jetzigen Gewinnspannen seines ehemaligen Schlachthofes, „und zusätzliche Gewinne entstehen durch subventionierte Exporte von minderwertigen Fleischteilen in den asiatischen und afrikanischen Markt. Und dieses Billigfleisch zerstört die Existenz der dortigen Bauern."

„Richtig. Aber für einen hiesigen Unternehmer ist es ein Super-Geschäft!"

„Stimmt alles! Vielleicht war dies die Spur von Luther und auch von anderen aus dem Festkomitee." Trotz der Zustimmung klang Ullas Stimme skeptisch. „Dennoch sind Dinge unklar."

„Was?" KH dachte kurz nach und beantwortete seine Frage dann selbst. „Unklar ist, warum ein nepalesischer Zwangsarbeiter einen rumänischen Zwangsarbeiter erschießen sollte. Es sei denn..."

„Es sei denn, was?" Ulla schien ungeduldig.

„Es sei denn, es gab persönliche Motive – Eifersucht, Rache, was auch immer." Er zögerte kurz. „Oder..."

„Was – oder?"

„Oder der Rumäne gehörte zur „Chef-Seite", also zur Seite der Unterdrücker, z. B. als Aufseher über die Nepalesen."

Ulla überlegte einen Moment und nickte dann nachdrücklich. „Verstanden. Aber..."

Sie suchte nach Worten für ihre Zweifel. „Aber Luther hat ja nicht nur von Schlachter-Mafia gesprochen. Selbst wenn

wir mal den Bauunternehmer-Bruder dazu zählen. Also Schlachter- und Bau-Mafia. Trotzdem ... "
KH unterbrach sie.
„Schlachter- und Bau-Mafia - guter Begriff, Liebes. Das lass uns mal als Arbeitshypothese festhalten. Luther hat sich mit der Schlachter- und Bau-Mafia angelegt. Diese versuchen ihn unschädlich zu machen, indem sie ihm einen Mord oder die Beteiligung an einem Mord unterjubeln, der in ihrem Milieu spielt. Ist doch klar. Was ist also dein Problem?"
Ulla schluckte und konzentrierte sich.
„Mein Problem", antwortete sie langsam, „mein Problem ist, dass Luther auch von Rechtsextremen gesprochen hat. Und von vernetzten Strukturen, oder so ähnlich. Aber die Neonazis können eigentlich nicht auf der Seite Unternehmern stehen, die Ausländer nach Deutschland holen. Und damit zur sogenannten Überfremdung beitragen."
Ulla spuckte dieses Wort - die AfD nachahmend - wie etwas Ekel-Erregendes aus.
„Nein?!" KH grinste sie an. „Aber klar doch, Liebes. Das können sie."
Ulla guckte ungläubig und schüttelte abwehrend den Kopf. „Quatsch, KH, das ist widersinnig."
KH nahm sie fröhlich in den Arm.
„Nur scheinbar. Natürlich ist es logisch, wenn die Nazis unter dem Gesichtspunkt der sogenannten „Überfremdung" nicht noch mehr ausländische Arbeitskräfte nach Deutschland holen wollen. Aber unter dem Gesichtspunkt des „Herrenvolkes", das keine niedrigen Arbeiten verrichten will, kann man sich gern einer sogenannten „niedrigen Rasse" bedienen. Und ausnutzen. Bis zum Tod. Hatten wir

alles schon. Hier passen hervorragend Profitinteressen zu rassenideologischen Vorstellungen! Hier können Nazis mit ausbeuterischen Großunternehmen gut kooperieren.
Nicht zum ersten Mal übrigens!"
Im Gebüsch hinter ihnen raschelte es.
Ulla zuckte zusammen. Als eine kleine Maus aus dem Gebüsch über den Pfad sauste und am gegenüberliegenden Waldrand verschwand, atmete sie erleichtert auf.
Dennoch fühlte sie sich unwohl.
Wenn ihre Hypothesen stimmten, dann – ja dann konnte es wirklich gefährlich werden. Dann brauchten sie nicht nur viel Scharfsinn und Mut, sondern auch irgendeinen höheren Beistand.
Unwillkürlich fielen ihr ihre Kindergebete an. „Müde bin ich ... Vater, lass die Augen dein..."
Nein, das passte nicht. Aber ein anderer Satz drängte aus ihrem Unterbewusstsein.
„Erbarm dich deiner armen Knecht", ratterte es in Ullas Kopf, „erbarm dich!"

7 Selig sind die Friedfertigen

Als sie sich ihrem Ziel genähert hatten, schoben sie nochmals eine kurze Pause ein. Unter ihnen bot sich ein idyllischer Anblick: Eingebettet in hellgrüne Wiesen und gelbe Felder schmiegten sich die großen und kleine Gebäude eines Gutshofes um einen gepflasterten Dorfplatz vor dem Hintergrund dunkel-bewaldeter Hügel.

Eilig folgten sie den restlichen Kennzeichen des Meisenweges. Schließlich saßen erleichtert an einem festen Holztisch unter einem Sonnenschirm in der Gutswirtschaft. Eine freundliche Frau mittleren Alters in einem blau-roten, langen Kleid mit hellblauer Schürze, das offenbar die hiesige Tracht repräsentieren sollte, nahm sofort ihre Bestellung entgegen.
Das verlangte örtliche Bier war schnell gezapft und wurde ihnen serviert mit einer Schüssel Erdnüsse.
„Super, danke!" KH griff in die Schale und prostete der der Kellnerin und Ulla gleichzeitig zu.
Nach seiner Stärkung filmte er.
Ulla lehnte sich zurück und versuchte sich zu entspannen. Interessiert betrachtete sie den kleinen Garten gegenüber und das kleine Haus. Sehr bewusst nahm sie die alte Frau wahr. Sie war zart, grau-schwarz gekleidet, trug ein schwarzes Kopftuch, stützte sich auf einen Stock und goss mit einer Zinkkanne Blumen.
Woran erinnerte die Alte sie?

Ihre Gedanken flogen zurück – Jahre, Jahrzehnte. Schließlich machten sie sich fest in dem kleinen nordhessischen

Dorf ihrer Kindheit. Nachkriegszeit. Ein kleines Häuschen am Ende des Ortes. Windschief. Verfallen.
Da geht man nicht vorbei. Da wohnt die Hexe! Das ist das Hexenhaus!!
Quatsch, es gibt keine Hexen! Als aufgeklärte Lehrertochter hatte sie dies natürlich sagen müssen.
Wenn aber doch? Natürlich war sie als Kind nicht immun gegen Zweifel.
Wenn es aber doch Hexen gab?
Sie erinnerte sich an mulmige Gefühle, wenn sie am verfallenen Haus der schwarz gekleideten Alten mit Kopftuch vorbei ging.
Einmal hatte die Alte sie zu sich herangewinkt. Widerwillig war sie gefolgt.
„Ich habe keine Bonbons. Keine Süßigkeiten, um Kinder anzulocken", hatte die Alte gesagt. „Ich bin keine Hexe. Ich bin nur ein Flüchtling."
Was ein Flüchtling war, wusste sie natürlich. In ihrem kleinen Ort gab es genug. Stober-Johanna zum Beispiel. Ullas Mutter brachte manchmal Essen und abgelegte Kleidung. Aber noch mehr wurde sie als einfühlsame Gesprächspartnerin geschätzt und überaus freundlich mit Tee bewirtet. Auch die kleine Ulla war häufig dort zu Gast.
Ich bin nur ein Flüchtling.

Elektrisiert fuhr Ulla hoch.
Was hatten die beiden miesepetrigen Alten auf der Wartburg KH erzählt? Luthers Mutter war als junge Kriegswitwe auf der Flucht nach Thüringen verschlagen worden. Also als Flüchtling.

War der Gutshof die Verbindung zu Luthers Verwandten? Hatte Felix deshalb die Wanderung zur Gutswirtschaft empfohlen?

Plötzlich tauchte Ullas Gesicht in unvorteilhafter Nahaufnahme vor KHs Kamera auf: „Ich kommentier jetzt mal!"
KH reagierte ungehalten. Was sollte das? Ton und Kommentare waren seine Aufgabe – im Nachhinein, nach dem Schneiden des Filmes.
Aber seine Frau war schon aufgestanden und lehnte am Nachbarzaun.
„Wer hätte gedacht, dass es in Thüringen noch solch idyllische Fleckchen gibt", sprach sie in die Kamera. „Dies erinnert mich an meine nordhessische Heimat direkt nach Kriegsende. Dort hatten sich in alten Häusern Flüchtlinge, Kriegswitwen niedergelassen. Und dieses Fachwerkhäuschen wirkt wie ein verwunschener Ort aus einer längst vergangenen Zeit."
Sie machte eine weit ausladende Bewegung mit ihrem rechten Arm, aber KH hatte bereits verstanden.
Er zoomte den Garten und die Hintertür dicht heran und bemühte sich, die Bewegungen im Schatten der alten Eiche festzuhalten.
„Interessant", die Kellnerin stand plötzlich neben Ulla am Zaun. „Was für ein Zufall! Auch unser „Dreimäderlhaus" war eine Zeitlang ein Flüchtlingshaus."
Sie musste lachen, als sie Ullas Verblüffung sah.
„Warum Dreimäderlhaus oder warum Flüchtlingshaus? Nun in dieser alten Kate haben am Ende des Kriegs zwei Mäderl gelebt, eine blutjunge Kriegswitwe mit Kleinkind und ihre zehnjährige Schwester. Natürlich hat sich der

Lebensweg der beiden Schwestern dann später getrennt, beide haben geheiratet, eigene Familien gegründet – wie es halt so ist. Aber jetzt, jetzt nach dem Tod ihrer Ehemänner leben unsere alten Mädchen hier wieder zusammen und stützen sich gegenseitig."
Das klang hochachtungsvoll, fast zärtlich.
„Und die Dritte?", fragte Ulla.
Die Kellnerin verstand nicht sogleich. „Drei-Mäderl-Haus", half Ulla nach.
„Ach so, klar, die dritte ist die Tochter der Kriegswitwe aus zweiter Ehe. Inzwischen auch über 60 und verwitwet. Die Drei ... ! Achtung!"
Sie fasste Ulla am Arm und zog sie rasch zurück.
Über das holprige Pflaster des Dorfplatzes jagte ein Auto heran.
Türen klappten, ein Mann mit TV-Kamera und eine Frau sprangen noch bei laufendem Motor aus dem roten Opel Astra und näherten sich in Windeseile dem Vorgärtchen des Nachbarhauses.
Noch bevor die alte Frau ins Haus humpeln konnte, hatte die Journalistin die winzige Pforte im Zaun geöffnet und positionierte sich zwischen Haustür und der hinkenden Alten. Der Kameramann filmte.
„Hallo Frau Schmale", rief die Reporterin. „Darf ich Ihnen kurz ein paar Fragen stellen?"
Die alte Frau schüttelte so heftig den Kopf, dass ihr schwarzes Tuch flatterte.
„Klasse", murmelte Ulla voller Bewunderung, „auf jeden Fall unscharf auf dem Film."

Das merkte auch der Kameramann. „Bitte, Frau Schmale, beruhigen Sie sich doch. Wir wollen Ihnen nur ein paar kurze Fragen ..."
„Runter von meinem Grundstück! Runter! Das ist Hausfriedensbruch!"
Ulla wunderte sich, wie energisch und durchdringend die Stimme der zarten Alten klang.
Neben ihr gluckste die Kellnerin zufrieden.
„Nein, nein, Frau Schmale, da irren Sie sich. Sie sind nun eine Person des öffentlichen Interesses. Schließlich haben Sie zwei Verschwundene in Ihrer Familie, Ihren Sohn und Ihre Enkelin. Unter ungeklärten Umständen ... und vielleicht sogar verdächtig ... die Öffentlichkeit hat ein Recht ..."
Der Rest ging in einem Wasserschwall unter.
Aus einem Fensterchen im ersten Stock des Fachwerkhauses wurde ein Eimer mit Wasser gekippt, der die Reporterin sofort traf.
Direkt auf die Kamera flog gleichzeitig ein Blumentopf, so dass der Kameramann auswich und seine Aufnahme verriss. Blumen und Steine hagelten hinterher.
Die Alte stützte sich fest auf ihren Stock, richtete sich drohend auf und ballte ihre linke Faust:
„Wir haben den Krieg überstanden", rief sie, „ wir haben die Stasi überstanden! Und die Wende! Und wir werden auch euch überstehen. Haut ab!"
Im Fensterchen oben erschien neben dem Wassereimer ein ähnliches Gesicht, ebenfalls mit schwarzem Kopftuch. Vor der Haustür schwenkte ein weiteres Ebenbild, allerdings etwas kräftiger und jünger, modern gekleidet, einen Stein.

Alle drei Frauen wiederholten laut und gellend „Haut ab!"
Irgendwo schlugen Hunde an.
Die durchfeuchtete Journalistin und der mit Blumenerde bekleckerte Kameramann berieten sich kurz am Dorfplatz. Dann kehrten sie zurück.
„Bitte, Frau Schmale, bitte, nehmen Sie Vernunft an. Die Polizei wird sowieso ..."
„Die Polizei ist gerade von uns verständigt worden. Wegen Belästigung und Hausfriedensbruch. Also bitte verschwinden Sie." Die jüngere Frau klang bestimmt.
„Solange können Sie noch mit uns sprechen!"
Der junge Reporter mit den blonden Locken öffnete erneut das Gartentor.
Diese Unverfrorenheit empörte KH.
Schnell drückte er die kleine Videokamera in Ullas Hand und rief: „Stopp!"
Vor Verblüffung trat der Journalist einen Schritt zurück.
„Hören Sie mal, sind Sie zu jung, um die Grundrechte zu kennen? Oder haben Sie in der Schule nicht aufgepasst? Oder ... "
KH stand nun zwischen ihm und der kleinen Gartenpforte.
„Oder verlangt Ihre Redaktion Hausfriedensbruch und andere strafbare Handlungen? Jedenfalls – wir haben alles dokumentiert!"
Seine Hand deutete auf Ulla, die sich größte Mühe gab, diese Szene nicht zu verwackeln.
Die Reporter stutzten kurz, stiegen dann achselzuckend in ihr Auto und fuhren los.
Ulla versuchte, die Nummernschilder heran zu zoomen.
Die drei Frauen im Nachbarhaus applaudierten KH.

„Wie immer", grummelte Ulla resigniert. „KH - der Liebling alter Frauen. Dabei hab ich auch einen Beitrag geleistet!"
Die Kellnerin gluckste erneut.
Dann rief sie laut und befreit in den Nachbargarten: „Na, das ist doch ein Bier wert! Aufs Haus! Kommt rüber, ihr Drei!"

***

Die zwei Älteren der Drei bevorzugten Schnaps. „ Ein kleines Verdauungsschnäpschen von eurem guten Ebereschen-Trunk, liebe Gerda!"
Ulla strahlte. Nicht nur, weil ihr die Schnaps-Trinkerei der Alten sympathisch war.
Sondern auch, weil sich sofort ein Anknüpfungspunkt für ein Gespräch ergab.
„Meine Schwiegermutter, äh", sie korrigierte sich nach einem kleinen Seitenblick auf KH, „meine Ex-Schwiegermama kam auch `aus der Heimat´. Aus dem Riesengebirge. Und sie hat bei uns in Nordhessen immer Ebereschenlikör selbst hergestellt."
Es wurde eine gemütliche Runde unter den alten Bäumen der Gutshofschänke.
Auch der Ortspolizist, der sein Motorrad für eine kurze Mitteilung stoppte, konnte die Stimmung nicht stören.
„Achtung, es sind Jugendliche unterwegs. Angeblich zu einem Zeltlager."
Die drei Frauen nickten unbesorgt.
„Nehmt es nicht zu leicht, ihr wisst, was passieren kann!", warnte der Polizist.

Ulla warf KH einen Blick zu, sie hatte den Eindruck, dass hier eine verschlüsselte Botschaft ausgesprochen wurde.
KH senkte kaum merklich seinen Kopf. Ja, auch er hatte ein mulmiges Gefühl.
Aber die anderen plapperten unbeeindruckt weiter.
Nachdem der Polizist sich mit dem Hinweis verabschiedet hatte, dass er mit einem Kollegen auf jeden Fall später nochmal vorbei schauen werde, wurden auch Ulla und KH wieder ruhiger.
Sie versuchten so viele Informationen wie möglich zu sammeln.

***

„Aber, ehrlich, KH, was haben wir eigentlich echt erfahren?", fragte Ulla kritisch, als sie sich auf dem Rückweg befanden – dieses Mal auf der schmalen, aber kürzeren Autostraße.
Sie trugen ihre Walking-Stöcke unterm Arm und gingen im leichten Spaziergänger-Tempo nebeneinander her.
„Außer: Luther war immer ein liebes Kind, wissbegierig und lerneifrig, das seiner Mutter keine Sorgen machen wollte."
„Kein Wunder", warf KH ein, „die Mutter war seine einzige verantwortliche Bezugsperson, die er unbedingt brauchte, nach allem, was er wahrscheinlich in seinen jungen Jahren dann doch auf der Flucht mitmachen musste."
Ulla nickte. „Klar. Und sie hat ihm nicht übel genommen, dass er irgendwann ihre katholische Erziehung in den Wind schrieb und sich hier in dieser evangelischen Gegend zum protestantischen Glauben bekehrte."

„Was blieb ihm denn anderes übrig? Wenn er nicht total Außenseiter sein wollte? Flüchtlingskind, vielleicht klüger als andere und dann noch katholisch?" KHs Stimme nahm einen leicht aggressiven Unterton an.
Ulla musste lächeln.
„Kalli, du musst ihn nicht verteidigen. Niemand macht ihm einen Vorwurf. Auch seine Mutter nicht. Auch wenn sie vielleicht ein bisschen seinen penetranten Eifer kritisiert." Sie versuchte die alte Frau nachzuahmen: *„Er musste ja immer übertreiben. Wenn er was machte, sollte das perfekt sein. So auch die Religion. Er war evangelischer als die Evangelen."*
„Ja", KH grinste, „deshalb nannte ihn dann ja später sein Stiefvater `den besseren Luther´. Aber ich glaub, das war sehr liebevoll gemeint."
Ulla stimmte zu. KH und sie hatten den Eindruck gewonnen, dass hier eine Familie sehr eng miteinander verbunden war. Denn Luthers Mutter hatte nach dem Krieg einen Verwandten des Gutsbesitzers, einen Herrn Schmale geheiratet, und ihre kleine Schwester dessen Bruder.
„Und Andrea? Die hieß doch früher Schmale!" Ulla erinnerte sich an ihre Ankunft auf der Wartburg. „Hast du mitgekriegt, wie die verwandtschaftlichen Beziehun…"
KH unterbrach sie. „Klar, Ulla. Andrea ist die Nichte von Luther. Oder genauer: Stief-Nichte. Ihre Mama ist die jüngste der drei Frauen, die du heute gesehen hast. Die Tochter aus zweiter Ehe - also Luthers Halbschwester. Luthers Mutter ist ihre Oma. Deshalb …"
„Deshalb waren Luther und Andrea so vertraut auf der Wartburg!" Ulla erinnerte sich daran, wie sie die beiden in einer Umarmung gesehen hatten.

KH stimmte nur zum Teil zu: „Ja. Aber ich meinte: Deswegen ist die alte Frau Schmale, ehemals Suchanek, von öffentlichem Interesse, deshalb ist die Presse hinter ihr her. Deshalb soll sie Stellung nehmen: Ihr Sohn und ihre Enkelin sind verschwunden! Und zwar spurlos!"
Nachdenklich blieb Ulla stehen.
„Dafür, Kalli, dafür sind aber alle drei Frauen Schmale sehr, sehr gefasst. Zu sehr. Und gut drauf. Das kann nicht nur vom Schnaps kommen."
KH grinste. „Natürlich nicht. Also was schließt Miss Marple daraus? Und schläft sie daher heute Nacht gut?!"
Sie küsste seine Nasenspitze.
„Miss Marple sagt: Alles im grünen Bereich. Die Verschwundenen sind gut untergekommen. Also keine Beunruhigung. – Aber …", ihre Stimme driftete weg, als sie sich die Nordic Walking-Stöcke anlegte.
„Aber dann würde ich zu gerne wissen, wo sie sind. Und warum. Und mit wem. Ob alleine. Und…"
KH stapfte resigniert hinterher. „Also doch keine gute Nacht!"
Leider sollte es schlimmer kommen, als er befürchtete.

***

Keine zweihundert Meter später wurden sie durch eine entgegenkommende Gruppe jugendlicher Radfahrer von der schmalen Straße gedrängt.
Die jungen Leute hatten ihre Räder schwer bepackt, sie wirkten staubig und erschöpft, aber fröhlich.
KH und Ulla waren sich einig, dass dies die Gruppe war, die der Ortspolizist angekündigt hatte.

Eine Meinungsverschiedenheit gab es aber über die Einschätzung. Offenbar fuhren sie zum Gutshof. Aber in welcher Absicht? Nur um zu zelten?
„Dann hätte der Polizist nicht zu warnen brauchen", wandte Ulla ein. „Vielleicht wollen sie das Gelände durchsuchen."
„Aber wonach denn, Ulla? Nach Andrea und Luther? Warum sollten sie? Sie sehen nicht aus wie die Schlachter- oder Bau-Mafia."
Das musste Ulla zugeben. „Aber vielleicht wollen sie den flüchtigen Täter finden. Den Nepalesen. Weil sie zwar nicht so aussehen, aber vielleicht verkappte Neonazis sind."
KH glaubte das nicht. „Sie sahen eher aus wie der CVJM oder eine andere kirchliche Gruppe. Oder nostalgische Überreste der Jungen Pioniere."
Er seufzte tief.
„Gut, Ulla, wenn es dir Sorgen macht, laufen wir eben zurück und überzeugen uns, ob …"
Im Dämmerlicht kam ein weiteres Fahrrad auf sie zu. Die junge Frau strampelte kräftig; offenbar wollte sie die anderen Gruppenmitglieder einholen.
Nachdem sie an Ulla vorbei gefahren war, bremste sie abrupt und drehte dann. Betont langsam schob sie die Kapuze ihres Pullis aus dem Gesicht.
Es war Ivi.
Nach einer herzlichen Begrüßung klärte sie auf.
Ja, sie waren eine kirchliche Jugendgruppe. Nein, sie hatten keine besonderen Absichten. Sie zelteten häufiger mal auf dem Gutshof.
Das habe Tradition.

„Vor allem, wenn wir eine Aufführung vorbereiten. Dann können wir in der alten Scheune proben. Und jetzt steht halt wieder mal was an. Wir müssen die Texte weiterschreiben und überarbeiten. Stress pur und viele Diskussionen! Aber alles ganz friedlich. Vielleicht schaffen wir es auch schon nach kurzen Proben. Also tschüss. Die anderen warten! "
Sie sauste los.
Doch offenbar bewog sie Ullas besorgtes Gesicht zu einem erneuten Bogen.
Dicht vor Ulla bremste sie hart, bückte sich zu ihr herunter und flüsterte:
„Und natürlich haben wir ein Auge auf das Gelände. Vor allem auf alle Eingänge. Wenn wir da sind, kommt keiner rein. Kein Nazi oder sonst wer, der nach jemandem sucht. Aber wie gesagt: Alles ganz friedlich. Passiver Widerstand und so. Kreativ. Wir sind ja eine christliche Gruppe!"
Sie winkte huldvoll und schien hinter den anderen her rasen zu wollen.
Dann hatte sie offenbar einen neuen Einfall, fuhr einen weiteren Bogen und hielt erneut vor Ulla.
„Und nochmals Danke, Danke, Danke! Wir wären sonst nicht so weit mit unseren Texten! Wir wertschätzen deine noble Haltung sehr!"
Mit einem freundlichen „See you later!" trat sie heftig in die Pedalen und war bald endgültig aus ihrem Blickfeld verschwunden.
KH drehte Ulla demonstrativ zu sich, hob ihr Gesicht zu sich heran und schaute forschend in ihre Augen.

„Ulla, Ulla, was hast du denn da angestellt? Welche ´noble Haltung` hast du an den Tag gelegt, die diese jungen Leute so ´sehr wertschätzen´?"
„Wenn ich das wüsste, ging es mir auch besser."
Sie überlegte einen Augenblick.
„Zum ersten Mal hat Ivi solch komische Sprüche gebracht, als ich mich bedankt habe, dass sie meinen Tolino gefunden und an der Rezeption abgegeben hat. *Danke, war sehr hilfreich.* Oder irgendetwas in der Art."
In KHs Kopf ratterte es.
„Wusste sie, was du gerade liest?" Ulla nickte. Ja, sie hatten sich darüber unterhalten.
„Und?", KH klang drängend. War Ivi interessiert?"
Nach kurzem Überlegen bestätigte Ulla dies.
„Ja, eigentlich schon. Sie schien zwar viel über den Thüringer Heimatschutz zu wissen, aber fragte, ob es was Neues gibt."
„Und? – Mensch, Ulla, lass dir doch nicht alles aus der Nase ziehen!" KH wurde ungeduldig.
„Dann muss sie halt selber lesen. So ungefähr hab ich das wohl gesagt." Ulla klang ein bisschen schuldbewusst.
KH schob sie auf Armeslänge. „Und dann war der Tolino fort?"
Ulla zuckte die Schultern. „Scheint so, ich hab ja nichts gemerkt, weil du mich am Schlüsselloch überrascht hast. Aber jedenfalls: Am nächsten Morgen hatte sie ihn an der Rezeption abgegeben und mich beruhigt, dass nichts passiert sei. Sie seien vorsichtig gewesen."
Ulla erinnerte sich zu gut an ihre eigene Verdutztheit wegen dieser Aussage.

„Und?" KH gab noch nicht auf. „Hast du den Tolino irgendwie gesichert? Passwort oder so?"
„Quatsch! Warum sollte ich? Es ist ja nur ein E-Book-Reader! Ich hab keine persönlichen Daten darauf!" Ulla empörte sich.
Ein Grinsen machte sich auf KHs Gesicht breit.
„Na dann! Bei der sprichwörtlichen Computer-Kompetenz unserer jungen Generation! Du kannst davon ausgehen, dass nun dein Heimatschutz-Buch auf vielen PCs und Laptops und I-Phones dieser Eisenacher christlichen Jugend-Gruppe existiert!"
Ulla brauchte einen Moment, bis sie diese Information verarbeitet hatte.
Dann lächelte sie fröhlich. „Wie gut, KH! Denn offenbar hat es den jungen Leuten beim Texte-Schreiben geholfen. Welche Texte auch immer. Hauptsache: Texte und Schreiben! Als alte Deutschlehrerin kann ich nur froh sein!"
KH schmunzelte und küsste sie. „Ulla, Ulla, Ulla!", sagte er leicht resigniert.
Sie küsste ihn zurück. „Du klingst wie Domi, wenn ich in seinen Augen etwas Unangemessenes getan habe und er mich ein kleines bisschen tadeln muss: *Oma, Oma, Oma!*"
Beide lächelten in Erinnerung an ihren vierjährigen Enkel Dominic und machten sich schnellen Schrittes auf den Heimweg. Sie wollten unbedingt vor Einbruch der Dunkelheit in ihrer Unterkunft ankommen.

***

Das große Hoftor zu ihrem kleinen Landgasthaus war geschlossen. Sie mussten sich erst mit Namen ausweisen, bevor sie durch die kleine Eingangstür gesummt wurden. „Die Katze" stand unversehrt an ihrem Platz. Ullas Indianer-Zeichen schienen unverändert. Offensichtlich hatte niemand Notiz von dem Jaguar genommen.
Es gab allerdings einen Neuzugang auf dem vordersten Parkplatz direkt neben dem Tor, der Ulla Sorgen machte. Auch KH runzelte die Stirn, als er den roten Opel Astra erblickte.

Die als „einheimische Hausmannskost" angekündigte Mahlzeit schmeckte vorzüglich.
Schweigend hingen beide ihren Gedanken nach, zwinkerten sich aber manchmal bestätigend zu.
Gerade als Ulla zum Sprechen ansetzte, öffnete sich die Tür zum Gastraum und die Journalistin, nun in trockener Kleidung, und der blond gelockte Kameramann traten ein. KH verdrehte die Augen, Ulla seufzte laut, und die beiden Neuankömmlinge stockten. Sie verzogen sich sofort in eine andere Ecke.
Man ignorierte sich, aber man beobachtete sich genau.

Nach dem Essen erkundeten Ulla und KH den kleinen Ort. Es gab nur eine einzige Straße, wenige Häuser, einen winzigen Tante-Emma-Laden, ein kleines erleuchtetes Kirchlein, davor einen schnuckeligen Dorfplatz mit ausladender Buche und einladender Sitzbank, aber - „schau, guck, KH, immerhin" - eine zweite Kneipe.
Da es immer noch nicht dunkel war, erstiegen sie den kleinen Aussichtsturm oberhalb der Häuser und genossen

den Blick über die schwarzgrünen Hügel, den abnehmenden Mond und das Dorf.
„Offenbar schlafen dort alle schon", kommentierte KH mit Blick auf den abgelegenen Gutshof, „ich sehe kein einziges Licht."
Arm in Arm stiegen sie die schmalen Treppen hinab. Als Ulla noch in der Ortskneipe einkehren wollte, zog KH sie nach kurzer Inspektion zurück.
„Nein, Ulla, nicht hier, nicht bei diesen zwielichtigen Personen. Wahrscheinlich Neonazis. Lass uns lieber in unserem eigenen Gasthof nach einem Bier fragen."
Ulla war verblüfft.
Ihr selbst war nur das TV-Team aufgefallen, das in einer Ecke saß und offensichtlich bemüht war, sich nicht beim Filmen beobachten zu lassen. Zwar hatten sie die düstere Atmosphäre, schwarze Wimpel, dekorierte Wehrmachtshelme und gestickte SS-Sprüche abgeschreckt, aber die Besucher hatten nicht ihre Aufmerksamkeit erregt.
„Wieso Neonazis? Die sehen doch ganz normal aus."
KH zog sie weiter.
„Eben. Das ist doch deren heutige Masche. Ganz normal. Keine Glatzen und keine Stiefel mehr. Keine Tattoos. Kein lautstarker Rechtsrock. Nur noch verkappte rechtsradikale Ideologie."
Ja, er hatte Recht.
Gerade erst hatte sie in „Heimatschutz" gelesen, wie sich die Rechtsextremen über die Jahre hinweg gut integriert hatten – als normale Unternehmer (allerdings häufig in zwielichtigen Wirtschafts-Bereichen wie Prostitution und Türsteher-Szene), als Staatsbürger und Funktionäre in

nicht verbotenen Parteien und - als „Menschen wie du und ich.
„Und natürlich auch als V-Männer", erklärte sie KH und zog ihn weiter.
Sie setzten sich auf die kleine wackelige Bank unter der Dorfbuche.
Vergeblich versuchten sie die Sterne am dunkelblauen Himmel zu Sternbildern zu sortieren.
 Schließlich gab Ulla auf und erklärte abrupt: „Du und ich – wir haben schließlich das Erstarken der Neonazis mitfinanziert."
„Hää??", er rückte von ihr ab und schaute sie verständnislos an.
„Doch, doch, sowohl der Bundesverfassungsschutz als auch die Landesämter für Verfassungsschutz in Hessen und Thüringen haben viel Geld an ihre V-Leute gegeben. Unsere Steuergelder. Deine und meine. Natürlich haben die V-Leute auch ein bisschen in die eigene Tasche gewirtschaftet. Aber nicht nur. Überwiegend haben sie damit alles Mögliche finanziert – Wehrsportübungen, Rechtsberatungen für die Nazis, Propagandamaterial, ihre Skinzines - also ihre rechtsextremen Zeitungen. Vielleicht auch Waffen, Auslandskontakte vor allem zu britischen und amerikanischen Nazis, …"
„Hör auf, Ulla!" KH stand unvermittelt auf. Seine Miene hatte sich verdüstert. „Das halte ich nicht gut aus! Ich kann und will einfach nicht glau…".
Er stoppte abrupt.
Eine Gruppe Jugendlicher verabschiedete sich lautstark aus der Dorf-Kneipe, bestieg leichte Motorräder oder Mofas und brauste an ihnen vorbei.

Plötzlich bremste die erste Maschine, verlangsamte ihr Tempo, drehte einen kurzen Bogen und fuhr zurück. Die anderen folgten.

„Die scheint der Abend des Bogen-Machens zu sei...", erklärte Ulla betont fröhlich.

Doch als sich die Maschinen drohend um sie versammelten, versagte ihre Stimme plötzlich.

Die Motoren wurden gestoppt, die Jugendlichen stiegen schweigend ab. Bedrohlich kamen sie näher und näher.

Ulla schluckte, als der Kreis sich immer enger um sie schloss.

Totenstille.

Ein Jugendlicher bückte sich und ergriff einen Stein. Andere machten es ihm nach.

KH zog Ulla direkt an die Buche, so dass wenigstens ihre Rücken geschützt waren. Er stand sehr aufrecht.

„Hey, was soll das?", rief er sehr laut und bestimmt.

„Wir brauchen hier keine Spione", die Stimme des durchtrainierten jungen Mannes in der vordersten Reihe klang schneidend, „und schon gar keine Unterstützer der christlich-jüdischen Kommis!"

Diese Aussage machte KH fassungslos. Christlich-jüdische Kommunisten - was sollte das denn?

Ulla zischte: „Wir sind normale Touristen, keine Spione - für wen haltet ihr uns denn? So ein Blödsinn!"

Der Durchtrainierte ging drohend auf sie los und die anderen schwenkten demonstrativ ihre Steine.

Ullas Magen krampfte sich zusammen und ihr Bauch sendete tausend Alarmsignale.

Aus den Augenwinkeln sah sie, wie das TV-Team ebenfalls die Kneipe verließ. Der blonde Kameramann filmte offen-

sichtlich in ihre Richtung, während die Journalistin kommentierte. Hoffnung?
KH hatte sich gefangen. Aber er war wütend.
„Der christlichen jüdischen Kommis!", wiederholte er angewidert. „Meint ihr etwa: christlich-jüdische Kommunisten? Mein Gott, habt ihr denn gar keine Bildung? In welche Schulen seid ihr gegangen? Habt ihr überhaupt keine historischen und religiösen Kenntnisse? Ist nur Matsch in euren Birnen?"
Dieser Ausbruch, befürchtete Ulla, war nicht hilfreich.
Und richtig.
Der Anführer wendete nun seine volle Aufmerksamkeit auf KH. Sofort scharrten sich sechs Jugendliche mit Steinen um ihn.
„Achtung, Presse!", rief Ulla gellend und fuchtelte zur Ablenkung wild mit den Händen.
Doch der Boss der Jugendlichen lachte nur kurz auf – ein hartes, freudloses Lachen.
„Die Zeit für öffentlich wirksame Momente ist gekommen. Lasst die Presse filmen, wie wir mit Spionen und jüdisch-christlichen Kommis umgehen!"
Er machte ein Zeichen. Sechs Arme hoben sich. Der erste Stein knallte über ihnen in die Buche.
Das TV-Team setzte sich in Trab.
Ulla schrie. Verzweifelt versuchte sie KH in Deckung hinter einen kleinen Strauch zu ziehen.
Doch der stand aufrecht. Der zweite Stein schlug kurz vor seinen Schuhen auf.
Die Jugendlichen rückten näher. Der dritte Arm zielte genau in ihre Richtung, holte Schwung und …

Da begann plötzlich die Glocke der kleinen Dorfkirche zu läuten. Gleichzeitig öffnete sich die Kirchentür und viele Mönche in Kapuzen strömten nach draußen.
Lautstark erklang die Orgel. Die Mönche fielen ein den Choral: „Ein feste Burg ist unser Gott!"
Verdutzt senkten sich die Arme der Steinewerfer. Gesangbücher flogen in ihre Richtung, und Steine fielen zu Boden.
Viele kleine Mönche bauten sich zwischen KH, Ulla und den Motorradfahrern auf.
Zur gleichen Zeit erreichte das atemlose TV-Team die Buche.
Jeder konnte den abgehackten, aber lauten Kommentar der Journalistin hören.
„Und hier …. hautnah ….. Angriff der Neonazis …. unbescholtene Touristen. Die Polizei … ist …. informiert. … in jedem Moment hier … ."
Sie holte tief Luft und sprach dann möglichst ruhig, aber sehr klar weiter: „ Wir werden dann die Identität der Steinewerfer in unserer nächsten Sendung veröffentlichen."
In der Ferne hörte man Sirenen.
Der Anführer der Jugendlichen stutzte kurz. Dann machte er das Zeichen zum Rückzug.
Motorräder und Mofas brausten ab.
Erleichtert atmete Ulla aus und fasste KHs Hand.
Ein kleiner Mönch vor ihr grinste ihr unter seiner Kapuze zu.
„Ich sag doch: Selig sind die Friedfertigen. Na ja, die fast Friedfertigen. Das ist jedenfalls eher im Sinne Luthers."
Es war Ivi.
Ulla hätte sie am liebsten vor Freude geküsst.

Aber alle Mönche zogen sich im geordneten Marsch in die kleine Dorfkirche zurück.
Die Orgel war kaum mehr zu hören, als die Kirchentür sich schloss.
Aber die Glocke klang weiter – wie in früheren Zeiten das wichtigste Alarmsignal.
In den Häusern des Dorfes gingen die Lichter an. Menschen standen vor ihren Türen.
Ulla und KH gelangten sicher in ihr Gasthaus. Aber sie konnten lange nicht einschlafen.
Und danach suchten sie böse Träume heim.

8 Der Herr ist mein Hirte

Ullas Handy klingelte um 7.30 Uhr. Sie ignorierte es.
KH knurrte ungehalten und drehte sich auf die andere Seite.
Den größten Teil der Nacht hatte er wachgelegen oder Wache gehalten. Immer wieder war er aus einem unruhigen Halbschlaf aufgeschreckt und hatte am Fenster - verborgen hinter einem langen blaurot-gemusterten Gardinenschal aus handgewebtem Leinen - den Hof überblickt.
Jedes Mal schien der Jaguar unangetastet im hinteren Winkel des Hofes zu stehen - die Alarmanlage hätte andernfalls lautstark ihre Warnungen signalisiert, da war KH sich sicher.
Aber im vorderen Teil des Hofes nahm er häufig Bewegungen, Geräusche, Schatten wahr.
Einmal hörte er ein rhythmisches Klopfen – lang, lang, lang, kurz, kurz, kurz, lang, lang, lang - fast wie ein SOS-Signal.
Er beobachtete, wie eine weibliche Hand das Tor öffnete und eine recht kleine, schlanke Gestalt hinein huschte.
Ein anderes Mal sah er rote Leuchten im Auto des Kamerateams aufleuchten und hörte eine unterdrückte, schnell sprechende Stimme.
Als ob jemand eine Geheimbotschaft schnell durchgibt. Oder einen Film sendet, bevor dieser von der Videokamera gelöscht wird, schoss es durch seinen Kopf.
Die Lichter in den Fenstern erloschen häufig, sprangen dann in anderen Räumen an – es schien viel Bewegung im Haus zu herrschen.

Irgendwann knallte eine Tür, und eine männliche Stimme warnte eindringlich: *Ssshhhh. Leise.*
Wiederholt hatte KH seine Frau beruhigend gestreichelt und zart geküsst, wenn sie sich im unruhigen Schlaf wälzte, Unverständliches murmelte und heftige Armbewegungen machte. Einmal hatte sie sogar geschrien.
Alles gut, Liebes. Du bist hier sicher. Ich passe auf.
Als sich der Morgen mit rosa Dämmerung ankündigte, hatte er einen Entschluss gefasst. Direkt nach dem Frühstück würde er mit Ulla nach Hause fahren. Keine weiteren Risiken mehr. Ulla musste das einsehen. Alle brauchten sie, die Kinder, Enkelkinder und am meisten natürlich er!
Nach dieser Entscheidung wurde ihm leichter. Endlich fand er ein bisschen Schlaf.

Als ihr Handy um 7.45 Uhr zum Dauerklingeln ansetzte, fluchte Ulla heftig. Schaftrunken fischte sie das Gerät vom Nachttisch und verzog sich ins Bad, um KH nicht zu stören. Es war Felix Schalbel. Er wollte ihr nur eine „schöne Tour für den heutigen Tag" durchgeben.
Ulla musste viel Willenskraft aufbieten, um nicht laut zu schreien.
„Spinnt ihr hier eigentlich alle, oder was?", fauchte sie stattdessen möglichst leise, um KH nicht zu wecken.
„Hier geht der reine Terror ab und wir sollen eine nette Wanderung machen? Die jungen Nazis schmeißen mit Steinen nach uns und ich soll mir einen Tourenvorschlag …"
„Bitte, bitte – bitte hören Sie mir zu", seine Stimme klang flehentlich, aber auch eingeschüchtert.

Offenbar war er nun wieder beim „Sie" angelangt. Wechselte er einfach locker zwischen den Anredeformen oder - Ulla riss bei diesem Gedanken die Augen weit auf - oder hatte er einen Grund?
Vermutete er Telefonüberwachung? Musste er Botschaften verschlüsselt formulieren?
Sie schluckte dreimal tief und sagte dann möglichst unverbindlich:
„Entschuldigung. Sie haben mich direkt aus dem Schlaf gerissen. Offenbar hatte ich schlecht geträumt. Natürlich nehme ich gern ihren Tourentipp entgegen. Wir können ja dann immer noch entscheiden, ob wir den Weg gehen."
Sie meinte ein erleichtertes Seufzen zu hören.
„Auch Entschuldigung meinerseits", lachte er ins Telefon, „offenbar müssen wir uns erst an Schlafgewohnheiten unserer westdeutschen Gäste gewöhnen."
Er machte eine kleine Pause.
„Hm, wie wir ja verabredet hatten, wollte ich Ihnen eine landschaftlich interessante, kulturhistorische sehr wertvolle Tour empfehlen. Unsere thüringischen Katen stehen im Mittelpunkt dieser Rundwanderung, wissen Sie, die Behausungen kleiner Bauern, Schäfer und ... "
Ulla war nun hellwach.
Sie versuchte sich seine Beschreibung einzuprägen, indem sie diese vor ihrem inneren Auge bereits erwanderte. Stellenweise hatte sie das dumpfe Gefühl, die Strecke oder Teile davon zu kennen.
Sie runzelte die Stirn.
„Und zum Abschluss des heutigen Tages empfehle ich Ihnen ein Abendessen in der kleinen Gutsschenke des Gutshofes, der zu Ihrem Urlaubsort gehört. Sie können

einen Abstecher zu Fuß dorthin machen oder mit dem Auto oder sich gern auch Fahrräder von Ihren Wirtsleuten ausleihen. In der Gutsschenke gibt es selbstgebrautes Bier ..." „ und wunderbaren selbstgemachten Schnaps, Ebereschen-Trunk", fiel ihm Ulla ins Wort, „wir waren gestern schon da."
Er schien sprachlos.
Gerade als sie ihn erinnern wollte, dass er ihr gestern schon die Gutsschenke empfohlen hatte, fielen ihr mögliche „Mit-Hörer" ein.
„Gestern konnten wir das Essen nicht probieren", sagte sie unverfänglich. „Groß ist die Auswahl von Gaststätten hier am Ort ja nicht, also danke für den Tipp."
Angestrengt horchte sie in die Leitung. Sie hatte den Eindruck, dass Felix noch etwas Wichtiges loswerden wollte, aber noch keine geeignete Form der Verschlüsselung gefunden hatte.
„Und die Leute dort sind ja so nett", fuhr sie harmlos fort. „Nicht so stieselig und engstirnig, sondern aufgeschlossen gegenüber Touristen. Weltoffen und interessiert."
„Ja", erleichtert nahm Felix diesen Hinweis an. „Ja, ja. Weltoffen und interessiert. Falls Sie Gespräche über andere Länder und Religionen führen sollten, dann behalten Sie doch einfach im Kopf: *Im Vatikan nichts Neues. Die übliche Warterei von Pilgern. Nervig, aber unumgänglich. Geduld, Geduld.-*
Und jetzt wünsche ich Ihnen und Ihrem Mann einen wunderbaren Tag in unserem schönen Thüringen. Wir sind sehr am Wohl unserer Touristen interessiert. Vielleicht geben Sie mir einfach mal eine Rückmeldung, wie die Tour war."

Er legte unvermittelt auf.

„Wow", sagte Ulla triumphierend zu ihrem Handy. „Wow, wenn das nicht mal 'ne Nachricht ist!"

Ein drittes *Wow* grinste sie in KHs müdes Gesicht, der plötzlich schlaftrunken am Türrahmen lehnte. „Ulla, was ist denn passiert? Wieso telefonierst du im Badezimmer?"

„Im Vatikan nichts Neues. Die übliche Warterei von Pilgern. Nervig, aber unumgänglich. Geduld, Geduld", zitierte sie leichthin.

Besorgt legte KH seine Hand an ihre Stirn.

„Ulla, ist dir nicht gut? Hast du Fieber? Komm, Liebes, nach dem Frühstück fahren wir sofort nach Hause."

„Das", sagte sie entschieden, „geht auf keinen Fall. Wir haben noch eine wichtige Tour vor uns. Oder einen Auftrag auszuführen. Jetzt lass uns aber erst mal Kaffee trinken und was Ordentliches essen."

KH seufzte und bereitete sich auf eine lange Auseinandersetzung mit seiner Frau vor.

***

Im Frühstücksraum herrschte eine seltsame Atmosphäre. Wenige Tische waren in der geräumigen alten Gaststube mit blau-weiß karierten Tischdeckchen, geblümten Tassen und Tellern sowie gehäkelten Eier- und Kaffeewärmern ausgestattet; die anderen zeigten blankgescheuerte Holzoberflächen.

Der Raum war menschenleer – abgesehen von dem TV-Team in einer kleinen Ecke. Sie schienen Arbeit mit Frühstück zu verbinden, denn während die Journalistin gerade ein Ei köpfte und sich mit ihrer Wirtin, einer hübschen

Frau Mitte Fünfzig, angeregt - *eher angestrengt,* fand Ulla
– unterhielt, filmte der Kameramann und versuchte ab
und zu mit der anderen Hand einen Schluck aus seiner
dampfenden Kaffeetasse zu nehmen.
Ulla und KH verzogen sich in eine andere Ecke; schließlich
hatten sie ja noch eine Diskussion vor sich.
Aber erstmal genossen sie das Ambiente.
Ulla nahm verzückt den Eierwärmer in ihre Hände. „Schau
mal, KH, ein Hahn mit Hahnenkamm und spitzem Schnabel; meine Oma konnte sowas auch häkeln!"
Voller Erinnerungsfreude an seine Kindheit betastete KH
den Tropfenfänger - ein kleines Plastikschwämmchen
unter der langen Ausguss-Tülle, befestigt mit einem roten
Gummiband und gelbem Schmetterling am Henkel.
Da erschien lautlos ein Jugendlicher neben ihnen.
Er trug eine schwarze Jeans, ein weißes Hemd mit kleiner
schwarzer Fliege und eine weiß gefaltete Serviette über
dem Arm.
Sein total unglücklicher Gesichtsausdruck und sein tiefer
Seufzer erweckten KHs Mitgefühl.
„Hey, junger Mann", sagte er aufmunternd, „wer hätte
gedacht, dass wir hier einen Kellner wie in einem First-
Class-Hotel begegnen? Das finde ich super!"
Der junge Mann zeigte mit dem Kinn in Richtung der interviewten Person und flüsterte: „Meine Mutter. Sie findet: Wenn schon, denn schon. Wenn ich schon hier Service mache, dann ordentlich! Eigentlich lerne ich im Eisenacher Hof."
„Das ist sehr löblich", erklärte KH, „ich find´s toll. Echt
stilvoll."
Das Gesicht des Jugendlichen heiterte sich auf.

Unwillkürlich richtete er sich auf und erklärte dann professionell: „Hier am Tisch finden Sie fünf-Minuten-Eier. Wir machen Ihnen aber gern ein Omelette oder Spiegeleier mit Speck oder Rührei. Und natürlich auch Cappuccino oder Café Latte. In der Zwischenzeit können Sie sich gern beim Büffet am Tresen bedienen."
Einmütig erklärten Ulla und KH, dass alles in bester Ordnung sei und sie keine Extrawünsche hätten. Der Blick des Jungen wanderte von dem Eierwärmer in Ullas Hand direkt in ihr Gesicht. „Die hat meine Oma selbst gehäkelt". Dann stutzte er und drehte sich schnell um.
Auch Ulla fühlte sich unwohl.
Irgendwo hab ich den schon gesehen! Aber wo? Gestern Abend bei den Steineschmeißern??
Sie schüttelte sich und wollte es nicht glauben.

Ihr Frühstück verlief wortlos.
KH blätterte lustlos im *Thüringer Boten* und zermarterte gleichzeitig seinen Kopf, wie er Ulla zur Heimfahrt bewegen könnte.
Ulla ihrerseits versuchte den Landschinken und das frische Bauernbrot zu genießen, kramte aber innerlich nach Argumenten, die sie KH entgegen halten konnte.
Außerdem fühlte sie sich durch das TV-Team gestört. Sie hatte den Eindruck, dass das Interview immer lauter und aggressiver geführt wurde.
„Meinen Sie denn wirklich … ", hörte sie die Journalistin fragen, „meinen Sie denn ernsthaft, dass es hier keine Neonazis gibt?"
Ulla sah, wie sich der Rücken des jungen Kellners, der gerade Wurst und Käse am Büffet auffüllte, versteifte.

„Neonazis – nein."
Die Wirtin klang bestimmt und überlegt.
„Wir haben hier Jugendliche mit unterschiedlichen politischen Auffassungen. Na klar. Aber das ist auch normal. Wir haben hier keine Neonazis. Thüringen hat kein Problem mit Rechtsextremen."
Dem jungen Kellner fiel laut klappernd eine Gabel aus der Hand.
Seine Mutter betrachtete ihn missbilligend.
Ulla hatte den Eindruck, dass er widerspenstig zurück starrte.
In dem Moment schob ihr KH die Zeitung unter die Nase. Eine Überschrift sprang ihr sofort ins Auge; KH hätte gar nicht demonstrativ darauf hindeuten müssen.

__Kleidung des unbekannten Täters gefunden -__
__Verbindungen zu weiteren Vermissten unklar__
Eisenach. es.
Im Zusammenhang mit dem getöteten Rumänen geht die Polizei einer neuen Spur nach. An einem bekannten thüringischen Ausflugsziel hat sie nach Hinweisen blutverschmierte Männerkleidung gefunden. Nach ersten DNA-Untersuchungen finden sich sowohl des Blut des Getöteten als auch andere Blutspuren in der Kleidung. Möglicherweise handelt es sich hierbei um das Blut des Täters. Die gefundene Kleidung könnte - so die Mutmaßungen - während der Tat getragen und später entsorgt worden sein. Zu weitergehenden Kommentaren fand sich die Polizei nicht bereit, um nicht die weiteren Ermittlungen zu stören.

Ullas Augen strahlten triumphierend. „Hatte ich doch den richtigen Riecher!" KH schüttelte den Kopf und verwies auf den Rest des Artikels.

Auf gezielte Nachfragen dieser Zeitung schloss die Polizei kategorisch aus, dass der ursprüngliche Tatverdächtige erneut belastet worden ist.

„DNA-Analyse und Kleidungsgröße ergeben absolut keine Hinweise in diese Richtung", erklärte eine Polizeisprecherin. Obwohl L.S. nun erneut entlastet wird, fehlt nach seiner Haftentlassung von ihm weiter jede Spur. Ob sein Verschwinden im Zusammenhang mit der weiterhin vermissten A.S. steht, ist unklar. Immerhin konnte diese Zeitung in Erfahrung bringen, dass A.S. die Halb-Nichte von L. S. ist.
Im Fall des ebenfalls abgängigen Eisenacher Priesters M.P. gibt es nichts Neues. Ein Zusammenhang zu den anderen Vermissten lässt sich nicht herstellen.
Im Gegenteil. Der Sprecher des zuständigen Bischofs teilte mit, dass M.P. weder vermisst und schon gar nicht polizeilich gesucht werde. „Unser Bruder befindet sich in einer persönlich-beruflichen Ausnahmesituation. Wir gehen von Burn-out aus und stützen daher die Auszeit unseres Kollegen. Er befindet sich an einem ruhigen Ort. Wir haben keinerlei Anlass, eine Vermisstenmeldung abzugeben", sagte der Sprecher.

Das Rattern von Ullas Gedanken wurde jäh unterbrochen, als die Journalistin auf ihren Tisch zu hastete und die Wirtin an der Hand hinter sich herzog. Der Kameramann eilte mit laufender Kamera hinterher.
„Bitte, hier, dieser Mann", sie deutete aufgeregt auf KH, dem vor lauter Verblüffung die Zeitung aus der Hand glitt, „dieser alte Mann" – KH runzelte die Stirn und die junge Frau korrigierte sich – „dieser ältere Herr wurde gestern von Neonazis angegriffen. Hier in diesem unseren Ort. Keine 100 Meter von Ihrem Haus entfernt. Unter der Buche. Wir haben alles gefilmt. - Und da sagen Sie noch", die Stimme der Reporterin überschlug sich vor Empörung, „und da sagen Sie immer noch, hier gibt es keine Neonazis?"
Der Kellner verließ schnell das Büffet.

Mit einer Hand fasste er den Arm seiner Mutter, mit der anderen machte er abwehrende Zeichen in Richtung Kamera.
„Mama", flüsterte er beschwörend, „sie haben Recht, ich ...".
Er stockte und schüttelte ablehnend seinen Kopf in die Kamera.
„Nun, nun, nun", KH stand betont ruhig auf und legte seine Hand auf die Schulter des jungen Mannes.
Dann schwenkte er sein Kinn in Richtung Kameramann.
„Und jetzt machen wir erst mal die Kamera aus. Schließlich geht es hier um etwas Privates."
Widerspruchslos drückte der Kameramann einen Knopf. Das rote Aufnahmelicht erlosch.
„Und jetzt setzen wir uns alle."
Ulla wunderte sich zum tausendsten Mal, wie KH es mit kleinen Gesten und Worten schaffte, dass andere Menschen sofort auf ihn hörten.
Plötzlich saßen sie zu sechst um ihren kleinen Frühstückstisch.
„Hm", KH räusperte sich und piekste dann den jugendlichen Kellner mit ausgestrecktem Zeigefinger in die Brust.
„Dieser junge Mann gefällt mir. Er macht Service. Das hat mein Sohn auch gelernt, der jetzt im Hotel-Management arbeitet. Also – Sie können es noch weit bringen, junger Mann. Aber das wollte ich gar nicht so hervorheben. Ich wollte mich vielmehr bei Ihnen bedanken. Dass Sie und Ihre Freunde mir gestern einen ganz anderen „Service" zu teil werden ließen. Mir einen echt mitmenschlichen Dienst erwiesen haben. Vielleicht sogar mein Leben gerettet."

Die Wirtin starrte mit offenem Mund von KH zu ihrem Sohn und zurück. Das Kamerateam schüttelte verständnislos den Kopf.
Ulla schlug sich mit dem flachen Handrücken gegen die Stirn.
Ich Idiotin! Natürlich! Er gehört zu den kleinen Mönchen von gestern Abend. Und nicht nur das!
Sie erinnerte sich an die Mahnwache vor der Eisenacher Kirche. *Da stand er zusammen mit Ivi.* Innerlich bat sie ihn um Verzeihung, dass sie ihn eben kurz verdächtigt hatte, zu den Steine-Werfern zu gehören.
Der junge Mann seufzte tief.
„Mama, ich ... es tut mir leid, ich hab ...".
Er stammelte unverständlich und warf dann einen unsicheren Blick auf KH. Als dieser ihm aufmunternd zunickte, gab er sich einen Ruck, sammelte sich und fuhr dann klar und zusammenhängend fort:
„Gut, ich hab nicht so ganz die Wahrheit gesagt, Mama. Ich wollte dich nicht beunruhigen. Aber nun muss es halt heraus. Ich hab schon seit zwei Tagen frei. Aber ich bin nicht direkt nach Hause gekommen, weil wir – ich meine unsere überkonfessionelle Jugendgruppe ...".
Ulla bemerkte, wie seine Mutter zusammenzuckte, und empfand tiefe Sympathie für sie.
Auch der Jugendliche stockte kurz, heftete dann aber seinen Blick auf KH.
Als der erneut verständnisvoll und ernst nickte, fuhr er fort: „Auch wenn du es nicht richtig findest, Mama, aber so ist es halt. Wir haben eine christliche Aufgabe und eine politische. Die heutige Zeit ist ungerecht und gefährlich. Wir müssen handeln. Moralisch. Gegen ..."

Er warf einen Blick auf seine Mutter, die in sich zusammengesunken war.
Zart streichelte er ihre Wange.
„Auch wenn du Angst hast, Mama; ich kann nicht anders. Und ich bin geschützt. Der Herr ist mein Hirte."
Da gruben sich die Sorgenfalten noch tiefer in die Stirn seiner Mutter. Er hielt inne, rücksichtsvoll. Offensichtlich wollte er seine Mutter schonen und versuchte seine Gedanken zu sammeln.
„Gestern haben sich die Neonazis bei „Ruffel" getroffen. Wo auch das Fernseh-Team war. Die haben also alles hautnah miterlebt. Die Sprüche und die Hetzreden. Mama, sie haben Recht, wenn sie sagen, dass wir hier Rechtsextreme haben."
Er stockte für einen Moment.
„Wir waren in der Kirche."
Als seine Mutter ihn fragend anschaute, gab er kleinlaut zu: „Okay, nicht zufällig. Wir wussten ... hatten das Gefühl, dass es gefährlich werden könnte."
Seine Stimme wurde selbstbewusster. „Und so war es dann ja auch. Anschließend haben einige sich zusammengerottet und mit ihren Motorrädern unsere Gäste hier bedroht. Warum auch immer."
Er klang vage.
Aber Ulla beschlich das mulmige Gefühl, dass dieser Junge durchaus eine Ahnung hatte, warum.
„Mama", seine Stimme wirkte beschwörend, „Mama. Du weißt genauso gut wie ich, wer der Anführer war. Mach endlich die Augen auf!"
Seine Mutter sank in sich zusammen und schluchzte. Der junge Mann küsste sie besorgt.

Dann nahm er professionelle Haltung an und erklärte:
„Falls jemand noch eine Bestellung an die Küche aufgeben möchte, dann bitte jetzt. Anschließend gibt es nur noch das Büffet."
Niemand hatte eine Bestellung an die Küche.
Er zögerte einen Moment und schien zu schwanken. Dann erklärte er heiser:
„Okay, Mama, du brauchst mich nicht mehr beim Frühstück. Ich bin dann mal weg. Wenn was ist, du weißt, wo du mich findest…".
Seine Mutter weinte nun hemmungslos.
Er seufzte und drückte ihr einen festen Kuss auf die Stirn.
„Mama, ich hab dich lieb!"
Dann verschwand er Richtung Ausgang.

Ulla brauchte einen Moment, um sich zu fassen.
Sie empfand Mitgefühl mit der Mutter.
Aber sie wusste, dass sie jetzt unbedingt sofort handeln musste.
Schnell rannte sie hinter dem jungen Mann her.
Sie erreichte ihn am Tor, als er sein Fahrrad aufschloss.
Atemlos flüsterte sie: „Ich weiß nicht, ob wir es heute noch zur Gutsschenke schaffen. Falls nicht, richte allen aus beziehungsweise *to whom it may concern* …".
Sein Gesicht erstarrte einen Moment lang ausdruckslos, dann nickte er verstehend.
„Ja", bestätigte Ulla, „wen auch immer es betrifft. Wahrscheinlich besonders die drei Frauen im Dreimäderlhaus. Diese *Message*. Von Felix Schalbel:
Im Vatikan nichts Neues. Die übliche Warterei von Pilgern. Nervig, aber unumgänglich. Geduld, Geduld."

Auf seiner Stirn sah Ulla tausend Fragezeichen, deshalb wiederholte sie die Botschaft mehrmals.
Impulsiv zog sie ihn dann kurz zu sich heran und drückte ihn heftig. „Ich danke euch. Dass ihr KH gerettet habt. Und wir kümmern uns um deine Mutter. Mach dir keine Sorgen."

***

Sie hätte es wissen müssen. KH kümmerte sich bereits. Er wedelte abwehrend mit seiner Hand, als sie sich näherte. Offenbar hatte er auch bereits das TV-Team weggeschickt, denn die beiden saßen konsterniert und ratlos vor ihren Frühstückstellern.
Demonstrativ bediente sich Ulla am Büffet und setzte sich dann zu den beiden.
Sie tauschten ihre Eindrücke über den gestrigen Abend und den heutigen Vormittag aus.
Offenbar wollten die beiden nicht nur ihren Job gut erledigen, sondern waren auch persönlich daran interessiert, mögliche rechtsextreme Aktivitäten aufzudecken.
Ulla und sie tauschten Mail-Adressen und Handy-Nummern aus.
KH war immer noch ins Gespräch mit der Frau vertieft.
Betont gleichgültig schlenderte Ulla vorbei und murmelte: „Ich pack schon mal!"
Als KH endlich im Zimmer erschien, waren all ihre Sachen im Koffer verstaut und sie konsultierte gerade ihr Smartphone.
Auch von seinem Redeschwall ließ sie sich nicht ablenken.

„Stell dir vor, Ulla, sie ist eine Art Verwandte von Luther! Irgendeine Cousine oder so. Und sie hatte Pech mit ihren Männern: Zuerst ein aufrechter Kirchenmann, der von der Stasi verschleppt wurde und nie wieder auftauchte. Dann später der zweite Ehemann, ein überzeugter, aber sehr liebenswerter Parteigenosse, von dem sie nun allerdings geschieden ist. Von ihm stammt der junge Kellner, der sich ironischerweise der Kirche zuwendet."
Ullas spitzes *Ach ja?* hielt KH für interessierte Zuwendung.
„Und", fuhr KH fast verschwörerisch fort, „stell dir vor. Wahrscheinlich ist der gestrige Anführer der Neonazis ein Neffe von ihr. Sie kann und will es nicht glauben. Sie ist sehr verzweif…"
Ullas Koffer rollte mit einem lauten Bums gegen den Schrank. „Na gut, dann hab weiter Mitgefühl", sagte sie kühl, „ich bezahle schon mal."
KH stutzte.
An der Tür hielt er sie auf. „Ulla, was ist denn los?", fragte er besorgt. „Was soll das denn?"
„Weiß ich's?", gab sie patzig zurück. „Das musst du dich selber fragen. Wenn dir eine fünfzigjährige Stasi-Verfolgten-Witwe viel mehr bedeutet als ein Frühstück mit mir …!"
Sie schob ihn unsanft beiseite.
Vor Überraschung war er wehrlos. „Ulla", rief er ihr nach einer Weile hinterher, „Ulla, so ein Quatsch!"
Aber sie war schon am unteren Ende der Treppe verschwunden.

Sie hatte sich vor dem Jaguar ins Gras gesetzt und telefonierte. Offenbar mit Domi.

Ihn schien sie nicht zu bemerken.
Er lud das Gepäck ein und murmelte: „Affentheater. Ulla, was soll das bloß? Du weißt ganz genau, dass …!"
Er stoppte sich. Es hatte keinen Zweck. Ein Blick in ihr Gesicht machte ihm dies deutlich.
Also ging er auf Distanz.
Er setzte sich hinter das Steuer, ließ das Fenster hinunter und erklärte beiläufig: „Ich fahr jetzt los. Wenn du mitwillst, musst du einsteigen."
Das tat sie, und er fuhr sofort los.
Sie hatten sich keinen Tages-Plan gemacht; insofern steuerte er zurück Richtung Eisenach. Dort würde er auf die Autobahn nach Hessen treffen und Ulla nach Hause fahren.
Sie blickte stur geradeaus. Irgendwann hatte er den Eindruck, dass ihre Blicke ihn streiften und sie zaghaft lächelte. Er fuhr scheinbar ungerührt weiter.
Auf einem langgezogenen, wenig befahrenen Waldstück spürte er ihre Hand auf seinem Oberschenkel.
„Kalli, es tut mir leid. Ich glaub, ich war einfach ein bisschen eifersüchtig."
Sein Herz tat einen Luftsprung und an der nächsten Abzweigung bog er ab. Auf einem Waldweg hielt er an und küsste sie.
„Ulla", sagte er dann. „ Du bist mein Leben. Das weißt du. Nie würde ich mein Schätzelein …"
Sie legte ihre Hand auf seine Lippen.
„Ja", sie unterbrach ihn. „Natürlich weiß ich das. Aber trotzdem war ich eifersüchtig. Entschuldige bitte. Aber …".

Dann warf sie ihm mit einem verschmitzten, leicht trotzigen Lächeln von unten herauf einen herausfordernden Blick zu.
„Eigentlich kannst du ja froh sein. Dass mich in unserem Alter noch die Eifersucht plagt. Ein besseres Kompliment gibt es doch kaum!"
Er drohte ihr scherzhaft und zog sie an sich heran. Ihr Küssen wurde durch KHs Handy gestört.
„Nils!", flüsterte er Ulla zu und meldete sich sofort mit „Hallöle! Schön, dich zu hören. Ist bei euch alles okay? – Na prima."
Er hörte lächelnd zu. Dann verfinsterte sich sein Gesicht.
„Wie – Sorgen um uns? Bei uns ist alles in Ordnung. Warum? Wir sind auf dem Heimweg!"
Er ignorierte Ullas Protest, lauschte angestrengt und schüttelte dann irritiert den Kopf.
„Im MDR? Am `Abend aus Thüringen´ oder so was ähnliches, wie unsere Hessenschau? Was? Ein Angriff von jugendlichen Neonazis auf mich? Wie kommst du denn darauf?"
„Stell laut", flüsterte Ulla.
Aber KH gestikulierte nur verzweifelt, um ihr zu zeigen, dass er diese Funktion auf seinem neuen Smartphone noch nicht beherrsche.
Ulla lehnte sich eng an seine Seite, in der Hoffnung ein paar Brocken aufzuschnappen.
Kathi ... gestern zufällig geguckt ...Dorfplatz ... Mopedfahrer ... Steine ... dein Gesicht unkenntlich gemacht
„Was? Kathi meint mich an der Kleidung und der Figur erkannt zu haben? Und Ullas Stimme?"

KH wiederholte Nils Worte betont langsam, um Zeit zu gewinnen, und schaute seine Frau fragend an. Die zuckte hilflos die Schultern und formulierte lautlos: *Beruhigen - beruhige ihn.*
KH verstand.
„Nein, nein, Nils. Kein Grund zur Sorge. Keine ernsthafte Bedrohung, eher ein dummer Streich von Jugendlichen. Erstaunlich, dass dies im Fernsehen gezeigt wurde. Aber natürlich, hier lungert ein TV-Team herum – eigentlich auf der Suche nach dem verschwundenen Luther und den anderen Vermissten. Und natürlich nach dem Täter. In der Beziehung finden sie nichts. Also müssen sie wohl ihre Existenz rechtfertigen, indem sie solch Dumme-Jungen-Streiche aufpäppeln."
Ulla nickte zustimmend und hob anerkennend beide Daumen.
Aber KH wehrte sie ab und konzentrierte sich auf sein Telefongespräch.
„Was? Bei euch ist alles in Ordnung - bis auf Franzi? Wieso das denn?"
Ulla ließ ihre Hände sinken und schaute ihn fragend an.
KH horchte angestrengt und wiederholte für Ullas Verständnis einzelne Satzfetzen.
„Extrem unglücklich und launisch? Seit gestern? Erstkommunionsunterricht? Thema Zölibat?"
Ulla merkte, wie er angestrengt seine Meinung über „unsinnige Kinderseelen-Verwirrer" unterdrückte.
„Ob sie Ulla sprechen kann? – Na klar, doch!"
Ohne die Antwort seiner Frau abzuwarten, die allerdings gleichzeitig heftig nickte, reichte er das Smartphone wei-

ter. Sie merkte, dass er irritiert und aufgeregt war, und tätschelte beruhigend seinen Arm.
„Hallo, mein Schatz", sagte sie betont fröhlich in das Handy, „wie geht´s dir?"
Franzi kam sofort zur Sache.
„Oma, weißt du, was der Zölibat ist?"
Anscheinend traute sie ihrer evangelischen Großmutter solches Fachwissen nicht zu.
Aber Ulla beruhigte sie: „Na klar. - Warum?"
Franzi wurde jetzt vorsichtig. Offensichtlich schickte sie ihren nicht gläubigen Vater aus dem Raum.
Dann flüsterte sie beschwörend: „Oma, wenn man den Zölibat bricht, ist das eine ganz schwere Sünde!"
„Hmm", Ulla suchte nach den richtigen Worten, um das Vertrauen des Kindes nicht zu beschädigen, aber auch um gleichzeitig ihren eigenen Überzeugungen nicht untreu zu werden.
„Ja, ja - das meinen manche. Andere sehen das anders. Aber mein Schatz, warum ist das wichtig?"
Franzi schwieg.
Sie schien durch ihr Zimmer zu laufen und zu überprüfen, ob die Tür richtig geschlossen war.
Dann stellte sie sehr gefasst und sehr ernsthaft ihre Frage:
„Oma, hat jemand – hat ein Priester – den Zölibat gebrochen, wenn er eine Frau küsst?"
Für einen Moment war Ulla sprachlos.
Dann erinnerte sie sich an Franzis aufgeregtes Gekicher, als sie ihr auf der Treppe zur Sauna des Wartburg-Hotels begegnet war.
Sie versuchte ihre Worte klug zu wählen.

„Nein, Franzi", sagte sie sehr bestimmt und bemühte sich, KHs Autorität in ihre Stimme zu legen, „nein Franzi, auf keinen Fall. Das ist kein Bruch des Zölibats. Noch nicht einmal eine Sünde."
Sie wich KHs Stirnrunzeln aus.
„Allerhöchstens ein ganz winziger, menschlicher Fehltritt. Den Gott sicher verzeiht. Denk an Jesus und die arme Sünderin, die Ehebrecherin. *Wer frei ist von aller Schuld, der werfe den ersten Stein.*"
Franzi atmete hörbar erleichtert aus.
Bevor sie auflegen konnte, fuhr Ulla schnell fort:
„Franzi, hör zu. Das ist jetzt ganz wichtig. Erinnere dich, wie ich und Mama dich abends im Wartburg-Hotel gesucht haben. Als wir dich fanden, standest du auf der Treppe zur Sauna."
Ulla fühlte förmlich, wie Franzi nickte.
„Und du hast dann gekichert und irgendwas von Küssen gesagt. Erinnerst du dich?"
„Ja", Franzis Stimme wirkte dünn.
„Franzi", Ulla klang eindrücklich, „ nun musst du ganz genau sein. Wer hat sich geküsst? Andrea und Felix Schalbel? Oder Andrea und Marko Pape? Oder Marko und Fel..."
KHs entgeisterter Blick ließ sie verstummen.
Franzis Ängste brachen sich nun ihre Bahn.
„Natürlich Andrea und Marko! Und dann sind sie beide am nächsten Tag verschwunden! Und wenn sie jetzt im Fegefeuer ..."
„Quatsch!" Ulla bemerkte selbst den scharfen Ton ihrer Stimme und bemühte sich, ihren Zorn zu bändigen.

„Unsinn, Franzi. Ich hab dir doch gesagt: Ein Kuss ist kein Bruch des Zölibats. Es ist etwas sehr Schönes. Ein Zeichen von großer Liebe. Und daher ... daher ...".
Sie suchte nach etwas Trostvollem.
KH sah ihre Unsicherheit und hatte die rettende Idee. Sein Mund formte die Worte *Vatikan ... Papst...*
Endlich begriff sie.
„Fränzchen - Opa und ich haben gute Nachrichten. Wir glauben, dass Andrea und Marko beim Papst sind. Bei Papst Franziskus, der viel Verständnis hat. Ein guter Hirte. Er wird eine Lösung finden. Bestimmt. Mach dir keine Sorgen ...".
Irgendwo in Osnabrück flog eine Kinderzimmertür auf und eine Mädchenstimme rief: „Papa! Er hat den Zölibat gar nicht gebrochen! Und Papst Franziskus hilft ihnen! Du weißt doch: *Der Herr ist mein Hirte!* Und der Papst ist sein Vertreter!"
Erschöpft gab Ulla das Smartphone an KH zurück, der sich vergeblich um Kontakt bemühte. „Nils, hallo! Hörst du mich? Nils!"
Er wandte sich Ulla zu: „Tot! Keine Verbindung mehr!"
Dann folgte sein Blick entgeistert dem ausgestreckten Zeigefinger seiner Frau auf ein rotes Fahrzeug unter ihnen auf der Hauptstraße. „Teufel, das Kamerateam", fluchte er.
Beide hasteten auf den Jaguar zu.

9 Wolle Gott uns gnädig sein

Erstaunlich sicher und präzise lenkte Ulla ihn mit einer Karte auf ihrem Schoß durch viele verschiedene Waldwege. Zwischendurch fummelte sie auf ihrem Smartphone herum.
„GPS", erklärte sie leichthin, als sie KHs fragenden Blick bemerkte. „Konzentrier du dich auf den Weg. Und fahr so schnell es geht. Aber ohne Staubwolke. Und ohne irgendeinen Verdacht zu erregen."
Irritiert wollte er widersprechen, als er ihre leicht ironische Stimme hörte: „Wir sind nun in Gottes Hand. Also fahr. Und hoffe, dass er wirklich der gute Hirte ist!"
Er tat es.
Irgendwann hatten sie eine einsame Kate erreicht.
Als KH meinte, den Ort zu erkennen und anhalten wollte, schüttelte Ulla den Kopf und dirigierte ihn hundert Meter weiter. Sie nötigte ihn, das Auto hinter einem aufgeschichteten Holzstapel zu parken.
„Tarn die Katze so gut du kannst", flüsterte sie und fand einen großen Tannenzweig, mit dem sie bis zur Schotterstraße rannte. Dann bückte sich, ging vorsichtig rückwärts und beharkte den Sandweg möglichst gründlich mit dem grünen Nadelgestrüpp.
Schweißgebadet kam sie tief atmend nach zehn Minuten zurück.
In der Zwischenzeit hatte KH den Holzstapel in der Höhe minimiert und dafür so verbreitert, dass der Jaguar nur zu erkennen war, wenn man über eine steile Kehre den Berg

hinauf fuhr auf einer Sandpiste, die nicht für Autos geeignet schien.
„Ulla, was soll das?"
„KH, du hast wirklich zu wenig Karl-May gelesen und verstehst nichts von Spuren-Verbergen!"
Sie grinste ihn an.
Zu seinem Entsetzen schien sie die Situation zu genießen.
„Schau dich um – siehst du noch eine Autospur? Oder unsere Fußabdrücke?"
Nein, das musste er zugeben, es gab keinen Hinweis mehr auf den Jaguar oder auf Menschen.
„Na also!", sie lächelte zufrieden. „Hast du die Kameras? Ich brauche noch das Fernglas!"
Eilig fischte sie aus dem Handschuhfach das kleine Opernglas, ein Erbe von KHs Mutter. „Und nun bergauf!"

***

Hinter dunkelgrünen Tannen, verborgen unter einem Steinvorsprung nahmen sie in den nächsten Stunden die Szenen unter sich auf.
Ulla schaute durchs Opernglas; KH filmte manchmal und murmelte ab und zu Beobachtungnotizen in die Kamera.
„Nichts rührt sich. Offensichtlich ist die Kate unbewohnt. Auf der Straße keine Bewegung. Jedenfalls nicht, soweit wir sie überblicken können."
Es war gespenstig, fand KH, und gleichzeitig sehr romantisch.
Offenbar hatte die Mittagssonne ihre kleine Höhle aufgeheizt, denn sie saßen nun auf duftenden, warmen und

weichen Tannennadeln. Sie fühlten sich geschützt und sicher.
Irgendwann küsste Ulla ihn und summte: „Ein Bett im Kornfeld!"
Auf KHs fragenden Blick reagierte sie leicht spöttisch: „Kalli, was ist mit deiner Bildung? Weder Winnetou noch Howard Carpendale - oder wer auch immer das hohe Lied auf das Bett im Kornfeld gesungen hat?"
„Eigentlich interessiert mich jetzt nur das Lied vom duftenden Waldboden-Bett", flüsterte er zärtlich. Sie schmiegte sich an ihn.
Dann erstarrten beide gleichzeitig.
Auf dem Waldweg tauchten zwei Staubwolken auf, dicht hintereinander. Sehr dicht.
KH griff zur Filmkamera.
Die vordere Staubwolke schwenkte plötzlich zur Seite.
„Abgedrängt", kommentierte KH in die Kamera und Ulla versuchte eilig, das Opernglas auf die richtige Stelle zu fixieren.
Das hektisch blinkende Blaulicht aus der verfolgenden Staubwolke tauchte nun vor dem abgedrängten roten Wagen auf und legte einen deutlichen Abstand zwischen sich und das überholte Auto.
Sogar Ulla meinte nun ein lautes Tatü-Tata zu hören.
Von der waldigen Schotterpiste raste das Polizeifahrzeug ungebremst auf den Sandweg.
„Test bestanden", flüsterte Ulla fröhlich, „Sie haben keinen Verdacht geschöpft, dass wir schon hier sind. Gute Spurenbeseitigung á la Karl-May. Lob mich mal, KH."
KH konnte sie nicht loben, weil er sich auf das Filmen konzentrierte.

Aber es war ihm klar, dass mögliche Überreste von Jaguar-Spuren nicht mehr gefunden werden konnten, so hoch wie das rasende Polizeifahrzeug den Sand aufspritzte.
Auch das rote Auto des TV-Teams, das die Verfolgung aufnahm, hatte inzwischen so viel Geschwindigkeit gewonnen, dass es ebenfalls eventuelle Spuren verwirbelte.
Vor der Kate stoppte das Polizeifahrzeug abrupt.
Drei Polizisten in schwarzer Tarnkleidung sprangen heraus, Gewehre im Anschlag. Sie näherten sich dem Häuschen.
„Mein Gott, was suchen die denn?", flüsterte Ulla.
KH erschien ihr überirdisch ruhig und schob ihr den Fotoapparat zu.
„Da, mach so viele Bilder wie möglich! Das Opernglas bringt nun gar nichts."
Kurz nachdem die ersten Schüsse abgefeuert wurden, hatte sie die Kamera zum Einsatz gebracht.
Ihr Blick durch den Sucher verhieß nicht Gutes.
„Mein Gott", stöhnte sie verzweifelt, „was machen die denn da? Was soll denn das?"
„Nicht denken, nicht fühlen!" KHs Stimme spiegelte sein Bundeswehr-Training als junger Soldat wider. „Halt einfach drauf. Und nimm so viel mit wie möglich."
Das tat sie.
Die Fotos und der Film zeigten später Nahaufnahmen von ballernden Polizisten, durchschossenen Fenstern und einer durchlöcherten Eingangstür. Irgendwann Rauch über der Kate.
Dann ein entschlossenes TV-Team, das von einem der Polizisten in Schach gehalten wurde.

Eine junge Journalistin, die ihm unerschrocken ein Mikrofon ins Gesicht hielt. Und einen blonden Kameramann, der filmte und filmte.
Hinter ihnen raschelte es.
Unwillkürlich drehte Ulla sich um. Sie blickte in weit aufgerissene braune Augen.
„Ich - sie wollen mich!" Sofort war die schlanke kleine Gestalt wieder verschwunden.
Unter ihnen wurden dem Kameramann die Hände hinter dem Rücken mit Handschellen gefesselt.
Seine Kamera wurde gegen die Hauswand geschleudert, dann mit Benzin übergossen und angezündet.
Die Journalistin schrie.
Auch ihre Hände wurden auf den Rücken gedreht und sie wurde in das Polizeiauto geschubst.
Die Kate fing Feuer.
Ulla wollte den Hang hinabstürzen, als sie KHs Hand fest in ihrem Rücken spürte.
„Fotografier!", seine Stimme klang gebieterisch.
„Wir sind die einzigen Zeugen. Willst du, dass sie dich genauso unschädlich machen? – Na also. Fotografier, was das Zeug hält. Und bleib still."
Sie tat es.
Unter ihnen überschlugen sich die Ereignisse.
Hektisch versuchten zwei der Polizisten mit ihrem Autofeuerlöscher den Brandherd zu stoppen. Wegen der Hitze schoben sie ihre schwarzen Masken zurück.
„Super", flüsterte Ulla begeistert, als sie die Gesichter klar in ihrem Zoom erfassen konnte.
Gleichzeitig brauste ein Polizei-Motorrad heran.

Zwei junge Polizisten sprangen noch bei laufendem Motor ab und schrien die anderen heftig an.
Trotz der lautstarken Auseinandersetzung beteiligten sie sich sofort an den Löscharbeiten, indem sie aus dem kleinen steinernen Trog Wasser in große Eimer schöpften und heftig die Gartenpumpe betätigten.
Nach wenigen Minuten gelang es ihnen gemeinsam, den Brand zu stoppen.
Sie durchsuchten die Kate und beratschlagten dann vor der versengten Holztür. Offenbar übernahm der Motorradfahrer das Kommando.
Sein Beifahrer löste die Handschellen des TV-Teams und setzte sich zu ihnen in den roten Wagen. Sie fuhren los, hinter ihnen folgte das Polizeiauto.
Der Motorradfahrer versiegelte Fenster und Eingangs-Tür, schüttelte den Kopf und bildete mit seiner schweren Maschine die Nachhut.
Wortlos filmten und fotografierten KH und Ulla so lange wie möglich.
Später, als alles vorbei war, weinte sie hemmungslos an KHs Brust.

„Liebes", er streichelte sie wieder und wieder, „Liebes, beruhige dich. Letztlich ist nichts passiert. Gott sei Dank. Im Gegenteil. Wir haben gutes Beweismaterial. Wir müssen es nur noch sichern. Du hast – wir haben eine wichtige Aufgabe. Niemand darf Verdacht gegen uns schöpfen. Liebes, beruhig dich, bitte."

***

Seine Pläne für die Heimfahrt gab KH auf.

Sie warteten nur kurz; schließlich war unklar, ob nicht Feuerwehr oder ein polizeilicher Untersuchungstrupp erscheinen würde.
„Luther lebt, mach dir keine Sorgen", tröstete KH seine immer noch entsetzte Frau. „Wir haben die Hütte lange genug beobachtet. Es war niemand drin, bevor die Polizisten kamen."
Sie lächelte dankbar: „Und der Nepalese lebt auch!"
KH schüttelte verwundert den Kopf, und Ulla erklärte ihm die winzige Szene, als sie in braune Augen geblickt hatte. Leider war sie zu überrascht gewesen, um Fotos zu machen.

Als sie im Schatten der Bäume beinahe geräuschlos, ohne Motorkraft den Waldweg hinunter rollten, streichelte KH aufmunternd Ullas Hand.
„Liebes! Ich hätte nie gedacht, dass deine Winnetou-Kenntnisse uns so zur Hilfe kommen würden. Niemand hat uns entdeckt!"
Sie nahm seine Hand und küsste seine Fingerspitzen. „Du musst halt mehr Zutrauen haben, Kalli. In Karl-May und sonst wen. Du weißt doch: *Und ob ich denn wandle im finsteren Tal – der Herr ist mein Hirte.* Hast du denn im Konfirmandenunterricht nicht aufgepasst?"
KH schmunzelte kurz und wurde dann ernst.
„In erster Linie", flüsterte er leise mit kratziger Stimme, „in erster Linie habe ich Zutrauen zu dir. Ohne dich … ."
Er verstummte.
Dann schluckte er und erklärte laut und deutlich: „Und nun bringen wir dies zusammen zu Ende. Zu einem guten Ende. Wir müssen uns gar nicht tarnen. Wir sind einfache

Touristen und kehren auf unserer thüringischen Rundreise nochmal im Wartburg-Hotel ein. Es ist nicht weit von hier."
„Ja", Ulla klang betont fröhlich, „ja, mein Schatz, zusammen schaffen wir das. Ich liebe dich!"
Aber die Schatten am Wegrand wurden tiefer, und sie erschauderte. Zweifel keimten auf. Sie waren nur zwei. Zwei einfache Bürger. Allein gegen eine Vielzahl von Kriminellen. Konnte das gut gehen?
Da mischte sich in ihre Gedanken ein Lutherlied. *Möge Gott uns gnädig sein. Ja, möge Gott uns gnädig sein.*
Sie sah Luther vor sich, wie er im Wappensaal sang. Keine Bitte. Sondern eine Gewissheit.

***

Vom Hotel aus führte Ulla mehrere Telefongespräche mit ihrem Sohn Björn.
Er verstand zwar nicht, warum sie ihre digitalen Filme und Fotos verschlüsselt schicken wollte. Aber er erklärte ihr geduldig, wie sie es tun musste.

Gleichlautende Texte mit Anhang gingen an Nils, an Björn, an ihren Exmann und Richter Hubert.
Lange hatten sie debattiert, ob sie dies auch an Felix Schalbel, Ivi und die junge Journalistin schicken sollten.
„Ihr Arbeitgeber, d.h. ihre TV-Station wird ihren mailaccount schon öffnen und die Hinweise finden, falls sie noch in Haft ist", Ulla war sich sicher.
KH nickte. „Aber erst morgen. Wenn die anderen dies alles schon haben."
Verschmitzt zog Ulla an seinem Ohr.

„KH, KH", sie küsste ihn auf die Nase, „so richtig gottesfürchtig bist du nun doch nicht, wenn du Rückversicherungen brauchst!"
„Doch, doch, Ulla", antwortete er und warf einen Blick auf den schmaler gewordenen Mond, der sich bereits im blauen Nachmittagshimmel zeigte.
Die „Feen-Häuser" auf dem gegenüberliegenden Berghang schienen unberührt.
Selbst durch Annedores Opernglas ließ sich keine Beschädigung am abgelegenen obersten Häuschen erkennen.
Auch keine Bewegung.
Niemand würde also etwas merken, falls etwa nach Dienstschluss drei Polizisten Spuren beseitigen würden.
Oder nochmals nach dem Nepalesen suchten. Oder nach Luther.
KH drehte sich seufzend zu Ulla um, die ihn scharf beobachtet hatte.
Er räusperte sich. „Was hältst du davon, wenn wir nochmal einen kurzen Ausflug zum Gutshof machen?"
„Also noch eine Rückversicherung", scherzte sie und schob sich einen kleinen USB-Stick in die Tasche.
„Dann los. Ein herzhafter Imbiss als Abendessen kann nicht schaden!"

***

Um den Gutshof herrschte Ferien- Lager-Atmosphäre. Verschiedene bunte Zelte verteilten sich über die Wiesen - geschickter Weise so, dass sie immer einen Eingang überblickten.

Auf einem mit groben Steinen gepflasterten Hinterhof stand eine Art Küchenzelt; ein Lagerfeuer war durch Feldsteine abgegrenzt, die Glut flackerte sanft vor sich hin.
An den Hängen, im Schatten von Bäumen lagerten Jugendliche in kleinen Gruppen und lernten offenbar Texte auswendig.
Ulla stieß KH sanft in die Seite. „Da, unser kleiner Kellner."
Er saß auf einem großen Felsbrocken, zupfte seine Gitarre und sang sanft *„Yesterday"*.
KH stellte sich hinter die im Gras sitzenden Jugendlichen und applaudierte herzlich, als der Song beendet war. Der Musiker grinste ihn breit an und stimmte an.
„Oh yes, I´m a big pretender."
Die Jugendlichen fielen ein, und Ulla hörte bald KHs melodiöse Stimme aus dem Chor heraus.
Und vor allem viel textsicherer als die jungen Leute, dachte sie stolz.
Sie machte sich auf die Suche nach Ivi.
Unter den Klängen von *„I´m just a nowhere-man, living in a nowhere land"* fand Ulla sie in der Gutsschenke.
Sie trug ein blau-rotes Kleid mit hellblauer Schürze, das allerdings weit über dem Knie endete, und bediente gerade eine Familie mit hausgemachter Limonade und selbst gebackenem Kuchen.
„Mein Gott, du bist ja die reinste Verwandlungskünstlerin", flüsterte Ulla bewundernd.
Flüchtig schoss ihr der Gedanke durch den Kopf, ob all die gerade gehörten Lieder - *eigentlich alle auf der Suche nach wahrer Identität* – auch Ivis Lebensgefühl widerspiegelten.
Festkomitee, Mahnwache, Retterin vor Neonazis, Kellnerin – was ist sie eigentlich wirklich?

Ivi strahlte sie an. „Ja, das ist mein Deal mit Mama. Wir dürfen hier zelten und als Entschädigung kann sie mal freimachen; unter der Woche ist hier sowieso nicht so viel zu tun."
„Gehört ihr denn der Gutshof?", fragte Ulla betont harmlos, um nicht neugierig zu wirken.
„Na ja, Mama und Onkel Karl gemeinsam. Aber Mama macht das meiste; er arbeitet in der Stadtverwaltung von Eisenach."
Dann grinste sie Ulla spitzbübisch an.
„Weil du es ja sowieso herauskriegen wirst: Meine Mama Gerda ist die Tochter von Erna, der zweiten Frau des Gutsbesitzers. Also von Luthers Stiefonkel. Und ihre Schulfreundin Magda …"
Ivis langatmigen Erklärungen ermüdeten Ulla. Der Geruch von frisch gemähtem Gras stieg ihr wohltuend in die Nase. Kurz winkte sie KH zu, der sich neben dem jungen Kellner auf einem Grashaufen niedergelassen hatte und fröhlich zurück lachte.
Ivi seufzte, als sie merkte, dass sie die Zusammenhänge erklären musste. Aber sie tat dies geduldig.
„Natürlich kennst du Magda. Du hast gestern mit ihr Ebereschenlikör getrunken. Sie ist die jüngere Schwester von Luthers Mutter. Magda hat ihre Schulfreundin Erna mit ihrem verwitweten Schwager, dem Gutsbesitzer, verkup … Na ja. Jedenfalls hat Erna den verwitweten Gutsbesitzer geheiratet, meinen Opa, als er schon ziemlich alt war. Aber jetzt sind beide tot. Und Mama und Onkel Karl – das ist ihr Halbbruder – versuchen den Gutshof zusammenzuhalten."

Eine Bewegung in ihrem Rücken ließ sie verstummen.
Offensichtlich erschrocken, drehte sie sich schnell um.
Aber es war nur ein Jugendlicher, der sich anscheinend auf der Suche nach Essbaren näherte. Er kam Ulla bekannt vor.
„Und das ist Ben; du kennst ihn, er hat mit mir die Mahnwache in Eisenach gehalten. Er ist mein nettester Cousin."
Der Junge winkte Ulla freundlich zu und Ivi packte ihm einen Teller voll mit Kuchenstücken.
Super, dachte Ulla, *also die nächste heranwachsende Generation aus dem direkten Umfeld Luthers. Und genauso rebellisch.*
Sie bestellte eine hausgemachte Limonade und lehnte Kuchen ab.
Ihr Gesicht drehte sie in die letzten Sonnenstrahlen und wippte mit dem Fuß zu Elvis´ *„She´s a devil in disguise".*
Voller Freude betrachtete sie KH, der aufgestanden war und mit den Jugendlichen bärenartige Tanzschritte vollführte.
Im Nachbargarten war alles still.
Als Ivi ihr die Limonade brachte, nötigte Ulla sie an ihren Tisch. „Nur kurz", sagte sie, „die Gäste sind ja gut versorgt. Darf ich dir eine Limonade spendieren?"
„Lieber Cola!", Ivi lachte und bediente sich.
„Was sagen denn eure Nachbarinnen zu dem bunten Treiben hier?", fragte Ulla unverfänglich, um irgendwie in das Gespräch einzusteigen.
Ivi schmunzelte in den Nachbargarten. „Ich glaub, die finden´s gut. Endlich mal Leben hier. Und Sicherheit."
Dann verwandelte sich ihr Gesichtsausdruck.

„Wir halten jede Nacht abwechselnd Wache", flüsterte sie sehr ernst mit Blick auf die Gäste, die aber mit ihren Kindern beschäftigt waren. „Hier kann niemand jemandem auflauern oder jemanden mitnehmen."
Ulla wünschte sich, dass Ivis Optimismus der Realität entsprach.
Wie auch immer – jetzt oder nie!
Sie räusperte sich und sagte dann tonlos und fast nebenbei: „Wisst ihr, dass Luthers Hütte heute Mittag beschossen wurde? Von Polizisten?"
Ivi verschluckte sich an ihrer Cola und stellte das Glas mit einem lauten Peng ab.
Vom Nebentisch schauten die Kinder herüber und Ivi winkte ihnen betont fröhlich zu.
„Frosch im Hals", raunzte sie und griff sich übertrieben an die Kehle. Die Kinder lachten.
Ullas Ton wurde nun nachdrücklicher und deutlich leiser.
„Es ist niemandem etwas passiert. Luther nicht. Und dem Nepalesen auch nicht."
Ivi hob eine Augenbraue und ihr Körper versteifte sich.
„Nepa...? Wie kommst du denn darauf? So was gibt´s hier nicht! Auf keinen Fall."
Abrupt erhob sie sich und fragte die Familie am Nebentisch nach weiteren Wünschen.
Ulla biss sich auf die Zunge und versuchte der Musik zu lauschen. Vielleicht vertrieb diese den schwarzen Schatten? Leider nein.
„Don´t pay the ferryman", spielte die Gitarre, und Ulla hörte eine Warnung heraus.
Als Ivi der Familie das Mineralwasser servierte, bat sie leicht bedrückt um die Rechnung. Diese wurde ihr gereicht

zur Musikeinlage von *„Ist dies der Sonderzug nach Pankow?"*
Ulla schob ein großzügiges Trinkgeld in Ivis Hand, zusammen mit dem USB-Stick.
„Vielleicht erkennt ihr ja jemanden", flüsterte sie verschwörerisch, „aber seid vorsichtig."
Ivis Finger schlossen sich fest zusammen. „Ja, danke", antwortete sie leichthin in scheinbar normaler Stimme, „natürlich!"
Erleichterung erfüllte Ulla. Aber das war nur von kurzer Dauer.
Als die Gitarre *„Einer geht noch"* anstimmte, bremste plötzlich ein dunkelblauer BMW scharf vor dem Nachbargrundstück.
„Was ist das denn?", fragte Ulla entgeistert.
Ivi lächelte ein bisschen schuldbewusst: „Ach, nur unser neues Kabarett-Programm. Die Texte werden natürlich umgeschrieben. Ihr werdet zur Premiere natürlich herzlich eingeladen."
Erst Ullas Kopfschütteln veranlasste Ivi zu einem Blick auf den BMW.
Ihr Mund öffnete sich voller Verblüffung.

10 Der Balken im eigenen Auge

„Kannst du mir mal erklären", Ullas Stimme klang aggressiv, „kannst du mir bitte mal erklären, was der Monsignore bei Luthers Mutter zu suchen hat? Und das noch zusammen mit Felix?"
KH konnte es nicht.
Etwas unglücklich lenkte er die Katze Richtung Wartburg-Hotel.
„Was soll ich sagen, Ulla? Eben war alles noch total harmonisch – die jungen Leute haben wirklich gute Musik gemacht. Und dann holst du mich einfach da weg und stellst mir solche Fragen."
Ulla entschuldigte sich. Natürlich war es ungerecht, wenn sie ihren Unmut an KH abließ.
„Bitte, ich will es doch nur verstehen!"
KH seufzte. Da wenig Verkehr herrschte, versuchte er sich auf Ullas Fragen zu konzentrieren.
„Warum sollte er nicht, Ulla?", fragte er zurück. Ihr Stirnrunzeln schreckte ihn nicht ab.
„Sie ist schließlich nicht nur Luthers Mutter. Sie ist auch die Großmutter der verschwundenen Andrea. Und außerdem ist sie eine gute Katholikin."
Verständnislos blies Ulla lautstark Luft durch die Nase.
KH grinste:„ Ist doch ganz einfach. Gehst du davon aus, dass Fränzchen wirklich Marko und Andrea beim Küssen beobachtet hat?"
Überzeugt nickte Ulla.
„Okay, dann sind sie also ein Paar. Und die nette Schwule-Priester-Nummer von Felix und Marko war nur ein Ablenkungsmanöver."

Ja, das konnte Ulla nachvollziehen.
„Irgendwann ... ", KH überlegte nun seine Worte genau, „wahrscheinlich haben Andrea und Marko irgendwann keine Lust mehr gehabt auf die Heimlichtuerei. Zumal ja offensichtlich Andreas Mann Verdacht schöpfte."
„Okay", stimmte Ulla zu, „und weiter?"
„Sie haben dann die Tagung des Festkomitees, dem sie ja beide angehören, zum Anlass genommen um abzuhauen. Das war eine geplante Aktion – erinnerst du dich, wie Luther beide verabschiedet hat, seinen Schüler und seine Nichte?"
Ulla erinnerte sich gut.
„Wohin sind sie gegangen, Ulla?"
Sie hatte den Eindruck, dass es sich nur um eine rhetorische Frage handelte. Trotzdem antwortete sie wahrheitsgemäß: „Na ja, nach allem was Felix so an Botschaften rübergebracht hat, scheinen sie im Vatikan zu sein."
KH nickte.
„Eben. Um bei Papst Franziskus um Verständnis und Vergebung zu bitten. Und um eine Lösung."
„Aber was hat der Monsignore damit zu tun?"
Nun lächelte KH süffisant.
„Aber Ulla! Deine ursprüngliche und impulsive und daher sehr richtige Reaktion war ... *Ein vatikanischer Spion!*"
„Echt, KH", Ulla wirkte ein bisschen beleidigt, „ich hab schon tausendmal gesagt, dass mir das leid tut."
Er nahm die rechte Hand vom Steuer und legte sie sanft auf Ullas Knie.
„Quatsch, mein Schatz", sagte er bestimmt, „du hattest einfach Recht."

Aufgrund von Ullas zweifelndem Blick schränkte er:
„Okay, Liebes. Vielleicht nicht Spion. Vielleicht nur ein Nuntius. Aber im Prinzip dasselbe. Er soll herausfinden, was hier in der thüringischen Landeskirche vor sich geht!"

***

Nach dem Abendessen und einem beruhigenden Spaziergang über die Mauern und den Vorhof der Wartburg machten sie es sich mit einem Gläschen Wein im Kaminzimmer gemütlich.
Ulla breitete Landkarten aus, und sie versuchten beide den heutigen Wandervorschlag von Felix mit ihrer tatsächlichen Route in Verbindung zu bringen.
„Hier!" Ullas Zeigefinger verfolgte eine kleine Schmale Spur, „so sollten wir gehen. Wir sind aber mit der Katze gefahren. Soooo!"
Ihre Hand fuhr über die Karte. „Und hier treffen sich Wanderweg und Auto-Route. Nicht weit von Luthers Kate! Warum also hat uns Felix auf diese Tour geschickt? War es wirklich Zufall?"
Gerade als sie bedeutungsvoll in KHs Augen schaute, öffnete sich vorsichtig die Tür und Felix und der Monsignore erschienen.
Sie trugen beide ein Bierglas in der Hand.
„Gott sei Dank", raunte Ulla in KHs Ohr, „nicht Mineralwasser; sie sind also nicht überirdisch!"
Zwar verzog sich KHs Miene zu seinem heiteren Schmunzeln, aber er rückte betont von Ulla ab, ignorierte das freundliche *Guten Abend* der Neuankömmlinge und kon-

sultierte bewusst deutlich die Nachrichten auf seinem Smartphone.
Ulla erhob sich und schaute betont gelangweilt reihum aus den kleinen Fenstern.
Innerlich kochte sie.
Was wollen die hier? Speziell jetzt?
Irgendwie fühlte sie sich von Felix hintergangen.
Warum hatte er sie heute Morgen auf eine Wandertour zu Luthers Kate geschickt? Wo dann das junge TV-Team, ballernde Polizisten und ein rettendes Polizeimotorrad auftauchten? Und sie den Nepalesen trafen?
Alles reiner Zufall? Sie bezweifelte das.
Ein Blick auf KH, der sich auffällig auf sein Smartphone konzentrierte, machte sie sicher: *Auch KH glaubt nicht an Zufall! Er hat nur keinen Bock, sich zu äußern.*
Sie wusste nicht, wie sie den beiden Neuankömmlingen begegnen sollte. Daher stellte sie stellte sich hinter KH und hatte gerade seine Schultern eine halbe Minute massiert, als ihr eigenes Handy klingelte.
„Hallo Hubert", rief sie bewusst freundlich, und KH schaute sie fragend an.
Sie schaute auf ihre Armbanduhr: 22:11 Uhr. Eine völlig ungewöhnliche Zeit für einen Anruf ihres Exmanns!
KH verfolgte ihren Blick, und die Fragezeichen auf seiner Stirn verstärkten sich.
Felix und der Monsignore hatten sich im angeregten Gespräch am anderen Ende des Kaminzimmers niedergelassen. Dennoch konnte sich Ulla nicht des Eindrucks erwehren, dass sie genau von den beiden beobachtet wurde.
Sie blendete dies alles aus und konzentrierte sich auf den Anruf.

Ihr Exmann war wie immer - knapp, sachlich und präzise.
„Okay, Ulla", sagte er. „Ich hab deine Dateien erhalten. Sie sind sicher. Dreifach. Bei mir und im Amt. Und an einem unbekannten Ort. "
Ulla bedankte sich erstaunt.
Sie hatte nicht erwartet, dass er auch auf den Computern im Landgericht und sonst noch irgendwo ihre Bilder und Filme speichern würde. Offensichtlich sah er eine Bedeutung in dem Material.
Irritiert hörte sie die Besorgnis in seiner Stimme.
„Geht es euch gut? Wisst ihr, worauf ihr euch einlasst? Soll ich die Staatsanwaltschaft einschalten?"
„Staatsanwaltschaft? Wieso Staatsanwalt?"
Sie klang laut. Felix und der Monsignore schauten zu ihr hin und KH signalisierte ihr, dass sie den Raum verlassen sollte.
Sie begab sich auf den Hof und konnte nicht glauben, was Hubert ihr mitteilte.
„Vor einigen Jahren saß in unserer JVA ein bekannter thüringischer Nazi ein. Ich musste die Besuchs-Anträge bearbeiten – teilweise harmlos, teilweise heftig. Zu den weniger netten Besuchern gehörte ein junger Mann, den ich auf euren Fotos erkannte habe - einer der Polizisten, die auf die Hütte schießen. Glaub mir, ich täusche mich nicht. Er war sehr unangenehm, und ich hab ein gutes Personengedächtnis."
Das wusste Ulla.
Sie fühlte sich verwirrt. Der Polizist ein Neonazi?
Huberts Stimme klang intensiver und vertraulicher. „Ulla, bist du – seid ihr sicher, dass es sich um echte Polizisten handelt?"

„Was denn sonst?"
Sie hatte den Eindruck, dass sich mehr Verdachtsmomente auftaten, als sie im Augenblick verarbeiten konnte.
„Vielleicht waren es Neonazis, die sich des Polizeifahrzeugs bemächtigt haben?" Huberts Ton war langsam, aber bestimmt.
Ulla schluckte. Huberts Gedanke erschien ihr völlig neu. Aber auch nicht total abwegig.
Nervös hastete sie ins Kaminzimmer zurück.
„Hmm", flüsterte sie unverbindlich.
Als sie den Monsignore und Felix erblickte, überkam sie ein kleiner Teufel.
„Danke", sagte sie laut und bestimmt, „danke für die Infos. Nein, nein - schalte noch nicht die Staatsanwalt ein."
Sie machte eine kleine Pause, um sicherzugehen, dass alle ihr zuhörten.
Dann fuhr sie scheinbar beiläufig fort: „Aber erkundige dich schon mal, was man am besten macht. Besonders, wenn auch bürgerliche Seilschaften betroffen sind. Bauunternehmen. Die Kirchen. Schlachtereien."
Nur Hubert antwortete mit einem nüchternen:
„Okay, kein Problem. Ich ruf dich morgen wieder an."
Alle anderen schauten sie entsetzt an.
Dennoch – in KHs Augen las sie neben Unverständnis auch Hochachtung.
Gut gemacht, Ulla, sie werden nervös.

***

„Der Monsignore geht mir auf den Keks", schnaubte Ulla am nächsten Morgen und stellte ihren Frühstücksteller klappernd auf den Tisch.
KH blätterte unauffällig eine Seite in den *„Thüringischen Nachrichten"* um und fragte betont harmlos: „Wieso?"
„Weil er irgendwie immer hinter mir ist! Er will ausgerechnet die Sachen vom Büffet, von denen ich mich gerade bediene! Und schnauft mir dabei in den Nacken!"
Ob er wollte oder nicht – KH musste grinsen.
Schließlich hatte er genau diese Szene zuvor beobachtet.
„Na ja", beschwichtigte er, „du bist halt eine attraktive Frau."
Ihr empörter Blick durchbohrte ihn. „KH, bezähme deine unzüchtige Phantasie! Das hier ist ein Monsignore – mit Nähe zum Papst!"
„Eben", kommentierte KH knapp, „gönn ihm auch mal ein Vergnügen!"
Als er merkte, dass Ulla nicht zum Scherzen aufgelegt war, fügte er ernst hinzu:
„Denk daran, er könnte ein Spion sein. Deine eigenen Worte. Und du hast ihm gestern Abend genug Stoff geliefert mit deinem Hinweis auf Staatsanwaltschaften und möglicherweise involvierte Bauunternehmen und Schlachthöfe. Und die Kirche."
Innerlich verfluchte Ulla den kleinen Teufel, der sie gestern geritten hatte.
Geistesabwesend kaute sie auf den verschiedenen Käsesorten und dem saftigen Obst herum, ohne deren Geschmack zu registrieren.
Warum eigentlich? Warum nur hatte sie sich zu der Äußerung hinreißen lassen?

Aus Instinkt? Aus reiner Boshaftigkeit gegenüber Felix und dem Monsignore?
Oder weil in irgendeinem hinteren Gehirnwinkel eine Verbindung aufgeblitzt war? Die flüchtige Ahnung, wie all die schrecklichen Geschehnisse miteinander verbunden sein könnten?
Eigentlich glaubte sie an die letzte Möglichkeit.
Aber so sehr sie auch ihr Gehirn zermarterte, sie sah derzeit keinerlei Bezugspunkte.
Ihr Teller war schon leer, aber sie fühlte sich immer noch ausgelaugt und hungrig.
Bevor der Monsignore auch nur den geringsten Versuch starten konnte, ihr wieder zu folgen, füllte sie sich eilig erneut Wurst, Schinken, Käse, Obst auf.
KH hatte sie genau beobachtet und rückte zur Seite.
„Komm, Liebes, setz dich neben mich."
Erst jetzt bemerkte sie, wie klug er den Platz im Eck ausgewählt hatte.
Hinter ihm und neben ihm nur bis zum Boden verglaste Wände, die den Blick auf die grünen Berghänge frei gaben. Vor ihm der gesamte Frühstücksraum, den er locker überblicken konnte. Der Monsignore saß nur zwei Tische entfernt, unter totaler Kontrolle.
Als sich Ulla neben ihm niedergelassen hatte, legte KH beruhigend seine Hand über ihre.
„Alles gut", flüsterte er und blätterte dann unauffällig Seiten der Zeitung zurück.
„Was für ein schöner Morgen", sagte er anschließend betont laut und zeigte mit seiner Rechten ausladend auf den blauen Himmel über blauschwarzen Hügeln. Mit der Linken schob er ihr verstohlen die Zeitung hin.

Sie war so überrascht, dass sie nur mit großer Mühe einen kleinen Schrei unterdrücken konnte.
Dann schaute sie mit unbewegter Miene auf das von ihr selbst geschossene Foto.
Es zeigte drei maskierte Polizisten, die auf eine kleine Hütte und einen Gegenstand im Vordergrund schossen. Bei genauem Hinsehen glaubte sie, dass man unter den züngelnden Flammen eine Filmkamera erkennen konnte. Und wenn nicht – die Bildunterschrift ließ keine Zweifel: *Polizisten zerstören die Kamera eines mdr-Teams.*
Ulla schluckte.
Sie hatte nicht erwartet, dass so schnell eine Berichterstattung über den gestrigen Vorfall erfolgen würde. Wenn überhaupt.
KH nickte ihr aufmunternd zu. „Ja, unser Einsatz hat sich gelohnt!", flüsterte er in ihr Ohr. Er legte fröhlich den Arm um ihre Schulter, und sie küsste ihn knapp auf die Wange. Der Monsignore schaute betont unauffällig zu ihnen hinüber.
Der Artikel selbst war kurz und enthielt nur wenige Informationen.

Rätselhafter Polizei-Einsatz
Eisenach. es.
„Bei der gestrigen Razzia im Freizeithäuschen des verschwundenen L.S. zerstörten Polizisten die Kamera eines Fernsehteams. Auch setzten sie die Hütte in Brand. Glücklicherweise kamen Menschen nicht zu Schaden. Ein TV-Team des mdr wurde kurzzeitig festgenommen, befindet sich aber derzeit wieder auf freiem Fuß. Der Hintergrund dieses Polizeieinsatzes konnte bis Redaktionsschluss nicht geklärt werden.
Inzwischen zeigt sich die evangelische Kirche alarmiert. „Hier wurde bewusst das Häuschen eines erwiesenermaßen unschuldigen Menschen

zerstört", *erklärte der evangelische Pfarrer F. Schalbel gegenüber unserer Zeitung. "Wir verlangen Aufklärung!"*
Die vorgesetzte Polizei-Dienststelle war bisher für eine Stellungnahme nicht zu erreichen, ebenso wenig der mdr.

„Wer", fragte Ulla halblaut, „wer hat das an diese oder diesen E.S. so schnell weitergegeben?"
KH zuckte die Schultern.
„In Betracht kommen mehrere. Erstens das TV-Team selbst. Moment!" Er hob die Hand, um Ullas Widerspruch zuvor zu kommen. „Richtig, das ist unwahrscheinlich, sie wollen sicher selbst die Story in ihrem eigenen Sender bringen. - Es sei denn", hier senkte er seine Stimme konspirativ, „es sei denn, sie befürchten, der eigene Sender gibt ihnen keine Gelegenheit. Warum auch immer – vielleicht einflussreiche Seilschaften, die diese Nachricht unterdrücken wollen."
Ullas Nicken ließ ihn fortfahren. „Oder natürlich Ivi oder Felix. Ich tippe auf letzteren, er hat wahrscheinlich die besseren Kontakte zur Presse."
„Ja", stimmte Ulla zu, „er wird auch direkt zitiert."
Sie zögerte einen Moment, um ihre Gedanken zu ordnen. „Er hat uns ja unter dem Vorwand eines touristischen Tipps direkt in die Gegend geschickt. So, als ob er etwas geahnt hätte."
„Hm, tja", KH wirkte sehr nachdenklich, „es wirkt so, als ob hier viel über Bande gespielt wird."
Als Ulla ihn befremdet anblickte, grinste er leicht.
„Wie beim Tischtennis. Keine direkte Attacke. Alles indirekt."
„Weil man sich nicht zu früh in die Karten schauen lassen will?"

„Vielleicht. Oder... ", KH murmelte nun, „einfach aus Angst."
Ulla stellte ihre Kaffeetasse mit lautem Geklapper auf den Tisch gestellt und sagte mit nur knapp unterdrückter Empörung: „Und wir sind die manipulierten Doofen, die alles irgendwie zufällig entdecken und naiv an die Öffentlichkeit bringen?"
„So in etwa."
Dann grinste er sie an und stupste sie sanft auf die Nase.
„Ich würde es nur anders ausdrücken. Ehrenvoller für uns. Wir sind die Vertrauenswürdigen, hinter denen sich die verstecken können, die sich nicht direkt an die Öffentlichkeit wagen."
Sie atmete tief ein und aus und beruhigte sich allmählich.
„Und die außerdem auch selbst ein bisschen denken können, Entdeckungen machen und kluge Kontakte haben!"
„Sowieso, Poirot. Kleine graue Zellen."
Falls sich Spott in seiner Stimme versteckte, dann war sie hinter viel Zärtlichkeit verborgen.
Ihr Zeigefinger piekste sich in seine Brust. „Wir machen also weiter?"
„Ja", er seufzte und wurde plötzlich ernst. „Den *point of no return* haben wir bereits hinter uns. Wir können nicht mehr zurück. Jetzt bringen wir dies zu Ende. Wie ich schon sagte: zu einem guten Ende. Also – vorsichtig, vorsichtig! "

Mit einer ausladenden Handbewegung brachte sich der Monsignore wieder in ihr Blickfeld. Als die Kellnerin herbei eilte, bestellte er sich einen *duppio espresso* und bat um eine Zeitung.

KH und Ulla grinsten sich an. „Und seine Rolle?", fragte Ulla unhörbar.
KHs offene Handflächen hoben sich bis auf halbe Höhe und fielen dann resignierend ab.
„Dein erster intuitiver Ausruf ist unschlagbar, Miss Marple. *Ein vatikanischer Spion*. Das nehmen wir mal als Arbeitshypothese."
Er griff seinen Teller und machte sie auf den Weg zum Büffet.

Der Monsignore und Ulla saßen Aug in Aug und ignorierten sich bewusst.
Als sein Espresso und die Zeitung gebracht wurden, staunte sie, wie er scheinbar zufällig schnellstens auf der Seite mit der Razzia bei Luther landete und diese offensichtlich beiläufig und ausdruckslos überflog.
Ein Profi, ging es ihr fast bewundernd durch den Kopf.
Dies spornte sie an.
Sie lud das Foto des jungen Polizisten, der der Anführer der Brandstifter gewesen war, hoch und tippte in ihr Smartphone einen kurzen Text:
In Westdeutschland bekannt als guter Freund des vorbestraften Neonazis Nino Schmitt. Ist er auch in Thüringen in die Szene verwickelt?
Schnell sendete sie dies an Felix, Ivi, die junge Journalistin aus dem TV-Team und an Hubert.
Dann googelte sie die Mitarbeiter des *Thüringer Boten.* Sie fand zwei Personen, auf die das Kürzel E.S. passte. Sicherheitshalber schickte sie Foto und Text an alle beide.
Längst saß KH wieder neben ihr.

Er hieß ihre Aktivitäten mit einem kurzen Nicken gut und fragte dann leise, wann sie sich dem Monsignore widmen wollten.
Ulla lehnte entschieden ab: „Nicht jetzt. Und nicht hier. Dazu muss ich mir erstmal über das Ziel und den Sinn klar sein!"
Sie verabschiedeten sich mit einem freundlichen „Auf Wiedersehen! Einen schönen Tag nach", aus dem Frühstücksraum.
Das schloss klar den Monsignore mit ein. Ulla ließ ihm sicherheitshalber noch ein persönliches Lächeln zukommen.
Täuschte sie sich, oder schien der Monsignore wirklich etwas verunsichert?

Als sie an der Rezeption ihren Zimmerschlüssel abgaben, hatte Monika Dienst. Sie wirkte nicht überrascht, sie wiederzusehen und wünschte ihnen viel *„Spaß und viel Erfolg!"*
„Was soll das denn? Erfolg? Erfolg beim Nordic Walking? Das hat mir noch niemand gewünscht!", grummelte Ulla, als sie aus der Sichtweite des Hotels gerieten und in den Wald einbogen.
Sie gingen rasch bergan, und bald mussten sie eine Pause einlegen, um ihren Atem zu beruhigen.
Ulla merkte, dass sie bisher noch keine Ordnung in ihre Gedanken gebracht hatte.
Ab und zu gelang es ihr, den grünen Wald, die frische Luft, den blauen Himmel wahrzunehmen. Aber zu schnell waberten in ihrem Inneren Gefühle, Ideen, Einschätzungen

durcheinander, ohne ein sinnvolles Muster zu hinterlassen.
In ihr herrschte Chaos.
Sie versuchte alles auszublenden und sich nur noch auf den Rhythmus ihrer Stöcke und auf KHs gleichmäßige Schritte vor ihr einzulassen. Allmählich fühlte sie sich ruhiger.
Als KH irgendwann zu einer Verschnaufpause anhielt, konnte sie sich an ihre letzten Gedanken erinnern. Sie hatten sich um den Monsignore gedreht. Irgendwie war sie zu einer logischen Schlussfolgerung gelangt.
Warum vatikanischer Spion? Warum sollte der Vatikan einen Spion in dieses katholisch unbedeutende Thüringen schicken? Nur weil ein hiesiger Priester mit seiner Geliebten in Rom auftaucht und um päpstlichen Beistand bittet? Und aus dem Zölibat – nein, wahrscheinlich aus dem Priesteramt entlassen werden will?
Ulla schüttelte den Kopf.
Wahrscheinlich nicht. Das ist nichts Ungewöhnliches. Aber warum dann? *Weil Marko weitere Informationen mitgebracht hat?*
Ihre Gedanken standen einfach nicht still.
Okay, weitere Infos. Aber welche? Offensichtlich irgendetwas Beunruhigendes. Was der katholischen Kirche schaden könnte. Wie zum Beispiel … was ? Beispielsweise die Zusammenarbeit mit ….
Plötzlich stieg Rauch in ihre Nase. Abrupt drehte sie sich um und stolperte.
Als sie wieder auf die Beine kam, erblickte sie das Feuer.
Sie schrie.

KH war sofort bei ihr. „Liebes, beruhig dich. Es ist weit weg, bitte!"
Auch wenn sie gewollt hätte – sie konnte einfach nicht mehr aufhören zu schreien. All ihre inneren Spannungen entluden sich.
Hilflos versuchte KH sie beruhigend zu umarmen. „Bitte, Liebes, komm zur Ruhe. Bitte!"
Sie stieß ihn von sich. „Tu was!", zischte sie unter Tränen.
Als KH sein Handy zückte und eine Nummer eingab, wurde sie ruhiger.
Dann hörten sie die Sirenen und sahen die Blaulichter, die auf den Brand zurasten.
„Okay", sie versuchte ihre Hand über sein Smartphone zu legen, „ du brauchst nicht mehr anzurufen."
„Doch", er wehrte sie ab, „ich glaube, du brauchst einen Notarzt. Es war alles ein bisschen viel in den letzten Tagen."
„Quatsch!"
In ihrer Aufregung versuchte sie ihm das Handy abzunehmen.
„Liebes!" Sanft, aber bestimmt fing er ihre Handgelenke ein. „Liebes, bitte. Sei vernünftig. – Es ist zu viel. Der zweite Brand in zwei Tagen. Da muss man ausflippen. Wir brauchen einfach Hilfe."
Sie wollte es nicht wahrhaben und ballte ihre Fäuste gegen ihn.
Hinter ihnen knackten Zweige.
Jemand zischte: „Nein, nein - nicht!"
Fast gleichzeitig fuhren sie herum.
Zum ersten Mal nahmen sie beide zusammen die kleine, knabenhafte Gestalt wahr. Ein ausgemergelter Körper,

zerrissene Kleidung, ein ausdruckstarkes faltiges Gesicht.
Dunkle intensive Augen schlugen sie in den Bann.
„Ruhig, Frau, ruhig. Alles gut. Gutes Feuer. Falsches Polizeiauto. Böse Menschen. Fotos machen. Für Zeitung. Alles gut. Luther gut. Keine Sorgen."
Dann war er verschwunden.

***

Absperrungen hinderten sie, in die Nähe des Brandherdes vorzudringen. Polizisten hielten sie an, als sie trotzdem weiter gehen wollten.
Resigniert traten sie Hand in Hand auf einem kleinen Pfad den Rückweg an.
Ulla schüttelte immer wieder ihren Kopf, als ob sie dies alles nicht glauben könne.
KH fühlte genauso und drückte ihre Hand. Er machte sich Vorwürfe.
Hätte er sie doch zur Heimkehr bewogen! Warum hatte er zugestimmt, dass sie diese Angelegenheit zu Ende bringen wollte?
Was, wenn Ulla jetzt einen Nervenzusammenbruch bekam? Sie war stark, aber...
Seine Grübeleien wurden jäh unterbrochen.
Wie aus dem Boden geschossen stand plötzlich Luther lautlos vor ihnen.
„Psst!" Sein Schweigegebot erreichte sie, bevor sie impulsiv einen verräterischen Laut ausstoßen konnten.
In seiner ausgestreckten Handfläche hielt er KH eine kleine Foto-Chipkarte hin.
„An alle Verteiler wie letztes Mal", flüsterte er.

„Das verbrannte Auto ist das Polizeiauto von gestern. Gestohlen vor drei Monaten in Jena, aber nicht öffentlich bekannt gemacht. Vermutlich von den Neonazis geklaut, die auch gestern vor meiner Hütte waren. Übrigens tolle Leistung von Ihnen gestern."
Ehe sie Fragen stellen konnten, schien er vom Erdboden verschluckt.

***

Sie trugen ihre Stöcke in der Hand und schlenderten eng nebeneinander zurück – wortlos. Jeder hing seinen Gedanken nach; ab und zu vergewisserten sie sich durch eine kleine Berührung, dass alles in Ordnung war.
Manchmal hörten sie ein Rascheln im Wald neben sich. Ulla blickte dann vom sonnendurchfluteten hellen Schotterweg in das fast undurchsichtige grüne Dickicht und murmelte: „Ich denke, unsere Schutzengel begleiten uns!"
KH nickte, hielt aber gleichzeitig für alle Fälle sein Handy so griffbereit, dass er sofort einen Notruf absetzen konnte.
Als sie bereits mittags wieder ins Hotel zurückkehrten, schien Monika nur mäßig überrascht.
Der Monsignore saß allein im Innenhof unter einem Sonnenschirm und redete heftig auf Italienisch in sein Handy. Nachdem sie das *Bitte-nicht-stören* an ihre Türklinke gehängt hatten, machten sie sich an die Arbeit.
Eine Stunde später zappte KH durch alle Fernsehkanäle, besonders die regionalen. Es gab keine Neuigkeiten.

***

Daher zogen sie sich leise und unauffällig in das kleine
Café im Souterrain des Wartburg-Hotels zurück, das gern
von Tagesgästen der Wartburg besucht wurde.
Von der Terrasse eröffnete sich ihnen ein weiter Blick über
den belebteren Teil des Landes; sie überblickten Straßen,
kleine Ortschaften und im Hintergrund Eisenach.
Zur Stärkung bestellten sie Bärlauch-Suppe und Kaffee.
Irgendwann stieß KH sie sanft an und deutete auf eine
breite Straße.
Mehrere Polizeiautos und ein Feuerwehrwagen eskortier-
ten ohne Blaulicht einen Abschleppwagen, der einen aus-
gebrannten Unfallwagen transportierte.
„Offenbar Spurensuche vor Ort abgeschlossen!", flüsterte
KH.
Geistesabwesend nickte sie und löffelte ihre Suppe weiter.
KH wusste, dass er sie in dieser Stimmung in Ruhe lassen
musste. Nur ab und zu warf er ihr einen aufmunternden
Blick zu.
Als sie schließlich am Kaffee nippte, atmete sie tief durch
und kehrte in die Wirklichkeit zurück.
„Weißt du, KH", sagte sie, „ich hab über den Monsignore
nachgedacht."
„Hm", brummte er etwas überrascht, „ich war mit meinen
Gedanken ganz woanders. Bei den Neonazis."
„Vielleicht gibt es ja Verbindungen", murmelte sie vage.
„Na, na, Ulla", KH räusperte sich, „ich glaub, jetzt geht
deine Fantasie mit dir durch!"
Nachdem sie sich vergewissert hatte, dass außer einer
Gruppe fröhlicher Insassen eines Touristen-Busses nie-
mand auf der Terrasse anwesend war, breitete sie ihre
Gedanken aus.

„Angenommen, Marko Pape ist nicht nur wegen seiner persönlichen Situation im Vatikan vorstellig geworden. Oder besser – er hat versucht seine und Andreas Situation zu verbessern, indem er für den Vatikan Unangenehmes auspackte."
„Hä?" KH schien verblüfft. „Was meinst du, Ulla? Sprich nicht in Rätseln."
Sie druckste etwas herum.
„So klar hab ich´s auch noch nicht, Kalli. Nur so eine ungefähre Idee. Zum Beispiel: Hiesige kirchliche Würdenträger pflegen gute Beziehungen zur Schlachtermafia, an deren Spitze wohl angesehene Bürger stehen, die gut für die Kirche spenden. Und sie auch anderweitig unterstützten, z. B. Bauvorhaben der Kirche, die kommunalpolitisch abgesegnet werden. Und so weiter. Du kennst ja die Geflechte von Beziehungen, Gefälligkeiten, Gegenleistungen in Politik und Wirtschaft."
Ja, das war nicht neu.
„In Ordnung", stimmte er zu, „aber die Kirche allgemein? Wie kommt die Kirche ins Spiel?"
Zögerlich tastete sie sich voran. Sie wusste, dass ihre Intuition sie auf Glatteis führen konnte. Machtpolitisch spielte die Kirche natürlich nicht mehr solch eine zentrale Rolle wie zu Luthers Zeiten.
Aber dennoch. Irgendwie traute sie ihrem Gefühl.
Und Einfluss hatte die Kirche immer noch, sonst wären die letzten Skandale nicht so lange vertuscht worden. Der Missbrauchsskandal. Sie schüttelte den Kopf. Nein, das passte hier nicht. Der Finanzskandal um die vatikanische Bank.
Ja, der Gedanke gefiel ihr.

„Zum Beispiel über Geld."
„Über Geld?" KH war verblüfft.
„Hmhm. Stell dir mal vor …", sie zögerte, dann nahmen ihre Ideen Form an und sie sprudelte los: „Stell dir mal vor, die Schlachtermafia hat Geldgeschäfte mit der kirchlichen Bank gemacht. Und dabei ist kriminelles Geld rein gewaschen worden. Geldwäsche. Marko Pape könnte - vielleicht zusammen mit Luther und Felix, die sich mit der Schlachtermafia auseinandersetzen - hinter diese Geschäftspraktiken gekommen sein. Und sein Wissen hat er jetzt im Vatikan ausgebreitet."
„Einfach so?" KH klang skeptisch.
„Nein, natürlich nicht einfach so. Er will ja möglichst gute Bedingungen für seinen Ausstieg aus dem Priesteramt. Und da hat er vielleicht …".
Ihre Stimme dünnte aus.
„Da hat er vielleicht seine Kirche erpresst? Ein Priester? Erpresst seine eigene Kirche? Willst du das sagen, Ulla?" KHs Stimme hob sich teils empört, teils amüsiert.
Ulla hatte das Gefühl, dass die anderen Restaurant-Besucher verstummten und ihnen neugierige Blicke zuwarfen.
Irgendwie fühlte sie sich schuldbewusst.
„Nein, nein", räumte sie schnell ein.
„Erpresst – das klingt so hart. So nicht. Jedenfalls nicht so direkt. Aber … Aber er könnte ja sowas sagen wie: *Schaut mal genau hin. Ihr seht nur die Splitter im Auge des anderen. Aber den Balken im eigenen Auge seht ihr nicht.*"
KH hatte sich auf seinem Stuhl zurück gelehnt und die Hände vor der Brust gefaltet. Er schien sie nicht zu verstehen.

Sie versuchte ihren Gedanken zu verdeutlichen:
„Mit dem Splitter und dem Balken meint er natürlich, dass sie nur seine Verfehlung – Bruch des Zölibats – sehen und nicht ihre eigene, vielleicht größere Sünde der Geldwäscherei."
Offenbar hatte KH nicht zugehört.
Er murmelte immer wieder vor sich hin: „Erpresst seine eigene Kirche."
Er schüttelte mehrfach den Kopf; dann schien ein neuer Gedanke ihn zu erheitern.
Schließlich beugte er sich vor und küsste sie auf die Wange.
„Warum eigentlich nicht?", sagte er fröhlich.
„Es wäre nicht das erste Mal. Im Gegenteil. Das hat Tradition. Also: warum eigentlich nicht?"

11 Du sollst nicht töten zorniglich, nicht hassen noch selbst rächen dich

Da sie keine Lust auf eine weitere Wanderung verspürten, beschlossen sie dem Gutshof mit dem Jaguar einen Besuch abzustatten mit der Botschaft, dass Luther wohlauf war.
Die Fahrt verlief ereignislos.
Unterwegs setzte Ulla zwei kurze Smartphone-Anfragen an Felix und Ivi und unbekannterweise an E.S. ab.
„1. Ist die katholische Kirche finanziell mit irgendwelchen privaten oder öffentlichen Projekten in Thüringen verknüpft?
2. Gibt es Hinweise auf Geldwäsche?"
Sie las KH ihre Fragen vor und drückte den „Senden"-Knopf.
„Mein Gott, Ulla, du gehst aber gleich in die Vollen", kommentierte er und bremste den Jaguar ab.
„Wieso", fragte sie harmlos, „die zweite Frage ist nicht unbedingt mit der ersten verknüpft; man kann sie auch losgelöst von jeglichem Kontext, also ganz allgemein verstehen. – Warum wendest du?"
„Weil ich mich an etwas erinnert habe, was deine erste Frage beantworten könnte. Jedenfalls teilweise."
Auf der Zufahrt zu Schloss Wilhelmsthal bog er ab und parkte nun zum dritten Mal auf dem Besucher-Parkplatz. Eilig folgte sie ihm, als er zielstrebig zu dem großen Schild ging, das die Baumaßnahmen ankündigte.
Wiederherstellung des historischen Schlosses Wilhelmsthal. Eine Baumaßnahme des Landes Thüringen in Zusammenarbeit mit dem katholischen Bistum Erfurt.

„Da", er wies triumphierend auf den letzten Satz, „ich hatte es richtig im Gedächtnis. – Und hier ganz klar: Der Hinweis auf das Baubüro Löb."
Während im Vordergrund vereinzelt Touristen das Gelände durchstreiften und Kinder an dem kleinen See spielten, wirkte das Gelände hinten verlassen.
Ulla vermisste menschliche Bewegungen und Geräusche, die bei ihren ersten Besuchen den Hintergrund geprägt hatten.
„Komisch, alles tot", murmelte sie ausdruckslos, als sie wieder im Auto saßen. „Speziell die Baracken. So als ob dort niemand mehr wohnte."
Während der Jaguar beruhigend und behäbig über die Straße glitt, tauchte in ihrer Erinnerung die Bedrohung beim zweiten Besuch in Wilhelmsthal auf. Feingliedrige Männer, die mit Mistgabeln auf sie los stürmten. Und dann eine andere Szene, von einer Hotel-Rezeption.
Nein, nein, nicht der Bauunternehmer Löb. Dr. Löb. Der Tierarzt.
In ihrem Kopf klickte es. Die losen Enden ihrer Gedanken verknüpften sich und ergaben eine logische Kette.
„Ich hab´s, KH", ihre Stimme klang triumphierend. „Ich hab den Zusammenhang. Fahr langsam und hör gut zu."

***

Eine Viertelstunde später räusperte KH sich für eine längere Rede. Er hatte ihr aufmerksam zugehört und fasste nun ihre Gedanken zusammen.
„Du bestätigst unsere Arbeitshypothese: billige Arbeitskräfte werden untergebracht in Schloss Wilhelmthal, teil-

weise vielleicht legal, aber größtenteils illegal – Rumänen, Tschetschenen, andere Osteuropäer. Aber auch Nepalesen."
Als Ulla nickte, fuhr KH fort: „Die Männer arbeiten entweder im hiesigen Baubereich oder in Schlachtereien. Und werden regelmäßig ausgetauscht; durch andere Ausgebeutete ersetzt, bevor sie sich an die Öffentlichkeit wenden können."
Wiederum nickte Ulla.
KH hakte nach: „ Hab ich dich richtig verstanden: Beide Brüder Löb sind in diese düsteren Geschäfte verwickelt – der eine über die Bau-, der andere über die Schlachter-Mafia."
Ihr erneutes Nicken quittierte er mit einem kleinen Lächeln.
„Okay. So weit, so logisch. Ja, das ist plausibel. Nichts Neues. Neu wäre hier vielleicht die Verquickung von Bau- und Schlachtermafia."
Nach kurzer Pause hängte er einen Nachsatz an: „Und Geldgeber, die die Augen schließen oder sogar bewusst mitmachen, gibt es immer. Sei es private oder öffentliche oder kirchliche."
Erleichtert atmete sie auf.
Er hatte ihre Gedanken nicht nur verstanden, sondern er fand sie nachvollziehbar.
„Aber, Ulla", nun kam doch noch ein zögernder Einwand, „warum sollten so plötzlich die Arbeiter abgezogen werden? Damit würde der Profit erheblich einbrechen."
Mit einer ungeduldigen Bewegung wischte sie seine Frage weg.

„Um Spuren zu verwischen, um sich den Ermittlungen zu entziehen. Um das Geschäft später oder an anderer Stelle weiterzuführen?!"
Aufgeregt legte sie ihre Hand auf seinen Arm.
„Jedenfalls KH, eins steht fest: Durch den erschossenen Rumänen, den verschwundenen Nepalesen, die Schießerei in Luthers Kate und das ausgebrannte gestohlene Polizeifahrzeug wird hier demnächst die Luft sehr, sehr dünn. Es wird äußerst eng für einige Herren, die ihre Haut oder ihr Geschäft oder beides retten müssen. Da nimmt man lieber mal einen vorübergehenden Baustopp oder Schlachtstopp in Kauf, um nicht auch noch wegen illegaler ausbeuterischer Geschäftspraktiken angeklagt zu werden."
Er gab ihr Recht.
„Nur", nun zögerte sie, „nur wie wir dies alles auch noch mit Neonazis und Steineschmeißern in Verbindung bringen, das weiß ich noch nicht."
Fröhlich streichelte er ihre Hand.
„Das, Ulla, das wird am einfachsten zu belegen sein. Hast du nicht selbst gelesen, dass die Rechtsextremen inzwischen ihr Geld nicht nur mit halbleglalen Geschäften wie Prostitution, Sicherheitsdiensten und dem Türsteher-Business verdienen? Dass sie inzwischen auch bei bürgerlichen Geschäften ihre Hände im Spiel haben? Zumal wenn sich wie hier die bürgerlichen Geschäftsleute auch außerhalb von Recht und Gesetz bewegen."
Sie stimmte ihm zu aber, ihre Stimme klang gequetscht.
„Ja. Ja klar. Wenn wir es nur mit den Rechtsradikalen zu tun hätten. Aber..."
„Aber was, Ulla?" Er schaute sie aufmerksam an.

Sie seufzte. „Wenn aber auch der Verfassungsschutz mitmischt …"
Der Jaguar machte unvermittelt einen Schlenker über die Mittellinie.
„Wie kommst du denn darauf?"
KHs Stimme klang erstaunt, als er den Wagen wieder auf Kurs brachte.
Aber eigentlich brauchte er ihre Antwort nicht.
Seit der scheinbaren Selbst-Enttarnung des NSU musste es aller Öffentlichkeit klar sein, dass die Neonazis ohne den Verfassungsschutz nicht so erfolgreich gewesen wären.
Speziell hier in Thüringen.

***

Am frühen Mittag trat der Polizeipräsident für die Region West-Thüringen zurück.
Der Rundfunk meldete dies als nüchternen Fakt.
Wie wir soeben erfahren … noch keine Bestätigung aus dem Innenministerium. … Hintergründe vermutlich gestriger Polizeibeschuss der Kate einer bekannten thüringischen Persönlichkeit … vereinzelt Demonstrationen gegen Polizeiwillkür … anscheinend Ablösung von einigen örtlichen Polizeibeamten.
Aber dann diese Ergänzung:
Laut dpa-Kurzmeldung ist den Thüringischen Nachrichten das Foto eines heute am späten Vormittag ausgebrannten Polizeifahrzeugs zugespielt worden. Auch hier liegen noch keine weiteren Informationen vor. Aufklärung erhoffen wir uns von einer Pressekonferenz, die das Innenministerium für 17.00 Uhr anberaumt hat."

***

Auf dem Gutshof wussten bereits alle, dass es Luther gut ging. Und zwar von ihm selbst.

Lächelnd schüttelte er Hände und bedankte sich bei den jungen Leuten, die neben ihren gepackten Fahrrädern saßen, für die gute Unterstützung.
„Aber haltet Augen und Ohren offen. Noch haben wir nicht gewonnen. Noch sind die alten Seilschaften an der Macht. Sie werden alles daran setzen, um ihre Täterschaft zu verschleiern!"
Sein Appell wurde ernst zur Kenntnis genommen.
Ulla suchte vergeblich nach Ivi und dem jungen Kellner. Vielleicht waren sie schon voraus gefahren.
Als Luther sie erblickte, schlich ein Lächeln über sein noch immer angespanntes Gesicht und er drückte KHs und Ullas Hände.
„Danke", sagte er schlicht. „Aufgrund Ihrer guten Vorarbeit kann ich nun erproben, ob wir mit dem neuen Polizeichef mehr Glück haben werden. Er gehört auf jeden Fall nicht zu den Seilschaften. Aber mal sehen, wie viel Handlungsspielraum er wirklich hat. Drücken Sie mir die Daumen."
Weil er in Eile schien, versprachen sie dies ohne Nachfrage.

Seine Mutter und seine Tante, die beide am Gartentor standen, drückte er fest zum Abschied.
Beide wischten sich Tränen aus den Augen.
„Viel Glück, Kind", murmelte seine Mutter; und Ulla musste angesichts von Luthers Alter schmunzeln.
„Er war schon immer ein bisschen leichtsinnig", seufzte Luthers Tante besorgt in KHs Ohr, „hoffentlich verschätzt er sich nicht wieder in seinem Optimismus."

An der Tür des klapprigen Trabis angekommen, winkte Luther allen zu. Dann verschwand er schnell hinter dem Steuer und hinterließ eine Staubwolke.
Sofort setzten sich die jugendlichen Fahrradfahrer in Bewegung und bildeten eine nicht übersehbare Nachhut.
Ulla schüttelte ihren Kopf.
Sie hatte den Eindruck, dass kurz ein kleines braunes Gesicht am Seitenfenster des Trabis aufgetaucht war und ihr fröhlich zugenickt hatte.
Erstaunt schaute sie KH an, der überrascht eine Augenbraue hob.
Offensichtlich hatte er die Erscheinung ebenfalls wahrgenommen.

Mutter und Tante luden sie zu einem Kaffee ins Haus ein.
„Als kleiner Dank. Ludwig hat uns erzählt, wie sehr Sie ihn unterstützt haben."
Anscheinend war die Verblüffung deutlich in ihren Gesichtern zu lesen, denn die Mutter ergänzte: „Durch die Veröffentlichungen der Filme und Fotos. So kann er nun die Verteidigung planen."
Die Fragezeichen in KHs und Ullas Augen wurden immer größer.
Deshalb erklärten Tante und Mutter abwechselnd: „Die Verteidigung von Mahatma. Dem Nepalesen."
Der Nepalese habe in Notwehr gehandelt. Denn der Rumäne sollte einen Auftragsmord ausführen. An Luther.
Als Ulla und KH verständnislos ihre Köpfe schüttelten, seufzte Luthers Mutter.
Schweren Herzens sah sie sich zu einer Erklärung über ihren Sohn genötigt.

„Der hat nun mal eine Art überall herumzuschnüffeln und seinen Mund aufzumachen. Schon von klein auf. Viele schlaflose Nächte hab ich deswegen durchgemacht."
„Jetzt war er den beiden Löbs auf der Spur mit ihrem Menschenhandel und den menschunwürdige Lebensbedingungen. Deswegen wollten ihn die Herren Geschäftsleute aus dem Weg räumen lassen. Es sollte wie ein Unfall aussehen", ergänzte die Tante.
„Mahatma sollte den Weg zu Ludwig ebnen, weil der ihn aus seiner karitativen Arbeit kannte. Aber als Mahatma den Plan durchschaute, wollte er Ludwig warnen und verschwinden. Deshalb hat dann der Rumäne auf ihn geschossen, ihn aber nicht verletzt. Bei einer anschließenden Rangelei konnte Mahatma die Pistole an sich bringen. Und er hat den Rumänen damit getötet."
Warum denn die Polizei nicht schon vorher eingeschaltet worden sei, wollte KH wissen.
Die beiden lächelten nachsichtig. „Unsere bisherige Polizei? Die steckt doch mit der Obrigkeit unter einer Decke! Da gibt es keine Aufklärung oder Strafverfolgung bei gewissen Leuten!"
Die beiden alten Frauen gaben sich gegenseitig die Stichworte und redeten sich in Rage.
„Im Gegenteil – wer etwas anzeigt, was gegen die Herrschenden geht, wird schikaniert oder verhaftet!"
„Egal, ob zu Nazi- oder DDR-Zeiten oder heute nach der Wende."
„Gestapo - Stasi -Verfassungsschutz - alles eine gerade Linie und alles dieselben Methoden."

„Direkt und zweifellos nachvollziehbar an einzelnen Personen, die alles nahtlos hintereinander durchlaufen haben!"
Ulla zuckte ungläubig zusammen, und KH lenkte das Gespräch auf Rechtsextreme.
„Neonazis?" Beide schnauften verächtlich.
„Sprechen wir doch lieber von Altnazis und Jungnazis. Und mittleren, verdeckten. Auch hier – direkte Linie, über Generationen hinweg."
„Wenn Ivi…", Luthers Mutter unterbrach sich für einen Stoßseufzer gen Himmel , „ - ich bete nur, sie ist heute Abend vorsichtig genug oder hat einen Schutzengel – also: wenn Ivi mir erzählt, welche Jungnazis ihrer Gruppe wieder aufgelauert haben, sag ihr ihr immer: *Kein Wunder, schon der Großvater und der Urgroßvater waren stramme Nazis, als ich hier auf der Flucht gestrandet bin. Die haben ja noch selbst ihre Kinder oder ihre Opas an die Heimatfront geschickt!*"
Sie versuchte ihre Erinnerungen zurückzudrängen und erklärte dann ruhiger: „Zu DDR-Zeiten wurde das Nazi-Sein, oder wie damals hieß *der Faschismus*, stark unterdrückt. Aber jetzt …"
Sie zuckte resigniert die Schultern, und ihre Schwester fiel ein:
„Jetzt breiten sie sich wieder aus. Immer unverfrorener. Es sieht aus, als ob sie geschützt würden – politisch und polizeilich. Und deshalb werden sie immer frecher."
Ja, KH nickte, das konnte er gut nachvollziehen.
Ihm fiel ein Urteil des Frankfurter Landgerichts ein, das einen Dynamo-Dresden-Fan wegen Volksverhetzung ver-

urteilt hatte, weil er am Frankfurter Hauptbahnhof einen Fan-Song intonierte hatte:
Eine U-Bahn, eine U-Bahn, eine U-Bahn bauen wir. Von Frankfurt bis nach Auschwitz. Eine U-Bahn bauen wir.
Der Verurteilte fühlte sich unschuldig.
Er habe nichts getan. Mit Holocaust und Nazis habe das Lied nichts zu tun, gar nichts - so was gebe es in Dresden nicht. Und außerdem habe das Oberlandesgericht Rostock diesen Song nicht als volksverhetzend eingestuft.
Was stimmte. Leider.
In Gedanken daran schüttelte KH sich erneut.
„Ja", bestätigte er, „augenscheinlich wird hier im Osten viel mehr verharmlost als bei uns und – was noch schlimmer ist – diese Verharmlosung wird auch offiziell zelebriert, von der Justiz, von der Politik."

Sie alle schweigen einen Moment, um sich zu beruhigen. Anschließend plauderten sie noch ein wenig über Unverfängliches.
Als sie sich verabschiedeten, stellte Ulla dann die Frage, die auf der Hand lag: „Heißt er wirklich Mahatma?"
Die beiden lachten. „Nein, wahrscheinlich nicht. Aber wir wussten keinen Namen und wollten ihn persönlich benennen."
„Schließlich ist er der Lebensretter meines Sohnes", fügte Luthers Mutter hinzu.

***

Auf der Rückfahrt fluchte Ulla deftig, nachdem sie ihr Smartphone überprüft hatte. Sie hatte einen Anruf Hu-

berts verpasst. Aber offenbar hatte er auf den Anrufbeantworter gesprochen.
Sie lauschte intensiv. Dann atmete sie tief aus und stellte den Lautsprecher an.
„Hallo, hier ist Hubert. Es tut mir leid, dass es länger gedauert hat, aber die Recherchen brauchen halt Zeit.
Also - ich hab etwas in Erfahrung bringen können.
Der schießende Polizist ist, wie schon vermutet, kein Polizist. Sondern ein verurteilter Neonazi, der einen kleinen Laden mit rechter Musik, rechtsradikalen Büchern und Zeitungen sowie szene-üblicher Kleidung besitzt. Er heißt Dieter Hartmann. Wie er an die Polizeiuniform und die Waffe gekommen ist, weiß ich nicht."
Aber wir inzwischen, dachte Ulla, durch einen geheim gehaltenen Überfall.
Inzwischen lief das Band weiter:
„Aber aufgrund der Vorstrafen kann ich Vermutungen anstellen. Natürlich darf ich keine Interna ausplaudern. Aber – aber man könnte Fragen stellen:
1. *Ist es richtig, dass D.H. von 2010 bis Ende 2011 eine Haftstrafe abgesessen hat wegen Körperverletzung mit Todesfolge, Volksverhetzung, Waffendelikten, Verstößen gegen das Betäubungsmittelgesetz, Vertrieb volksverhetzender Schriften und Mitgliedschaft in kriminellen Vereinigungen – Blood and Honour und WS ‚White Supremacy' beispielsweise.*
2. *Normalerweise werden diese Taten mit weitaus höheren Haftstrafen geahndet. Warum nicht in diesem Fall?*
3. *Das Verfahren wurde teilweise unter Ausschluss der Öffentlichkeit geführt. Warum?*

4. *Genießt der Verurteilte aus bestimmten Gründen einen besonderen Schutz?*
Z. B. als V-Mann des Bundesamtes für Verfassungsschutz oder des thüringischen Landesamtes für Verfassungsschutz?
5. *Welchen Einfluss hat die Thüringische Verfassungsschutzbehörde auf die polizeilichen Ermittlungen und die richterliche Unabhängigkeit genommen?*
6. *Welchen Einblick hat der Thüringische Innenminister in die LfV-Akten über D.H.?"*

KH pfiff durch die Zähne und Ulla wollte Einwände vorbringen, aber die Aufzeichnungen liefen rücksichtslos weiter.

„Natürlich werdet ihr keine Antworten auf die Fragen bekommen. Jedenfalls keine umfassenden, besonders nicht auf die letzten drei. Aber darum geht es auch nicht. Es geht um die Herstellung von Öffentlichkeit. Es muss so viel Druck entstehen, dass die Staatsanwaltschaft im Interesse der Öffentlichkeit ermitteln muss. – Ich wünsche euch viel Glück."

„Respekt, Hubert …", sagte KH, als Ulla ihn mit einem Kopfschütteln zum Schweigen brachte.

Es knackte in ihrem Smartphone, und dann hörten sie Huberts Stimme erneut:

„Ach ja, der nette Herr Hartmann hat auch Kontakte zum organisierten Verbrechen. Zum Beispiel hier im Südoldenburgischen zu osteuropäischen Schlepperbanden, die Billigstlohnarbeiter für die Schlachtereien vermitteln – wenn die Menschen überhaupt je Lohn sehen, weil ihnen horrende Abzüge für Unterkunft und Verpflegung abgezogen werden."

Dann war die Botschaft endgültig zu Ende.
„Ich könnte mich in den Hintern beißen", schimpfte Ulla zu KHs amüsiertem Blick, „ dass ich mein Handy nicht schon vorher abgehört habe. Dann hätte dies alles schon Luther erzählen können!"
KH gab sich weise: „Geschehen ist geschehen. Und du weißt: Es ist selten zu früh, aber es ist nie zu spät. – Und im Übrigen – ich bin überzeugt, dass Luther dies ohnehin ahnt. Aber vielleicht braucht er eine Bestätigung. Verschick doch einfach Nachrichten. "

Sie nickte und tippte fast wortgetreu Huberts Fragen in ihr Smartphone einschließlich einiger Ergänzungen und versendete sie dann an alle Empfänger wie vorher.
„Eigentlich", murmelte sie dann, „ eigentlich müsste auch der Monsignore diese Nachricht kriegen. Aber leider hab ich keine Nummer."
„Ulla", KH sah sie scharf von der Seite an, „was geht nun schon wieder in deinem kleinen Dickschädel vor?"
Sie zuckte die Schultern.
„Das 5. Gebot", sagte sie leichthin.
„Du solltest nicht töten. Und 5a - oder wie es so schön in Luthers Ausführungen zum Katechismus heißt: Was ist das? Unserm Nächsten keinen Schaden noch Leid tun, sondern ihm helfen und fördern."
Sie zitierte aus der Erinnerung und fügte dann hinzu:
„Und natürlich - 5b: Das gilt besonders, wenn du Funktionsträger einer christlichen Kirche bist."
Als der Jaguar plötzlich abbremste, beschwichtigte sie:
„Okay, okay, KH. Fahr ruhig weiter. Ich geb´s zu: 5b hab ich erfunden!"

***

Eine Überraschung wartete auf sie, als sie sich ihren Zimmerschlüssel an der Hotel-Rezeption abholten.
„Oh, immer noch da?! Was für ein wunderbarer Zufall!" Der junge Mann mit dem geflochtenen Kinnbart begrüßte sie überschwänglich.
„Das freut mich sehr! Dann kann ich Sie ja heute zur Generalprobe einladen. Wie? So ungläubig? Nein, natürlich nicht das gesamte Programm des Festkomitees. Aber zu einer aktuellen Kostprobe. Sozusagen ein Einschub zum Tagesgeschehen. Von unseren Youngstern. Bis später! Jetzt erstmal die Sondersendung - Pressekonferenz unseres Innenministers und unseres neuen Polizeipräsidenten!"

Sie beschlossen, sich die Sondersendung im Kaminzimmer mit anderen Hotelgästen anzuschauen. Erstens konnten sie dabei ein kleines Bier trinken. Zweitens konnten sie die Reaktionen von Unbeteiligten kennen- und einschätzen lernen.
Gemütlich ließen sie sich auf einem der kleinen Sofas nieder.
Links winkte der junge Mann mit dem Ziegenbart ihnen zu aus einer Gruppe von bekannten Gesichtern, die sie dem Festkomitees und der kirchlichen Jugendgruppe zuordnete. Allerdings waren weder Luther noch Ivi oder Felix erschienen.
Direkt rechts neben Ulla nahm mit einem freundlichen „Permisso?" der Monsignore Platz, ohne Ullas Antwort abzuwarten.

Die Pressekonferenz geriet zum Fiasko.
Der Innenminister wirkte fahrig und schlecht vorbereitet. Dass ihm die sechs jungen Demonstranten, die das Fernsehen bei seiner Ankunft kurz zeigte, zusätzlich die Laune verdorben hatten, ließ sich nur vermuten.
Als er aus dem Auto stieg, hatte die kleine Gruppe sich die Kapuzen ihrer Pullis bis über die Stirn gezogen.
Gut abgestimmt waren sie einzeln nacheinander auf ihn zugegangen und hatten die selbst gemalten Plakate ihm und den Kameras entgegen gehalten.

- *Wir fordern Aufklärung!*
- *Wieso schießt unsere Polizei auf das Haus eines unschuldigen Mitbürgers?*
- *Warum brauchen unsere Behörden so lange für die Untersuchung?*
- *Was verbirgt die Polizei vor der Öffentlichkeit?*
- *Gibt es Rechtsextreme in unserer Polizei?*
- *Wie kommen Uniformen und ein Polizeiauto in die Hand eines Neonazis?*

Zwischen „eines" und „Neonazis" war in einem roten Einfügezeichen das Wort „*verurteilten*" offenbar kurzfristig eingesetzt und dick unterstrichen worden.
Die Kameras fokussierten sich besonders auf die letzten beiden Plakate. Vielleicht nicht nur wegen der Aufschriften, sondern auch wegen der beiden hübschen Trägerinnen.
Offensichtlich hatte der Innenminister nicht mit dieser kleinen Demonstration gerechnet.

Er reagierte wie ein in-die-Enge-Getriebener - er ging unmittelbar zum Gegenangriff über: „Ich rede nicht mit Vermummten!"
Das war sein erster Fehler.
Sofort wurde deutlich, dass die Demonstranten mit dieser Reaktion gerechnet hatten. Fast gleichzeitig streiften sie sich ihre Kapuzen vom Kopf und drehten ihre Plakate um.

- *Wir sind **nicht** White Supremacy!*
- *Wir sind **nicht** Ku-Klux-Clan; Sektion Thüringen!*
- ***Wir** sind **junge Christen** aus Eisenach.*
- *Wir zeigen unsere Gesichter, aber die Rechtsextremen tun dies nicht.*
- *Menschen wurden von Neonazis getötet.*
- *Aber unsere **Behörden** scheinen **machtlos**. Warum?*

„Warum?", rief die Trägerin des letzten Plakates laut. „Warum?"
Sofort zoomte die Kamera sie nah heran. Es war Ivi.
„Vielleicht", fragte sie nachdenklich, aber bestimmt, „weil unser Verfassungsschutz in der Szene mitmischt, statt sie zu beherrschen?"
Die Kamera verweilte einen Moment auf ihrem ausdrucksstarken Gesicht und schwenkte dann in den Rücken des Innenministers, der eiligst im Gebäude verschwand.

„Bravo, Ivi", rief der junge Mann mit dem geflochtenen Ziegenbart bewundernd.
Mit ihm erhoben sich einige Menschen im Kaminzimmer und applaudierten. Auch Ulla und KH.
Der Monsignore beobachtete sie schräg von der Seite und berührte dann leicht Ullas Arm.

„Bitte", sagte er in hervorragendem Deutsch, „das habe ich nicht verstanden. Können Sie es mir bitte später erklären?"
Ulla nickte abwesend, denn nun fing die Pressekonferenz an.

Der Innenminister setzte sich breit vor das Mikrophon, und neben ihm nahm ein schmaler, aber drahtiger Mittvierziger in Polizeiuniform Platz.
Ein Raunen ging durch das Kaminzimmer.
Doch bevor Ulla eine Erklärung dafür fand, grüßte der Innenminister in die Kameras und hob zu einem Statement an.
Ein Reporter rief dazwischen:
„Herr Innenminister, was halten Sie von den jungen Leuten da draußen? Können Sie deren Botschaften etwas abgewinnen?"
„Nein", er stieß dieses Wort förmlich heraus, „nein! Nur jugendliche Übertreibungen. Lauter Ungereimtheiten. Wie sollte ich dem etwas abgewinnen?"
Das war sein zweiter Fehler.
Nicht nur im Kaminzimmer, auch unter den Journalisten vor Ort entstand Unruhe. Offensichtlich wollten einige Vertreter der öffentlichen Presse mit dem Innenminister über die Aussage diskutieren.
Aber er ging nicht darauf ein. Stattdessen las er sein vorbereitetes Statement ab.
Dank an bisherigen Polizeipräsidenten für außerordentlich gute Arbeit. Dank an Polizei. Dank an örtliche Behörden für hervorragende Kooperation.
Ulla zog ihre Augenbrauen hoch.

„Was heißt das denn?", flüsterte sie in KHs Ohr. „Bedankt er sich dafür, dass die Behörden bisher noch nichts herausgefunden haben?"
KH legte beschwörend den Zeigefinger an den Mund und deutete auf das TV-Gerät.
Der Monsignore beobachtete sie interessiert.
Der Innenminister lobte den außergewöhnlichen Einsatz aller Beteiligten. *Gleichwohl ...*
Ein ablehnendes Zischen ging durchs Kaminzimmer.
„Will er jetzt etwa erklären, dass es keine Ergebnisse gibt?"
Ullas empörtes Flüstern in KHs Ohr war auch für den Monsignore verständlich. KH verdrehte die Augen und machte ihr erneut das Ruhezeichen.
Gleichwohl ... Trotz des außerordentlichen Engagements aller Beteiligten, das ich, das die Landesregierung sehr schätzt ... gleichwohl leider ... keine Ermittlungs-Ergebnisse...
Der Lärmpegel stieg im Kaminzimmer und bei den Journalisten vor Ort. Nun merkte selbst der Innenminister, dass er einen Fehler begangen hatte.
*Noch keine **öffentlich präsentierbaren** Ergebnisse,* korrigierte er sich. *Denn wir dürfen die weiteren Ermittlungen nicht gefährden.*
Er überhörte das kollektive resignative Seufzen und präsentierte stattdessen den neuen Polizeipräsidenten – den drahtigen Mittvierziger.
„Matthias Vormweg!"
„Viel Glück, Matze", flüsterte es hinter Ulla.
Sie drehte sich abrupt um und sah Felix.

In ihre wissbegierigen Blicke erklärte er leise: „Sicher ist er integer. Aber ob er gegen einen gesamten verseuchten Polizeiapparat...".
Er stoppte sich, als er den betont harmlos schauenden Monsignore bemerkte.
Der neue Polizeipräsident sprach von *Fehlentwicklungen... nicht genug hinterfragt ... Neuanfang ... Stärkung der demokratischen Kräfte ... wahrhaftiger Transparenz...*
Eine junge Journalistin stand auf.
Ulla stieß KH in die Rippen. Er winkte ab. Ja, natürlich hatte er sie erkannt!
Die junge Frau ergriff das Mikrofon.
„Herr Vormweg", fragte sie, „in Ihrer Funktion als neuer Polizeipräsident – halten Sie die Aussagen der jungen Demonstranten draußen für völlig abwegig?"
Er reagierte spontan: „Nein, natürlich nicht. All diese Fragen haben einen realistischen Hintergrund. Dessen sind wir sicher. Aber die Details müssen wir noch ermitteln."
Der Innenminister runzelte die Stirn, während im Kaminzimmer applaudiert wurde.
„Ist Ihnen klar", die Stimme der jungen Journalistin klang sehr ernst, „ist Ihnen klar, dass Sie es mit gewaltbereiten, international vernetzten und total überzeugten Faschisten zu tun haben?"
Der neue Polizeipräsident nickte und nuschelte ein „Wir-sind-dabei, dies-genau-zu-ermitteln".
Leider schüttelte gleichzeitig der Innenminister den Kopf.
„Unsinn! So etwas gibt es hier nicht! Wir haben keinen nennenswerten Rechtsextremismus!"
Dieser Fehler – der dritte – kostete ihn die Geduld und die professionelle Zurückhaltung der Journalisten. Von allen

Seiten hagelten nun Fragen auf ihn ein, vorgetragen mit mühsam unterdrückter Empörung.
„Herr Innenminister, sind Ihnen die Ergebnisse der NSU-Untersuchungsausschüsse in Thüringen, in Hessen und im Bund nicht geläufig?"
„Herr Innenminister, trotz einer erheblichen Anzahl von V-Männern und V-Frauen war es dem LfV nicht gelungen, die NSU-Mordserie zu stoppen. Hat unser Verfassungsschutz nichts dazu gelernt? Haben wir es mit einer zweiten Generation des NSU zu tun?"
„Herr Innenminister, wie kann es sein, dass mindestens ein verurteilter Neonazi Polizeiuniformen und ein Dienstfahrzeug in seine Gewalt bringen konnte, ohne dass die Öffentlichkeit darüber unterrichtet wurde?"
„Herr Innenminister, ist es richtig, dass die Polizisten vor Ort gestern drei falsche Kollegen verhaftet haben? Sie aber heute auf Druck des Landesamtes für Verfassungsschutz wieder frei lassen mussten? Warum? Handelt es sich um V-Leute?"
Der Minister versuchte gar nicht erst, die Fragen zu beantworten.
Sehr schwerfällig erhob er sich und krallte sich kurz am Tisch fest. Sein breites Gesicht lief rot an und er brüllte fast ins Mikrofon:
„Wenn Sie mich hier vorführen wollen, sind Sie an den Falschen geraten! Ich lasse mir und der Regierung nichts unterstellen! Die Pressekonferenz ist beendet."
Erregt rannte er mit langen Schritten aus dem Raum.
Beschwichtigend lächelte der neue Polizeipräsident, folgte ihm aber dann mit unglücklicher Miene.

Die TV-Kameras fingen nicht nur die Rücken der beiden, sondern auch die nachgerufenen Fragen der Journalisten ein:

„Wahr oder nicht wahr, Herr Polizeipräsident?"

„Warum wurden die drei falschen Polizisten freigelassen? Sind sie V-Leute des Verfassungsschutzes?"

„Wo sind sie jetzt? Wie ist sichergestellt, dass sie keine weiteren Verbrechen begehen?"

Es gab keine Antworten.

12 Mitten wir im Leben sind mit dem Tod umfangen

Im Kaminzimmer herrschte eine Mischung aus Ratlosigkeit und Ärger. Viele aufgebrachte Gespräche fanden gleichzeitig statt.
Ulla fühlte sich am Ärmel gezupft. Als sie sich umdrehte, sah sie in die braunen Augen des Monsignore.
„Bitte", sagte er, „ich habe das alles nicht verstanden. Können Sie es mir erklären? Bitte", wiederholte er, als er ihr Zögern bemerkte, „bitte, es ist sehr wichtig. Für die Meinungsbildung im Vatikan."
KH nickte ihr aufmunternd zu, und der Monsignore lud sie beide zu einem kleinen Aperitif ein.
„Vielleicht gemeinsam mit Pfarrer Schalbel?", schlug er vor.
Das war den beiden sehr recht.
Felix war in Eile, weil ihn das Festkomitee erwartete, aber er knapste sich etwas Zeit für den Monsignore ab.
Während der Kellner servierte, überlegte Ulla angespannt, womit sie in Anbetracht der Kürze der Zeit beginnen sollte.
Ihre Sorgen erwiesen sich als völlig überflüssig.
Der Monsignore hob ihr kurz sein Prosecco-Glas entgegen und stellte dann sehr präzise Fragen.
„Signora, Signor - wie sind Sie an die Fotos gelangt, die Sie der Presse zugespielt haben?"
Verblüfft schauten sich Ulla und KH an.
Woher wusste er das?
KHs fragender Blick wanderte weiter zu Felix, der entschuldigend die Schultern hob.

„Weil", antwortete KH langsam und überlegt, „weil wir sie selbst gemacht haben. Weil wir zufällig genau am Tatort waren und zufällig Zeuge des Geschehens wurden."
„Zweimal?" Die Stimme des Monsignores klang zweifelnd. „Zweimal Zufall?"
„Das erste Mal nicht. Felix ...". Ulla stoppte ihre spontane Aussage, als sie KHs warnenden Blick wahrnahm. Danach fuhr sie langsam fort:
„Das zweite Mal war reiner Zufall. Wir haben spontan ohne Vorplanung einen kleinen Spaziergang vom Wartburg-Hotel aus gemacht."
Weil der Monsignore schwieg und sie erwartungsvoll anschaute, schob sie nach: „Beim ersten Mal haben wir einen Wandertipp erhalten."
„Von wem?", fragte der Monsignore spitz.
Ulla hatte das Gefühl verhört zu werden und wollte aufbrausen, als Felix ruhig antwortete: „Von mir."
Er räusperte sich und erklärte: „In der örtlichen Polizei gibt es einen überzeugten Christen."
Er gestattete sich eine kleine Pause. „Einen Katholiken."
Diese Ergänzung ließ er sacken.
Dann fuhr er fort: „ Nachdem Marko - Marko Pape, sein Priester, dem er vertraute - verschwunden war, wandte sich der Polizeiobermeister in einem Gewissenskonflikt an mich. Er wusste, dass Marko und ich gut befreundet sind und für dieselben Werte eintreten. Und uns damit natürlich gewisse Feinde machen. Politische Feinde."
KH sah, dass sich im Gesicht des Monsignores keine Miene regte.
Daher überraschte es ihn nicht, dass sich Ulla durch diese Nicht-Reaktion provoziert fühlte und scharf einwarf:

„Und damit natürlich auch kirchliche Feinde. Damit meine ich die Institution. Natürlich keine Feinde aus dem Kreis der echten Christen, egal ob Katholiken oder Protestanten."

Mit Genugtuung nahm KH wahr, wie der rechte Mundwinkel des Monsignores zuckte.

„Jedenfalls", Felix wollte seine Erklärung nicht unterbrechen lassen, „jedenfalls kämpfte der katholische Polizist mit seinem Gewissen. Er wusste, dass das Polizeifahrzeug und die Uniformen gestohlen worden waren. Und er wusste auch, von wem. Weil er ein Einheimischer ist, ist er natürlich auch vertraut mit der hiesigen Situation – hohe Arbeitslosigkeit, auch weil illegale ausländische Billigkräfte kurzzeitig eingeflogen werden und hier unter unsäglichen Bedingungen arbeiten müssen. Er kennt selbstverständlich die Namen der entsprechenden Bosse. Er weiß um die Verbindungen der Neonazis zu bestimmten anscheinend gut bürgerlichen Honoratioren. Und erst recht sind ihm die Ermittlungsergebnisse über den Tod des Rumänen bekannt. Die offiziellen sowieso und natürlich auch die zwar nicht offiziellen, aber wahrscheinlicheren."

Felix konnte sich nun der vollen Aufmerksamkeit seiner Zuhörer sicher sein.

„Er wusste, dass Spuren bewusst verwischt worden waren. Und er kannte die Kollegen und Kolleginnen, die das getan hatten. Und ihre Auftraggeber."

Im Kaminzimmer herrschte absolute Stille.

Daher wirkte der Kommentar des Monsignore besonders laut und schrill:

„Ach was! Was meinen Sie mit Auftraggebern? Wer sollte das denn sein?"

Felix blickte sich um und zögerte einen Moment.
Erst als wieder ein Stimmengewirr zu hören war, flüsterte er: „Das wissen Sie genau, Monsignore."
Dieser lächelte nichtssagend.
Ulla fühlte kalte Wut in sich aufsteigen.
Sie stand auf, hob ihr Glas und prostete dem Monsignore laut zu. Bewusst schaute sie sich um.
Als gespannte Stille eingekehrt war, lächelte sie ihn provokant an:
„Prost, Padre Emilio. Auf die vatikanische Bank. Prost auf das katholische Geld. Das genutzt wird, um moderne Sklaverei im Bau- und Schlachtbetrieben zu finanzieren. Und dabei mit Neonazis paktiert."
Das Kaminzimmer hielt den Atem an.
Der Monsignore schluckte trocken, dann prostete er mit eingefrorenem Lächeln zurück.
Aber seine kalten Augen schienen Ulla erdolchen zu wollen.
Da erhob sich KH.
Leicht legte er den Arm um seine Frau, konzentrierte sich aber voll auf den Monsignore. Klingend stieß er sein Glas gegen das des katholischen Würdenträgers und wollte zu einer Rede ansetzen.
Er kam nicht dazu. Jemand nahm ihm sein Glas aus der Hand.
Empört fuhr er herum und blickte in Luthers beschwichtigendes Lächeln.
Offenbar hatte Luthers Fähigkeit, unauffällig in einer Menge unter- und urplötzlich auftauchen zu können, ihm einen entscheidenden Vorteil über den Monsignore beschert.

Zum ersten Mal wirkte der Monsignore eingeschüchtert; ja, sein Gesicht sah sogar grau und eingefallen aus.
Zufrieden setzte sich KH wieder und zog seine Frau ebenfalls in ihren Sessel.
Luther stand wie ein Fels in dem zunehmenden Raunen. Er schaute sich bewusst um und schien die Anwesenden zu registrieren.
Als Stille eingekehrt war, hob er KHs Glas gegen den Monsignore und trompetete sehr ernst in den totenstillen Raum:
„Prost, Padre Emilio. Auf die alten Seilschaften im Vatikan, die schon mit den Nazis gut zusammengearbeitet haben. Wahrscheinlich kennen Sie diese noch persönlich.
Richten Sie Ihnen aus: Die alten Zeiten sind vorbei. Wir haben unsere Lektion gelernt. Wir werden die unheilige Allianz aus Kapital – auch katholischem Kapital – und Ausbeutern und Neonazis veröffentlichen. Wir kennen alle Namen und all ihre Verbindungen. Natürlich haben wir alles gut dokumentiert. Und gut aufbewahrt. So dass das Material auch dann der Öffentlichkeit zur Verfügung steht, wenn mir etwas zustößt. – Was wohl Papst Franziskus zu allem sagen wird? - Auf Ihr Wohl, Padre Emilio!"
Als Luthers Glas zum zweiten Mal das des Monsignores suchte, stand dieser unvermittelt auf.
Er wirkte sehr bleich und fast zerstört.
Dennoch wollte er offensichtlich zu einer öffentlichen Entgegnung ansetzen, als Felix mit einem beschwörenden Blick auf Luther, Ulla, KH und den Monsignore flüsterte:
„Wir werden bei der Generalprobe erwartet. Sofort. Bitte folgen."

Bis auf den Monsignore gehorchten alle seiner Aufforderung ohne Umstände.
Dieser wollte den Raum durch eine Seitentür verlassen, musste aber feststellen, dass ihm der Ausgang bewusst durch eine Menschentraube versperrt wurde. Er seufzte tief und folgte den Vier anderen starren Blickes und steifbeinig.
Hinter ihm zischte es. Einzelne Pfiffe ertönten.

***

Am Ende der Generalprobe applaudierten KH und Ulla begeistert wie alle anderen.
Aus den Augenwinkeln sah sie Bewegung an der Tür. Offensichtlich versuchte ein sichtlich angesäuerter Monsignore der Situation zu entfliehen, als Ivi und ihre Freunde gerade die Bühne betreten wollten. Der Monsignore kehrte widerwillig zurück in den Zuschauerraum.
Dann kamen die Zugaben.
Bei Nummer drei rastete Ulla aus. Super, fand sie, phantastisch. Das war einfach genial.
Schwarze Sonnenbrillen und Schlapphüte wiesen V-Mann-Führer aus. Diese führten ihre V-Leute - sogenannte VP, Vertrauenspersonen - als Hunde mit Namensschildern über die Bühne:
Thomas Richter – Corelli
Tino Brandt - Otto
Gärtner - Gemüse
Ralf Marschner – Primus
Thomas Starke – VP 562
Michael See – Tarif
Carsten Szcepanski – Piatto

Beate Zschäpe - ???
Dabei sangen die V-Mann-Führer voller Unschuld:
„Meiner tut nichts, meiner ist ganz brav".
Die Zuschauer fielen ein; und Ulla konnte sich den sarkastischen Kommentar nicht verkneifen: „Na klar. Altes Trinklied. Kennt jeder hier: Einer geht noch, einer geht noch rein!"
Aber KH verordnete ihr Schweigen.
Denn bei Corelli machte der Leadsänger eine Ansage:
„Leider urplötzlich verstorben an einer nicht erkannten Diabetes."
Und die Band spielte sofort drei Takte Trauermarsch.
Dann:
„Genauso wie leider Florian H., ein Aussteiger aus der rechten Szene. Er sagte, er kenne den Mörder von Michèle Kiesewetter. Und deshalb war er mit Beamten des Landeskriminalamtes Stuttgart verabredet. Am Tag seiner Befragung war er tot. Leider. Selbstmord. Suizid."
Betroffen blickte das Publikum sich an. Aber der Sänger fuhr beschwichtigend, fast verständnisvoll fort:
„Na ja, das kommt dann plötzlich so über einen, wenn man eigentlich eine staatspolitisch wichtige Aussage machen will."
Die Stimme des Sängers klang verständnisvoll und beschwichtigend, während die Band intonierte: „Ein Prosit, ein Prosit, der Gemütlichkeit!"
Das Publikum wurde unruhig.
Aber mit „The show must go on" pushte die Band unerbittlich weiter, und die Stimmung kam zurück.
Ja klar - eigentlich wusste man das ja alles.

Aber die Fakten wurden nicht immer in solch prägnantem Zusammenhang präsentiert.
Auch bei Beate Zschäpe gab es eine Ansage:
„Leider ist ihr VP-Name unbekannt. Vielleicht Maria? Oder Magdalena?"
Das Publikum johlte vor Vergnügen.
Doch der eigentliche Clou kam später.
Im Zwischenspiel verabschiedeten sich die V-Mann-Führer einzeln nach Udo Lindenbergs „Ist dies der Sonderzug nach Pankow?"

Ist dies der N-S-U-Ausschu-u-ss
Ich muss da jetzt hin, ich steck ja mit drin
leider keine Erinnerung, kein Kommentar
wie es mit dem NSU / wie es mit dem NSU wirklich war

Die Zeit war echt geil, wir spielten Sieg Heil
endlich mal Macht, wer hätt· das gedacht
das war der Hit, ich spielte echt mit
in dem NSU / in dem NSU

Ich weiß gar nicht viel, aber mein Ziel:
Wir machen immer weiter
fröhlich und heiter
mit dem NSU / mit meinem NSU.

Dann kam der Wechsel.
Nun führten die übermächtigen Hunde ihre kleinen VP - Führer an einer Leine über die Bühne und sangen:
„Meiner tut nichts, meiner ist ganz brav
Auch gibt´s Schutz, falls denn mal Bedarf."

Die V-Frau Beate Zschäpe verkörperte Ivi hervorragend: kühl, rational, gut-bürgerlich.
Der Applaus, der sie umbrandete, schien sie mutig zu machen.
Mit hochroten Wangen kramte sie aus ihrer Hosentasche eine kleine Figur heraus.

Eine Handpuppe - den Kasper. Er hatte einen Zettel angeheftet: Generalbundesanwalt.
 Zu *„Meiner tut nichts, meiner ist ganz brav!"* schwang er seine langen Kasper-Beine im Takt und ließ sich von Beate Zschäpes Hand mal in die eine, mal in die andere Richtung führen.
Das Publikum johlte.
Der Leadsänger kommentierte mit unverhohlener Genugtuung: „Als begabtes, echtes thüringisches Heimatschutz-Kind - abgesehen vom rumänischen Vater- lässt Beate die Puppen tanzen. Auch den Generalbundesanwalt!"
Ivi grinste verschmitzt.
Die Begeisterung nahm kein Ende.
Ivi warf Kusshände in alle Richtungen, und die christliche Jugendgruppe verbeugte sich immer wieder.
Die Band grinste KH an, und der nickte ihr immer wieder enthusiastisch zu. Die Stimmung hätte nicht besser sein können.
Im allgemeinen Jubel schnappte sich der ziegenbärtige Thomas eine Rose von einem der Tische, erklomm die Bühne und sank vor Ivi in die Knie.
„Prinzessin", stammelte er scheinbar überwältigt, „du warst einfach klasse. Ohne dich wäre die Demonstration

nicht so erfolgreich verlaufen. Prinzessin, du bist ... einfach liebenswert!"
Ivi errötete, und Ben und Sven blickten missbilligend.
Aus den Augenwinkeln erhaschte Ulla zufällig einen Blick auf Luther.
Er schien alarmiert.
Dann löste sich die Vorstellung auf, und es gab ein freudiges Abklatschen und Umarmen, einige Verbesserungs-Kommentare und schließlich der Gang zum Büfett.
Da KH mal mit diesem, mal mit jenem Jugendlichen sprach und sang, versuchte sich Ulla allein zum Büfett durchzukämpfen.
Dabei traf sie auf Ben, Ivi und Sven.
Der hatte sich in Windeseile seine Kellner-Uniform angezogen und trug lecker duftende Suppentassen auf einem großen Tablett. Er stellte diese auf dem Büfett ab – bis auf eine.
Diese trug er zu Ivi und sagte betont spöttisch:
„Hi Prinzessin, für dich. Damit du noch größer und stärker wirst. Wir anderen spielen ja eh keine Rolle!"
Ivi schien unangenehm überrascht. „Was soll das? Du weiß genau, dass ich ohne euch nie ..."
Thomas war unbemerkt heran gekommen und unterbrach sie.
„Na, na, na, Prinzessin. Du bist, wer du bist. Du brauchst keine Vasallen."
Sven erstarrte.
Dann war Luther da.
„Hör zu, Thomas", seine Stimme klang sehr ernst, „lass dieses Mädchen in Ruhe. Sie ist stark. Sie braucht dich nicht. Und es passt auch nicht zwischen euch."

Dem letzten Satz verlieh er eine besondere Bedeutung.
Thomas duckte sich.
„Ach", seine Worte zogen sich lang, „ach. Guck an. Luther. Der bessere. Weiß wieder mal alles. Auch was eigentlich kein Mensch wissen kann. Was passt denn nicht zwischen uns? Das können schließlich nur wir zwei entscheiden."
Er ergriff Ivis Hand und zog sie mit sich. Ivi war verdutzt, versuchte sich aber dann zu wehren.
Ben griff ein. „Lass sie", sagte er. „Das bringt jetzt gar nichts."
Nun hatte Ivi sich gefangen.
Sie löste sich aus Thomas´ Griff und hakte sich bei Luther unter. „Toller Erfolg heute", lenkte sie ab, „für alle!"
Luther küsste sie sanft auf die Stirn.
Sven und Ben entspannten sich.
Aber Thomas grinste schief. Doch er schluckte seinen sarkastischen Kommentar hinunter.

Trotz allem: Der Abend klang gemütlich aus.
Irgendwann verabschiedete sich die Band endgültig, und KH und Ulla folgten den vielen Jugendlichen und Gästen, die draußen auf der Wartburg nach frischer Luft schnappten.
Unwillkürlich musste Ulla grinsen.
Einige junge Einzelpersonen bildeten im sanften Mondlicht plötzlich Paare; es gab viel Händchenhalten und einige Knutschereien.
„Ich fühle mich um 50 Jahre verjüngt", murmelte Ulla freudig, als KH sie plötzlich an die Burgmauer drückte.

Aber statt sie zu küssen, schüttelte der nur abwesend seinen Kopf und hielt ihr den Mund zu. Er lauschte angestrengt.
Da hörte auch sie die Stimmen. Erregte Männerstimmen. Nicht weit von ihnen.
KH legte den Arm um sie, und sie kuschelte sich an ihn. Scheinbar unbefangen wie ein Liebespaar, das nur mit sich beschäftigt ist, näherten sie sich.
Zwei dunkle Schatten - Männerschatten - bewegten sich eng aneinander gepresst in einer Mauernische.
Leider verschwand der Mond hinter schnell heraufziehenden Wolken, und sie nahmen nur schwarze Schemen wahr.
„Bekenn dich", flüsterte der schlankere Schatten.
„Warum bekennst du dich nicht? Das werde ich dir nie verzeihen!"
Der kräftigere Schatten schien in sich zusammen zu sacken.
Ulla grinste im Weitergehen. „Auch ein Liebespaar. Der gleichgeschlechtlichen Art."
Aber KH schien nicht überzeugt.
„Das passt doch gar nicht. Luther wird als überzeugter Frauenheld beschrieben."
„Wieso Luther? Meinst du der dickere der beiden...?"
Zweifelnd löste Ulla sich aus seinem Arm und rannte schnell zurück.
Aber ihre Kontrolle war erfolglos – keine Spur mehr von den beiden Männern. Der Mond warf nur sein fahles Licht in eine verlassene Nische.
Ulla fröstelte und KH zog sie eng sich. Sie erwiderte seinen Kuss, aber sie fühlte sich leer.

Irgendwie enttäuscht. Als ob eine wichtige Erkenntnis, zum Greifen nahe, sich in Luft auflöst.

***

Am nächsten Tag erschütterten Luthers Hammerschläge die Republik.
Seine 95 Thesen.
Angenagelt an die schwere Tür im Westportal der Georgenkirche in Eisenach, direkt unter der steinernen Inschrift *Ein feste Burg ist unser Gott*.
Warum nicht an die Schlosskirche zu Wittenberg, wurde er später am Nachmittag in einem der wenigen Interviews gefragt.
„Schließlich bin ich schon alt", antwortete er. „In der Georgenkirche hat Martin Luther gepredigt. Warum soll ich extra nach Wittenberg fahren? Der Effekt ist doch derselbe!"
Ja, der Effekt war derselbe.
KH und Ulla hatten gerade die thüringisch-hessische Landesgrenze überquert, als die Radiomusik unterbrochen wurde. Aus aktuellem Anlass.
Unruhen in Eisenach. Demonstrationen.
Auslöser: Papier an Georgenkirche. Unbekannter Verfasser. Polizei und Verfassungsschutz nehmen Ermittlungen auf.
Die ersten Journalisten vor Ort leisteten gute Arbeit und stellten den Sachverhalt klar dar.
95 Thesen. Wie Luther.

Sie zitierten einzelne Thesen. Seiten wurden fotografiert und sofort verbreitet. Später wurde dies alles aus „ermittlungstechnischen Gründen" verboten.

- ✓ Unser Staat korrumpiert sich selbst.
- ✓ Er deckt schwerkriminelle Wirtschaftsbosse und macht sich mit ihnen gemein.
- ✓ Er unterstützt und pflegt Kontakte in die Neonazi-Szene.
- ✓ Er verhindert Ermittlungen gegen Mörder von Ausländern und legt falsche Fährten.
- ✓ Er unternimmt nichts gegen den systemischen Rassismus in Polizei und Verfassungsschutz.
- ✓ Der Verfassungsschutz hat die NPD finanziert.
- ✓ Er finanzierte auch den NSU.
- ✓ Er sorgt dafür, dass der NSU heute weiter im Untergrund aktiv ist.
- ✓ Er unterstützt ihn mit Geldern und Informationen.
- ✓ Er verhindert rechtzeitige Festnahmen und schafft mögliche Informanten aus dem Weg (Corelli, Florian H.).
- ✓ Er vernichtet Beweismaterial.
- ✓ Der Generalbundesanwalt hat klare Anweisungen der Regierung zur Vertuschung.

- ✓ *Eine wirksame Kontrolle fehlt.*
- ✓ *Die öffentliche Meinung wird bewusst manipuliert.*
- ✓ *Denn unsere Politiker vertuschen, statt aufzuklären.*
- ✓ *Auch die Kirchen machen sich mitschuldig.*
- ✓ *Sie wissen mehr, als sie zugeben.*
- ✓ *Die vatikanische Bank finanziert die Bau- und Schlachtermafia in Thüringen.*
- ✓ *Die vatikanische Bank leistet Beihilfe zur Geldwäsche.*
- ✓ *…*

Das war schweres Geschütz.
Aber Ulla und KH nickten immer wieder. Ja. Das sahen sie auch so. Mit diesen Aussagen konnten sie sich identifizieren.
„Das kann nur Luther gewesen sein!", vermutete Ulla.
„Na klar!" KH grinste sie an und streichelte ihr Knie. „Entweder Luther. Oder du. Falls du deine Radikalinski-Tour gekriegt hättest. Aber ich hab ja auf dich aufgepasst!"
Ulla legte seine Hand ans Steuer zurück und hauchte ihm einen Kuss zu. „Guck lieber auf die Straße!"

Bereits am Mittag gab es die ersten Interviews mit Luther. Er bestritt nichts.

Ja, natürlich könne er seine Thesen durch Fakten belegen.
Die Brüder Löb waren für Interviews nicht erreichbar.
Ebenfalls nicht die Kirchen.
Das Festkomitee zeigte sich gemäßigt und abwägend.
Thomas wurde interviewt und äußerte Nichtssagendes.
„War zu erwarten - typisch für den Ziegenbart", murmelte KH ablehnend.
Aber die christliche Jugendgruppe, vertreten durch Ivi, Sven und Ben, triumphierte. Luthers Thesen verbreiteten sie in Windeseile in den sozialen Netzwerken.
Am Nachmittag trat der Chef des thüringischen Verfassungsschutzes zurück.
Dann wurden alle Veröffentlichungen aus „ermittlungstechnischen Gründen" verboten. Um mögliche Hintermänner zu finden.
„Hintermänner – welche Hintermänner denn? Es reicht doch, wenn erstmal alle von Luther Genannten verhört werden." Ulla war empört.
Stirnrunzelnd seufzte KH. „Wahrscheinlich meinen sie die nicht. Wahrscheinlich meinen sie Luthers Hintermänner. Wie dich und mich. Staatsgefährdendes Komplott oder Gefährdung der öffentlichen Sicherheit durch heimliche Fotos und deren Verbreitung."
Vor Verblüffung schwieg Ulla.
Wie ein dunkler Schatten lag KHs Vermutung drohend über ihrer Heimfahrt. Entgegen ihrer ursprünglichen Absicht machten sie keine Rast mehr in einem idyllischen hessischen Fachwerkort.

***

Am Abend - noch bevor sie zu Hause ankamen - war Luther tot.
Oder fast.
Ulla würde diesen Moment nie vergessen.
Den Augenblick, als die aufmunternde Rockmusik aus ihrer Jugend jäh im Autoradio unterbrochen wurde.
Durch eine Verkehrsansage – dachte sie zuerst.
Aber dann war es eindeutig:
Sondermeldung.
Ludwig Suchanek, bekannter DDR-Bürgerrechtler und vermutlicher Urheber der heutigen 95 Thesen, wurde angeschossen. Lebensgefahr. Täter unbekannt. Motiv unklar.
Ulla und KH waren entsetzt. Aber aufgrund der diffusen Nachrichtenlage konnten sie keine klare Einschätzung erlangen.
L. S. von mehreren Kugeln durchsiebt. Ärzte kämpfen um sein Leben.
Attentat auf L.S..
L.S. scheint zu überleben.
Sie konnten Felix telefonisch nicht erreichen.
Von Ivi und dem Festkomitee hatten sie keine Nummern.
Die Ungewissheit fraß tiefe Wunden.
Ulla schluckte immer wieder, und KH konzentrierte sich auf die Autobahn, drückte das Gaspedal hinunter und manövrierte den Jaguar so schnell wie möglich durch den dichten Verkehr.
Zuhause konnte Ulla ihre Tränen nicht mehr zurückhalten.
Als KH merkte, dass er seine Frau nicht trösten konnte, stellte er den Fernseher an, legte sein eingeschaltetes Handy auf den Tisch, drehte die Nachrichten im Radio laut und verfolgte auf dem PC online alle Nachrichten.

Vielleicht halfen Infos.
Vielleicht konnten Fakten seine Wut ersticken. Und seine Frau beruhigen.

***

Im Laufe der nächsten Wochen sogen KH und Ulla alle Informationen in sich auf. Die flossen allerdings immer spärlicher. Vor allem die Hinweise auf einen möglichen Mörder versiegten recht bald.
Aus ermittlungstechnischen Gründen.
Ganz am Anfang überschlugen sich die Vermutungen: Bau- und Schlachtermafia, organisiertes Verbrechen, persönliche Rachefeldzüge der von Luther Beschuldigten. Journalisten kritischer Zeitungen brachten den Verfassungsschutz ins Spiel; es gab sogar Hinweise auf die katholische Kirche. Irgendwann wurde auf Luthers „ privates Umfeld" verwiesen.
Dann kam die Nachrichtensperre.
In endlosen Debatten loteten Ulla und KH jede dieser Theorien aus. Kategorisch schloss Ulla „privates Umfeld" aus, hatte aber den Verfassungsschutz in Verdacht.
KH tendierte eher zum organisierten Verbrechen, konnte sich aber genauso wenig wie Ulla private Motive vorstellen.
Manchmal schreckte Ulla nachts aus bösen Träumen auf, oder KH wurde von ihrem unterdrückten Schluchzen geweckt.
Warum?
Fast schien es, als ob sie sich mitschuldig fühlte.

Immer wieder versuchte KH sie in die Realität zurückzuholen.
„Luther ist alt genug. Er wusste genau, was er tat. Alles war Luthers Entscheidung. Nicht deine. Wir haben nur nach seinen indirekten Vorgaben gehandelt. "
Ulla nickte. Natürlich war es so. Trotzdem würde sie versuchen, die Hintergründe herauszufinden für das Attentat auf Luther. Das war sie sich und Luther schuldig.
KH seufzte besorgt.
Irgendwann rief Felix an.
KH, der den Anruf annahm, stellte sofort das Telefon laut und winkte Ulla heran.
Felix klang unsicher und gehetzt. „Abgehört?" formulierte Ullas Mund lautlos und KH nickte.
Ja, Felix hatte gute Botschaften. Er und Monika hatten sich verlobt. KH gratulierte.
Und der Vatikan hatte eine weise Entscheidung in Bezug auf Marko und Andrea getroffen. Sie würden sehr glücklich sein – aber nicht in Deutschland.
KH runzelte die Stirn und murmelte verständnislos: „Verstehe. Alles Gute."
Und auch Luther ging es besser. Viel besser. Noch sei er in einem guten Krankenhaus.
Nein - keine Blumen, kein Besuch, keine Briefe, keine Mails; überhaupt kein Kontakt. Er brauche Ruhe und die sei garantiert.
„Von wem? Vom Verfassungsschutz? Bewachen sie sein Zimmer?", zischte Ulla böse.
Felix ließ sich nicht beirren. Er schien ein automatisches Programm abzuspulen.
Luther komme bald in eine Reha. Natürlich in eine gute.

KH wünschte viel Erfolg, aber die Falten auf seiner Stirn vertieften sich.

„Wo?", fragten er und Ulla gleichzeitig. „Wohin kommt er?"

„Hört zu", Felix klang jetzt tonlos und sein Atem versiegte fast, „er lässt euch grüßen. Aber ihr sollt nichts mehr machen. Gar nichts mehr! Überhaupt nichts! Habt ihr verstanden?

„Aber…". Ullas Einwand wurde sofort von Felix unterbrochen.

„Kein Aber. Luther will es so. Es ist viel zu gefährlich. Für euch. Für Ivi. Für alle. Und besonders für Luther."

Bevor er auflegte, flüsterte er kaum hörbar:

„Versteht doch: Er hat den Attentäter gesehen und erkannt. Aber er sagt nichts – nichts! Amnesie. Alles andere ist viel zu gefährlich. Die Mörder sind unter uns! Und noch immer mächtig!"

Ulla schüttelte den Kopf; ihre Lippen pressten sich fest zusammen.

Als KH versuchte, mit ihr vernünftig zu sprechen, wandte sie sich ab.

13 Der werfe den ersten Stein

Der Sommer verlief im Gleichmaß. Den Rhythmus bestimmten vergebliche Kontaktversuche nach Thüringen. Stille, Stille, immer wieder Stille.
Kurze Anfragen auf Anrufbeantwortern, die nie antworteten. Keine Reaktionen auf Mails. Zurückgesendete Briefe: Empfänger unbekannt.
Es war so, als hätte es nie einen Luther oder ein Festkomitee gegeben.
KH sorgte für einen geregelten Tagesablauf, damit Ulla nicht in sinnlosen Grübeleien versank.
Aufstehen, Nordic Walking, Duschen, Frühstück, Zeitung lesen, sich nach der Schule um Domi kümmern. Kleine Ausflüge. Mal einkaufen. Mal Schwimmen. Mal ein Konzert. Viel lesen. Immer wieder Nachrichten. Und falls Ulla aufgelegt war: viele Gespräche.

Meistens war sie nicht aufgelegt.
Sie schloss sich in ihr Inneres ein, lag stundenlang fast apathisch unter der Markise auf dem Balkon oder wanderte sinnlos in der Wohnung umher. Manchmal schrieb sie in ihre Kladde.
„Was machst du, Liebes?" KH streichelte zart ihren Nacken. Sie stand auf und drückte ihn fest.
„Wir müssen die Mörder finden, KH, wir müssen."
Sie sah seinen Vorbehalt und hielt ihm den Mund zu. „Ich weiß, KH: Nichts Gefährliches. Also nicht jetzt. Aber für die Zukunft. Für die Zukunft notiere ich Lösungsideen."
Seinen Widerspruch unterdrückte sie mit einem heftigen Kuss. Dann flüsterte sie beschwörend: „Ich liebe dich, KH.

Und ich liebe die Kinder und Enkelkinder. Und mich selbst natürlich auch. Also kannst du zuversichtlich sein: Ich werde uns nicht in Gefahr bringen. Dreifaches Indianer-Ehrenwort."
Anscheinend beruhigt nickte KH.
Aber dann tat er etwas, was sonst in Ullas Verantwortungsbereich fiel: Er buchte heimlich einen Überraschungs-Urlaub für die dunkle Jahreszeit.
Sicherheitshalber. Damit die Depressionen sie nicht auffressen würden.

***

An irgendeinem lauen Sommermorgen konnte Ulla nicht wie üblich die Zeitung einfach aus dem Briefschlitz ziehen. Sie musste den Kasten aufschließen; und ihr flatterte ein rosa Umschlag entgegen. Quadratisch. Ohne Marke. Ohne Empfänger. Ohne Absender.
Sie wollte ihn für Werbung halten, stutzte aber.
Werbung kam normalerweise nicht am frühen Morgen kurz nach dem Zeitungsträger. Hier musste jemand bewusst die Zeitung durch den Schlitz gedrückt und den rosa Umschlag hinterher geschoben haben.
Warum?
Als sie den Umschlag genauer betrachtete, meinte sie in der rechten unteren Ecke kleine Zeichen zu erkennen, die sie aber ohne Brille nicht lesen konnte.
In der Wohnung strömte ihr verführerisch Kaffeeduft in die Nase, aber sie fand ihre Brille und riss den rosa Umschlag auf. Im ebenfalls rosa Briefpapier steckte ein kleiner unförmiger Notizzettel, den sie beiseitelegte.

Dann beugte sich KH über sie und sie lasen den Brief gemeinsam:

Times are changing.
Aber macht euch keine Sorgen – wir stellen sicher, dass euch dieser Brief nicht in Schwierigkeiten bringt.
Wir passen auf, dass uns keiner beobachtet.
Ja, times are changing. Aber die Alten sagen, sie kennen das schon.
Vorsicht - Überwachung - Vorsicht - subversive Maßnahmen - Vorsicht - nur nicht erwischen lassen.
Wir Jungen lernen schnell. Und werden besser.
Times are changing.
Aber am schlimmsten trifft es Luther.
Körperlich wird es täglich besser, aber mental dreht er völlig ab.
Alles Zureden umsonst.
JETZT ist nichts zu machen.
Der beiliegende Zettel ist für euch. Von ihm persönlich.
Aber – times are changing.
Wir sind JETZT mal weg. Das Land der Zitronen mit der Seele suchen.
Aber: Times are changing. Und dann ...
Vielleicht sollte auch Luther mal weg. Vielleicht schafft er es später.
ABER: Wenn sich die Zeiten GEÄNDERT haben, müssen sich einige WARM ANZIEHEN.
Wir vergessen nichts.
So long I.
Viele Grüße auch von S., speziell an den Mann im Hause.

Ulla und KH sahen sich ratlos an. In ihren Köpfen ratterte es.
„Was ist das – eine Drohung auf rosa Papier?" KH hatte sich zuerst gefasst.
Nein, das glaubte Ulla nicht. Irgendwie kam ihr die Schrift bekannt vor. Und die Kürzel auch.

Duft von frisch gemähtem Gras. Gitarrenklänge. Ein glücklicher KH neben einem jungen Mann. Selbst gemachte Limonade.
„Ivi!", platzte es aus Ulla heraus. „Ivi. Natürlich. Das ist ihre Schrift. So hat sie mir damals die Rechnung im Gutshof geschrieben."
„Okay, mag sein. Aber wer ist S. – der speziell mich grüßen lässt?" KH klang skeptisch.
Ulla war sich nun sicher. „Das ist Sven. Der junge Kellner. Dessen Mutter du so intensiv getröstet hast."
Zum ersten Mal seit vielen Monaten spielte wieder ein verschmitztes Lächeln um ihre Lippen.
KH fühlte, wie sein Herz warm und leicht wurde. Scheinbar getroffen brummte er: „Na, na. Aber lass uns mal das Beiblatt anschauen."
Der leicht zerknitterte Zettel war unsanft von einem Notizblock gerissen worden. Eine Ecke schien bewusst abgeschnitten, als ob jemand eine aufgedruckte Anschrift oder ein Werbe-Logo vernichten wollte. Zittrige, altmodische Sütterlinschrift.
Luther?
Kopf an Kopf versuchten Ulla und KH gemeinsam das Schreiben zu entziffern.

„Ich habe den ersten Stein geworfen. Aber ich war nicht frei von Schuld. Das war mein Fehler. Wolle Gott mir gnädig sein!
Euch bitte ich inständig: Vergesst alles. Es ist eine persönliche Sache. Bringt euch und eure Familien nicht wegen meiner Schuld in große Gefahr.
Der Herr möge uns alle erleuchten. Ich bete für uns.
L.S.

Ratlos sahen sich Ulla und KH an. Was sollte das? Ein Geheimcode?
Auf der Suche nach Erleuchtung drehte KH den rosa Umschlag in den Händen.
„Hier steht ... Halt, warte, das ist doch..."
Seine Finger tippten schnell Fragen in sein Handy und schon kurze Zeit später hielt er ihr die Lösung vor Augen:
Wer frei ist von jeglicher Schuld, der werfe den ersten Stein. Johannes-Evangelium, Kapitel 8.
„Richtig, das ist doch die Geschichte von der Ehebrecherin, die gesteinigt werden sollte." KH erinnerte sich wieder.
„Meinst du", Ulla kleidete ihre schreckliche Vermutung vorsichtig in eine Frage, „meinst du, die Schüsse - das Attentat - meinst du, es hat ihn ... hat er den Verstand verloren?"
KH schwieg. Auch er wusste keine Antwort. Aber eins war klar: Ivi und Luther schickten Warnungen. Genauso wie Felix zuvor.
 Es war gefährlich, sich weiter einzumischen.
„Ich weiß es nicht." Sanft zog er Ulla an sich.
„Aber wir sollten seinen Willen respektieren. Wenn er sagt, es ist gefährlich, dann ist es gefährlich. Oder willst Domi und Eni und Björn und Franzi und Emma ..."
Noch bevor er seinen Satz zu Ende brachte, schüttelte sie den Kopf.
„Natürlich nicht. Das mit der Gefahr weiß ich natürlich. Aber es muss doch eine Möglichkeit geben ..."
„Nein!" KHs Stimme klang scharf.
„Vergiss es, Ulla. Ja, wir haben wirklich viele überzeugende Argumente gefunden für den Mord an dem Rumänen.

Und die dahinter steckenden Machenschaften. Und wahrscheinlich haben wir Recht. Sehr wahrscheinlich sogar. Aber was soll's? Ist es trotzdem ausgeschlossen, dass Luther vielleicht auch persönliche Probleme und persönliche Schuld hatte?"
„Luther?"
Zweifelnd wiegte Ulla den Kopf hin und her.
Sympathisch und imponierend, na klar. Aber auch nur ein Mensch. Sogar ein ziemlicher Egomane.
Nein. Natürlich war persönliche Schuld nicht ausgeschlossen.
„Also", KH küsste zart Ulla auf die Wange, „dann lass es uns vergessen. Lass uns Thüringen vergessen. Wir leben hier und jetzt. Wir gefährden niemanden."
Ulla nickte.
Sie küsste ihn auf den Mund. „Okay. Für JETZT ist Ruhe. Versprochen. Später sehen wir weiter."

Teil 2 – Teneriffa (Winter 2014 /2015)

14 Nuestra Señora de la Candelaria

Im herrlichsten Sonnenschein parkte KH den Mietwagen auf einer Anhöhe über der kleinen Stadt. Sie genossen den Anblick über die Bergketten, die weißen Häuser, das blaue Meer und das Gewimmel von Kirchgängern und Touristen auf dem großen Platz vor der imposanten Basilika.
„ 18 Grad! Und das Ende Dezember!"

Hand in Hand schlenderten sie auf sanft nach unten führenden Wegen in die kleine Stadt, freuten sich am blauen Himmel, an kanarischen Holzbalkonen und vor allem an den Denkmälern für die alten Guanchen-Helden.
Während KH die imposanten Posen der Bronzestatuen fotografierte, genoss Ulla auf einer Bank die warme Sonne und das Rauschen des Meeres. Sie fühlte sich ruhig und leicht, aber konnte sich dennoch eine sarkastische Bemerkung nicht verkneifen:
„Tja, so ändern sich die Zeiten. Vor 500 Jahren waren sie noch böse Heiden, deren Volk die damaligen spanischen Herrscher mit Hilfe der katholischen Kirche auslöschen oder versklaven ließen. Im Namen Gottes. Wie gesagt – nur Heiden. Nicht christlich, also untermenschlich. Einzig die Guanchen-Fürsten, die sich taufen ließen, konnten ihre Familien retten - wahrscheinlich auch ein bisschen Eigentum."
KH kannte diese Stimmungen seiner Frau und fotografierte in Ruhe weiter.
Ulla umrundete kurz die imposanten „Wilden", ließ sich dann wieder auf einer Bank nieder und hielt ihr Gesicht

erneut in die Sonne. Als KH sich endlich neben sie setzte, rückte sie vertraulich heran.

„Sag mal, KH, glaubst du eigentlich, dass der PEGIDA das klar ist?"

„Was?" Zwar waren KH die Gedankensprünge seiner Frau vertraut, aber hier konnte er nicht folgen.

„Na, dass die einzige Zeit eines wertemäßig einigen europäisches Abendlandes die Zeit des Kolonialismus war. Als im Namen von Christentum und weißer Überlegenheit ohne Skrupel ganze Völker ausgerottet, versklavt und unterdrückt wurden. Wie hier die Guanchen."

„Ulla", KH wirkte ungeduldig, „es gibt keinen gemeinsamen europäischen Kolonialismus. Verschiedene europäische Staaten haben sich gegenseitig bekriegt im Kampf um Kolonien."

Sie gab nicht auf.

„Ja, ja, weiß ich doch, Kalli. Ich versuche nur PEGIDA zu verstehen. Denn bis heute haben wir kein einiges Europa. Aber PEGIDA."

Sie betonte jeden einzelnen Buchstaben und erklärte ihn auch sicherheitshalber noch dem amüsierten KH. „ Wenn also – grins nicht so, KH - wenn also die *Patriotischen Europäer gegen die Islamisierung des Abendlandes* so tun, als ob es ein einig abendländisches Vaterland Europa gebe oder gegeben hätte, dann doch nur zur Zeit des Kolonialismus."

Als KH seine Stirn runzelte, lenkte sie ein.

„Gut, vergiss das Wort. Aber: Kolonialismus unterschiedlicher europäischer Staaten fußte auf den gleichen Ideen von Herrenrasse, gottgegebener Überlegenheit über

heidnische Wilde, und das alles mit dem Segen der katholischen Kirche. – Ob PEGIDA das meint?"
„Nö!" KH erklärte gern und oft und boshaft, das *„Wir-sind-ein-Volk"*-Gegröle klinge passenderweise wie *„Wir-sind-der Hulk"*.
Also war seine Antwort logisch. „Nein! Natürlich weiß kein PEGIDA-Anhänger das. *Wir sind das Volk.* – *Wir sind verdummt* – so müsste das wirklich heißen!"
„Okay", Ulla ließ nicht locker, „ war dann die einzige Zeit, als es wirklich so etwas gab wie die *Patriotischen Europäer gegen die Islamisierung des Abendlandes* die Zeit der Kreuzzüge?"
Sie genoss KHs Verblüffung genauso wie die warme Sonne, aber ergänzte schnell:
„Als sich verschiedene europäische Staaten mit dem Segen der Päpste zusammengetan haben, um ein Christenreich im Orient zu errichten? Also den gleichen Macht- und Herrschaftsanspruch entwickelten wie der IS heute, nur unter christlichem Vorzeichen? Und übrigens mit ähnlichen Grausamkeiten."
„Ffffffftt", KH pfiff durch die Zähne. „Ulla, Ulla nun klingst du fast wie Luther – der jetzige. Das würde deinem neuen Freund, unserem Monsignore, dem ehrenwerten Padre Emilio, nun ganz und gar nicht gefallen."
Er stand auf, zog sie von der Bank und flüsterte dann in ihr Ohr:
„Aber natürlich hast du Recht. Aber jetzt schauen wir uns die erleuchtete oder erleuchtende Jungfrau an."
Neugierig betraten Ulla und KH durch einen Hintereingang die schwach erleuchtete Kirche.

Sofort umhüllte sie Weihrauchgeruch und das leise Murmeln Betender. Kerzenschein erleuchtete fein geschnitzte Heiligenfiguren, und in Nischen erstrahlten wunderschöne Madonnen mit und ohne Jesuskind in silbernen Strahlenkränzen.
KH fotografierte.
Eine geheimnisvolle Atmosphäre nahm Ulla gefangen und sie setzte sich in eine der braunen, mit kunstvollen Schnitzereien verzierten Holzbänke. Ihr Blick schweifte über Kniende, die inbrünstig beteten, und über still sitzende Kirchenbesucher, die wie sie einfach nur Ruhe fanden.
Dann erblickte sie die Figur.
Vorn Im Altarraum leuchtete ein strahlend goldenes Licht. Die Madonna. Nuestra Señora de la Candelaria. Die Berühmte. Die Wunder Bewirkende.
Neugierig ging Ulla näher.
Aber als sie aus nächster Nähe die mit Edelsteinen besetzte Madonna in ihrem aufwändigen Kleid genauer wahrnahm, filmte sie zwar pflichtschuldigst, aber nur kurz.
Reich verzierter Baldachin. Goldkrone. Puppenhaftes Gesicht. Blick zum Betrachter, nicht auf ihr Kind im Arm. Wallende, golddurchwirkte Stoffe. Je nach Saison im Kirchenjahr andere Kleider. Brokat?

Nach einer ausgiebigen Fotosession fand KH seine Frau schließlich mit hängenden Schultern an eine Säule gelehnt, den Mund spöttisch verzogen.
„Was ist los, Ulla; geht es dir nicht gut?"
Seine Stimme klang so besorgt, dass sie ihn sofort beschwichtigte.
Nein, es sei alles in Ordnung. Nur...

„Was nur - rede bitte, Ulla!"
Sie seufzte.
„Wieso, KH? Es ist doch offensichtlich. Ich mag diesen katholischen Kitsch nicht. Nicht nur die Madonna unter ihrem goldverzierten Baldachin trägt eine Krone. Sogar das Jesuskind!"
Sie zeigte einen Vogel.
„Für den kein Platz in einer Herberge war! Der im ärmlichen Stall bei Esel und Schaf geborene Jesus - mit einer Goldkrone! Das ist doch pervers!"
Sie schnaufte empört und kam dann erst recht in Fahrt.
„Ich wette: Als die Guanchen diese Jungfrau mit der Kerze fanden und als „Erleuchterin" verehrten, hatte sie noch keine Juwelen und kein Gold. Das alles stammt aus den südamerikanischen Kolonien. Den Mayas und Azteken geraubt im Namen des Christentums."
Gern hätte KH dies kommentiert, aber er hatte den Eindruck, dass sie beobachtet wurden.
„Ssshht, Ulla. Hier beten Gläubige."
Ulla ließ ihre Augen über die Kirchenbänke schweifen, nickte zustimmend und folgte KH möglichst geräuschlos nach draußen.
Kurz vor der schweren Kirchentür hielt sie inne.
Irgendetwas hatte eine Erinnerung in ihr wachgerufen.
Möglichst unauffällig wandte sie sich um.
Ihre Augen trafen direkt in den bebrillten Blick eines Mannes, der sich zwar seine Pullover-Kapuze tief ins Gesicht gezogen hatte, aber sie unverhohlen anstarrte.
Sofort versenkte er sich wieder ins Gebet.
Irritiert schüttelte Ulla den Kopf und verließ nachdenklich die Kirche.

***

Voller Ärger zog der Mann seine Kapuze noch enger um den Kopf und presste seine gefalteten Hände fester zusammen.
Solch ein plumper Fehler!
Wie konnte er nur?
Er hätte warten sollen, bis die Kirchentür hinter den beiden zuklappte, ehe er sich umdrehte.
Aber nein, er hatte sicher sein wollen, ob die aufgeregte Frauenstimme wirklich zu dieser Thüringer Touristin gehörte. Das war er nun, glücklicherweise. Aber zu welchem Preis?
Ausgerechnet diese beiden! Diese Schnüffler! Was wollen die hier?
Er schüttelte sich. Seine Fingerknöchel traten unter dem Druck weiß hervor.
Er war nicht gläubig, und nur der Zufall hatte ihn hierher verschlagen. Aber die neben und vor ihm Knieenden hatten Wirkung auf ihn. Vielleicht half ein Gebet, um die Gedanken zu ordnen?
Er kniete sich zwischen seine beiden Nachbarn.
„Heilige Jungfrau", murmelte er leise, „lass sie verschwinden. Sie haben Schuld. Ohne sie hätte es keine Beweise gegeben. Keine Öffentlichkeit. Keinen Thesenanschlag. Und natürlich kein …".
Er biss sich auf die Zunge und verbot sich die schmerzhafte Erinnerung. „Lass sie einfach vom Erdboden verschlucken; ich bitte dich! Inständig."
Eingehüllt in ein mildes Licht lächelte ihn die Jungfrau an. Sie strahlte innere Einkehr und besonnene Klarheit aus.

Er atmete dreimal tief ein und aus, setzte sich in die Bank zurück und legte die gefalteten Hände in seinen Schoß. Nach einer Weile fühlte er sich leichter.
Wie, wenn sie nur zufällig hier auftauchen? Wenn sie nichts anders sind als normale Touristen? Winterflüchtige deutsche Rentner, wie so viele hier?
Nein, das konnte er nicht glauben.
„Heilige Jungfrau", beschwor er die Madonna, „heilige Jungfrau, sie sind schuld. Ohne sie wäre alles nicht passiert. Ohne sie ginge es mir besser. Und ich muss es zu Ende bringen. So oder so. Aber sie stören schon wieder. Man muss etwas gegen sie unternehmen."
Noch immer lächelte die Jungfrau sanftmütig.
Sie schien den Ernst der Lage nicht verstanden haben. Oder? Hatte vielleicht sie tiefere Einsichten als er?
„Nuestra Señora de la Candelaria", betete er erneut, „bitte erleuchte mich. Du kannst es. Selbst die heidnischen Guanchen wussten um deine Kraft. Bitte, wende dich mir zu!"
Er versuchte innere Ruhe zu gewinnen. Sein Blick verweilte auf dem Gesicht der Statue und allmählich normalisierte sich sein Atem.
Nach einer Weile konnte er sich seinen schwärzesten Befürchtungen stellen.
Und selbst wenn ... . Selbst wenn Luther sie eingeladen hätte.... Wäre das nicht ein Fehler gewesen? Und zwar - Luthers Fehler?
Je mehr sich in diesen Gedanken vertiefte, umso stärker wuchs seine Zuversicht.
Bisher hat L. sie genutzt, damit sie einen Schutzwall um ihn bilden. Aber jetzt?

Falls sie in seinem Auftrag hier sind, können wir das Spiel drehen. Sie können mich auf seine Spur führen!
Dieser Gedanke elektrifizierte ihn.
Dann müsste er nicht wie heute wichtige Touristenorte Teneriffas besichtigen.
Er müsste nicht weiter diffusen Hinweisen auf einen seltsamen, alten Mann nachgehen und primitive Baracken absuchen, die arme Tagelöhner als winziges Heim in den erloschenen Lavastrom bei Puertito Güimar gehauen hatten. Tagelang hatte er sich beim Klettern über die schwarzkantigen Steine die Hände und Knie aufgeschürft, nur weil angeblich ein verwirrter alter Deutscher dort gesehen worden war.
Und er brauchte nicht mehr in der Cumbre die Wohn-Höhlen aus vergangenen Jahrhunderten systematisch zu durchkämmen, wie der dies bei Vilaflor und Las Vegas getan hatte und dabei fast in eine Prügelei mit einem Landstreicher geraten wäre.
Er könnte einfach ... ganz einfach...
Er schlug sich mit der Hand vor den Kopf.
Natürlich, so kann es gehen. Ich muss nur vorsichtig sein, dann ist alles todsicher.
Eilig zwängte er sich aus der Kirchenbank und warf einen letzten Blick auf die kostbare Statue.
„Ich danke dir, Heilige Jungfrau, für deine Eingebung. Du trägst deinen Namen zu Recht: Auch mich hast du erleuchtet. Danke!"
Zum ersten Mal seit langer Zeit war ein Ende absehbar - ein Ende seiner Wut, seiner Reue, seiner Selbstzerfleischung.
So oder so.

Entweder Rettung oder totale Vernichtung.
Dreimal verbeugte er sich in Richtung Altar und gelobte, demnächst eine Kerze anzuzünden. Auch wenn er eigentlich kein Gläubiger war.
Aber jetzt hatte er keine Zeit, er musste schnellstens handeln.
Möglichst geräuschlos öffnete er ein Seitenportal und huschte sofort in den Schatten eines Baumes. Dort versuchte er bewegungslos mit dem Baumstamm zu so verschmelzen, dass ihn ein zufälliger Beobachter nicht entdecken konnte.

Keine Minute zu früh!
Aus den Augenwinkeln sah er ein wohl bekanntes Paar angeregt diskutierend eine kleine Treppe aus der Altstadt herabsteigen. Mit großer Anstrengung unterdrückte er den Impuls, seinen Kopf zu drehen, um sie vollständig ins Blickfeld zu bekommen.
Du bewegst dich nicht! Du hast deine Lektion in der Kirche gelernt! Keine Bewegung!
Tatsächlich schöpften die beiden keinen Verdacht. Sie bestiegen einen schwarzen Opel Corsa und zuckelten langsam in Richtung Autopiste Sur.
Als der Wagen an seinem Baum vorbeifuhr, versuchte er sich das Nummernschild einzuprägen. Das gelang ihm nur halb. Aber er bemerkte den Namen einer Mietwagen-Agentur in der Rückscheibe.
Da sie ihn nicht mehr im Rückspiegel erkennen konnten, stieg er auf seinen gemieteten Motorroller und versuchte ihnen zu folgen.

Obwohl sich einige Autos zwischen den Corsa und seinen Roller geschoben hatten, blieb er in ihrer Nähe bis zur Auffahrt in Richtung Santa Cruz.
Also in den Norden!
Als der Corsa uneinholbar beschleunigte, notierte der Rollerfahrer eine halbe Auto-Nummer in sein Handy.
Dann kontaktierte er die Mietwagen-Firma. Nach einigem Hin und Her erhielt er wichtige Auskünfte, aber nicht alles, was er brauchte.
Daher wählte er erneut. Eine Nummer in Deutschland. Eisenach.
Zwei Stunden später hatte er die gewünschte Hotel-Adresse. Puerto Cruz.
Aber noch interessanter war eine weitere Information, die ihm beiläufig mitgeteilt wurde. Sie hatte mit den beiden Alten nichts zu tun.
Doch die neue Spur erschien vielversprechender.

***

Zum ersten Mal in ihrem nun bereits dreiwöchigen Urlaub fühlte sich Ulla bedrückt.
Sie hatte schlecht geschlafen; teils weil KH geschnarcht hatte, teils weil sie von wirren Alpträumen heimgesucht wurde.
Heimliche Beschattungen von Fränzchen und Emma durch einen Kapuzenmann ; wilde Verfolgungsjagden zwischen KH und Nils; Vergiftungen am Hotel-Büffet.
Voller Schreck war sie immer wieder hochgezuckt, und KH hatte sie beruhigend gestreichelt.

An den allerletzten Traum, mit dem sie aufgewacht und danach nicht wieder eingeschlafen war, konnte sie sich in Einzelheiten erinnern:
Auf KHs Gesicht legte sich fest ein Kissen, bis er nur noch röchelte. Als sie ihm zu Hilfe eilte, starrte ihr Luthers Antlitz entgegen – totenbleich, aus der Schläfe tropfte Blut.
Sie schrie um Hilfe, aber kein Laut drang aus ihrer Kehle.
In ihrer eigenen tonlosen Ohnmacht mobilisierte sie verzweifelt ihre letzten Kräfte und schrie sich die Lunge aus dem Hals. Mit einem röchelnden Gurgeln war sie erwacht, begleitet von KHs liebevoll-besänftigendem Getätschel.

Und nun das.
Garachico. Nebelverhangen und düster.
Erstarrte schwarze Lavaströme hingen am finsteren Felsen und hatten das brüllende Meer vor ihr mit hässlichen schwarzen Felsbrocken verunstaltet.
Der ehemals blühende Hafen und die lebendige wohlhabende Stadt waren durch den Ausbruch des *Volcano Negro* vor mehr als zweihundert Jahren fast völlig verschwunden und konnten niemals wieder ersetzt werden.
Zwar waren die Menschen geblieben.
Und eine nette kleine Stadt war längst wieder erstanden neben den von der Lava verschonten Gebäuden, wie zum Beispiel dem vor ihr liegenden niedlichen kleinen Castillo de Miguel.
Touristen bewunderten die von den Lavaströmen gestalteten *piscinas naturales* und fotografierten sich auf schwarzer Lava vor hellgrüner Gischt.
Dahinter drohte vor einem Wirtschaftsgebäude ein dunkles Holzgerüst. *Wie eine Guillotine.*

Schaudernd wandte sie sich ab und versuchte durch einen schnellen Spaziergang ihre düsteren Gedanken zu verscheuchen.

Wenig später folgte ihr ein freudestrahlender KH. Er hatte wunderbare Fotos geschossen und zeigte sich in bester Urlaubslaune.
„Ulla, bitte, Liebes, nun vergiss deine düsteren Träume. Es gibt keine Vorahnungen. Ich habe ein bisschen geschnarcht, und in deinem Unterbewusstsein hat sich dies alles mit den schrecklichen Eisenacher Erinnerungen vermischt. Das ist verständlich. Aber kein Hinweis auf eine bedrohliche Zukunft."
Bereitwillig wollte sie ihm glauben, und als sie das beschauliche Freizeit-Treiben auf dem von Drachenbäumen und bunten Blumen gesäumten *Plaza de la Libertad* in sich aufnahm, fühlte sie sich bereits erleichtert.
Völlig gelöst wurde sie aber, als sie das ehemalige Kloster *Convento de San Francisco* besichtigten. Zwar gab es von der alten Pracht im Inneren nicht mehr viel zu sehen, aber die Architektur nahm sie in ihren Bann.
Sie filmte voller Freude die alten Holzgalerien und den steinernen Treppenaufgang.
Auch trug der besorgte KH zu ihrer Stimmungsaufhellung bei, als er sie in einem der kleinen menschenleeren Nebenräume schnell küsste und ihr ins Ohr flüsterte:
„Schade, schade, hier wurde mal von einem wichtigen Repräsentanten des spanischen Reichs, Pedro de Ponte, Herrscher über Garachico und Gouverneur von Brügge und Gent, eine der größten Perlen der Welt aufbewahrt. Nach einigen Besitzstands-Wirren, in die z. B. auch Napo-

leon verwickelt war, hat Richard Burton diese Perle seiner damaligen Frau geschenkt. Leider haben sie Elizabeth Taylors Erben längst versteigert. Sonst, mein Schatz, würde ich sie dir zeigen und dir schenken. Rein symbolisch natürlich."

KH freute sich, dass Ulla fröhlich reagierte und unter dem Vorwand, den damaligen Aufbewahrungsort der Perle zu finden, alle zugänglichen Winkel des Klosters aufsuchte. Umso entsetzter war er, als plötzlich Ulla in Windeseile aus einem kleinen Raum hinaus eilte, kaum dass sie ihn betreten machte.

Ernst machte sie ihm ein Zeichen, ihr still und unauffällig zu folgen. Diskret schob sie ihn in eine Ecke zwischen einer Ausstellungs-Vitrine mit Vulkangestein und der Mauer, so dass sie den Eingang des von ihr verlassenen Raumes genau beobachten konnte.

„Keine auffällige Bewegung, KH! Absolute Ruhe und unschuldiger Tourist!"

Als er sie verständnislos anstarrte, fügte sie etwas ungeduldig hinzu: „Er ist da! Da in dem Raum! Der Kapuzenmann aus der Kirche. Aber ohne Kapuze. Geh vorsichtig hin und schau, ob du ihn erkennst. Aber leise! Und pass auf dich auf!"

Kopfschüttelnd folgte er ihren Anweisungen.
Zwar glaubte er nicht daran, dass sie verfolgt wurden, aber er wollte Ullas Befürchtungen entkräften.
Als er vorsichtig den Kopf in das kleine Zimmer steckte, sah er mehrere Menschen, die sich interessiert die dort aufgehängten historischen Fotografien über Garachico anschauten.

Sein Blick streifte sie kurz und blieb dann hängen an einem relativ jungen, gut durchtrainierten Mann mit kurzem Haarschnitt und Brille; er trug Jeans, Turnschuhe, ein blaues T-Shirt mit *I like Tenerife* und eine rote Schirmmütze. Ein typischer Tourist.
Aber dennoch - ja, Ulla hatte Recht.
Auch ihm kam der Mann irgendwie bekannt vor.
Auf jeden Fall erinnerte er ihn an jemanden. Aber an wen?
Als sich der Unbekannte bewegte, schlich KH scheinbar uninteressiert aus dem Raum.
„Und?" Ulla erwartete ihn bereits ungeduldig.
Er zuckte die Schultern. „Keine Ahnung, wer er ist. Aber du liegst richtig. Irgendwoher kennen wir ihn. Oder jemanden, dem er ähnelt."
Er zermarterte sein Gehirn.
Alle Männer, denen sie während ihres Wartburg-Urlaubs begegnet waren, tauchten vor seinem geistigen Auge auf: Marko Pape, Felix Schalbel, der Monsignore, die Löbs, das Festkomitee.
Plötzlich kam ihm die Eingebung. „Irgendwie, in der Haltung und der Statur, irgendwie erinnert er mich an Luther. Nur jünger."
„Unmöglich!" Ungläubig schüttelte Ulla den Kopf.
Als sie gerade widersprechen wollte, kam der Unbekannte aus dem Zimmer und folgte genau wie die anderen Touristen dem vorgegebenen Rundgang.
Er warf keinen Blick in ihre Richtung.
Sicherheitshalber versenkte Ulla dennoch ihren Kopf tief im Reiseführer.
KH schaute intensiv in eine Vitrine. Glücklicherweise spiegelte diese das Geschehen im Raum.

Als er bemerkte, dass der Mann erneut in einem kleinen Nebenraum verschwand, gab er Ulla ein Zeichen. Die Pfeiler des Kreuzgangs als Versteck nutzend, huschten sie möglichst unauffällig hinterher.
Als sie an dem kleinen Zimmer vorbeigingen, entdeckten sie den Unbekannten.
Im Gegensatz zu anderen Touristen betrachtete er die ausgestellten Utensilien zum Leben vor 200 Jahren in Garachico nicht. Vielmehr stand er mit dem Rücken zum Raum und starrte aus einem der kleinen Fenster.
Wohin genau?
KH konnte nicht viel mehr ausmachen als eine Mauer am Abhang, verwilderte Gärten und eine höher liegende Häuserreihe.
Was sollte das?
Sie warteten hinter einem Pfeiler, bis der Mann wieder auftauchte.
Unbefangen betrachtete er die Ausstellungsstücke zum Vulkanausbruch an, manchmal oberflächlicher, manchmal intensiver.
Nie schaute er sich misstrauisch um, ob er beobachtet würde. Ein typischer Tourist. Wahrscheinlich hatte er in dem kleinen Raum nur mal eine Auszeit von der Ausstellung gebraucht.
Als er dem Schild zu den Toiletten folgte, verspürte auch Ulla ein dringendes Bedürfnis. Umso erstaunter war KH, als sie sofort zurückkam.
„Er starrt schon wieder auf die Mauer und die Häuser oben", flüsterte sie und zog ihn schnell weiter in den hinteren Kreuzgang.

Hier fanden sie keine Ausstellungsgegenstände vor, aber ein Podest und gestapelte Stühle, offenbar für größere Veranstaltungen.
Sie wollten gerade diesen uninteressanten Raum verlassen, als der unbekannte Bekannte ihn am anderen Ende betrat und zielstrebig die Holztreppe ins obere Stockwerk erklomm.
Eilig zog Ulla KH im Erdgeschoss durch verschiedene Kreuzgänge, bis sie an eine Steintreppe zum Obergeschoss kamen. Dort fanden sie viele schön gestaltete Skulpturen, die sie aber nur oberflächlich wahrnahmen.
Sie tasteten sich schnell von Objekt zu Objekt, scheinbar interessierte Touristen, aber in Wirklichkeit auf der Suche. Endlich fanden sie ihn.
Ein Blick in die öffentliche Bibliothek zeigte ihn an einem Fenster, wieder mit dem Rücken zum Saal. Offenbar ahnte er nicht, dass er beobachtet wurde. Sie stellten sich vor die Büchervitrinen, in deren Glas er sich spiegelte, und mimten Interesse an Lektüre.
Plötzlich drehte er sich abrupt um und wandte sich dem Ausgang zu. KH hörte die Tür klappern und trat spontan einen Schritt vor.
Reingelegt!
Denn der junge Mann stand noch immer in der Bibliothek, die Klinke der gerade von innen zugeschlagenen Tür in der Hand und fixierte KH mit kaltem, spöttischem Blick. Dann hob er triumphierend seine rechte Hand, krümmte drei Finger nach innen und bildete mit Zeigefinger und Daumen einen Pistolenlauf.
KH erstarrte vor Schreck.

Der junge Mann grinste zufrieden und verschwand gemächlich durch die Tür.
Schuldbewusst wandte sich KH zu Ulla.
Sicher war sie jetzt sauer – zu Recht, weil er sich nicht beherrscht und sich zu früh umgeschaut hatte. Daher wappnete er sich mit einer einleuchtenden Erklärung.
Aber Ulla hatte keine Zeit für ihn.
Sie stand an derselben Stelle, an der sie den Unbekannten ertappt hatten.
Als KH sich ihr näherte, zeigte sie stirnrunzelnd nach oben.
„Da, schon wieder!"
KH verstand sofort, was sie meinte. Es bot sich ihm dasselbe Bild wie unten: Mauern, verwilderte Gärten, darüber Häuserreihen. Nur aus einer höheren Perspektive und daher etwas deutlicher.

***

Zufrieden über die Wirkung seiner Warnung an den Alten verließ der Mann das Obergeschoss des *Convento* selbstbewusst.
Aber schon auf der historischen Steintreppe mit den ausgelatschten Stufen beschlichen ihn Zweifel.
Hatte er wirklich klug gehandelt? Schaffte seine Drohung vielleicht erst Misstrauen?
Er wusste ja immer noch nicht, warum die beiden hier waren. Folgten sie ihm bewusst oder waren sie einfach nur Reisende? Hatten sich ihre Wege nur zufällig gekreuzt, oder observierten sie ihn gezielt? Und falls ja: Was hatten sie für Schlussfolgerungen gezogen?

Um mehr Gewissheit zu erlangen, lungerte er zwischen den Ausstellungsvitrinen, den hölzernen Kreuzgangpfeilern und den Nebenräumen herum.
Endlich kamen sie die Treppe hinunter.
Die Frau redete etwas von „auf den Spuren der Vergangenheit", als sie fast auf einer ausgetretenen Stufe ausgerutscht wäre.
Sie hatten sich an den Händen gefasst und schauten interessiert in die Vitrinen. Manchmal filmten und fotografierten sie, manchmal gingen sie Hand in Hand. Völlig unbefangen wie fröhliche Touristen.
Als sie endlich das Kloster verließen, folgte er ihnen in gebührendem Abstand.

***

Obwohl Ulla nicht sauer gewesen war, hatte sich KH noch in der Bibliothek zu einer Erklärung genötigt gefühlt.
„Ja, es war unvorsichtig von mir, mich so früh umzudrehen. Aber es hatte auch etwas Gutes. Ich weiß nun, wer er ist!"
Neugierig weiteten sich Ullas Augen, aber sie verschloss seinen Mund mit ihrer Hand. Sie zog ihn nach draußen und fand einen kaum besuchten Winkel im Kreuzgang.
„Wer?", fragte ihr Mund lautlos, „wer denn?"-
Geheimnisvoll flüsterte ihr ins Ohr: „Der Ziegenbart!"
„Quatsch!"
Das Wort entfuhr ihr so laut, dass die wenigen Touristen in ihrer Nähe sich missbilligend umschauten.
Scheinbar unbefangen-fröhlich hakte KH sie unter und plauderte leichthin, als ob er Sehenswürdigkeiten erkläre:

„Doch, doch. Ich habe ihn an seinem süffisanten Grinsen erkannt. Mit dem er Emma bedachte. Und später auch Ivi."

Ulla war noch nicht überzeugt. „Grinsen kann bei verschiedenen Menschen ähnlich ausfallen. Einfach weil sie Spötter sind. Das ist noch kein Beweis."

„Also gut", räumte KH ein, „er sieht jetzt ganz anders aus. Stimmt. Aber worin bestehen die Veränderungen? Kurze Haare, kein Bart mehr – das schafft ein guter Friseur locker in einer halben Stunde. - Brille; in einen Bogen gezupfte Augenbrauen und vollere Wangen lassen sein Gesicht anders erscheinen. Kein Problem; das lässt sich schnell arrangieren. - Eine männlichere Figur: Das ist durch Bodybuilding und Gewichtszunahme recht schnell zu schaffen. – Ulla! Mach mal die Augen zu und stell dir den ursprünglichen Thomas entsprechend verwandelt vor."

Sie tat es und fand erstaunt, dass KH Recht haben könnte. Ja, mit all diesen Veränderungen konnte es der Ziegenbart sein.

„Aber warum? Warum dieser Wandel?"
„Vielleicht um einer Frau zu gefallen?", mutmaßte KH.
„Attraktiv war er ja vorher nun nicht gerade. Oder siehst du das anders, Ulla?"

Nein, das tat sie überhaupt nicht. Sie erinnerte sich an lange, ungepflegte Haare, einen unvorteilhaften Bart und an eine sehr dünne, leicht gebückte Männergestalt.

„Aber nun", flüsterte sie, „was tun wir nun?"
„Nichts!" KH klang bestimmt. „Wir verhalten uns weiter als das, was wir sind – als normale Touristen. Mal sehen,

was er macht. Ob er auch nur ein typischer Touri ist. Oder ...".
Seine Stimme tröpfelte aus.
„Oder was?" Ulla ließ nicht locker.
KH zuckte die Schultern.
„Was weiß ich? Ein Mitglied des Eisenacher Festkomitees, das von uns aus irgendwelchen privaten Gründen hier nicht erkannt werden will? Ein informeller und gut geführter Mitarbeiter des thüringischen LfV? Ein Beamter des Bundesverfassungsschutzes?"
Sie nickte nur, denn ihre Gedanken verfolgten eine ähnliche Richtung.
Zärtlich hatte sie sich bei ihm eingehakt. „Dann lass uns unsere Rolle gut spielen", hatte sie ihm ins Ohr geflüstert, „damit er keinen Verdacht schöpft."

***

Nun, mitten im Zentrum von Garachico, ließ sich Ullas dringendes Bedürfnis nicht mehr aufschieben.
Schnell fanden sie in einem Toreingang ein kleines Café, das sich als gemütliche Erholungs-Oase innerhalb eines kleinen überdachten Innenhofs entpuppte.
Während KH die Speisekarte studierte, suchte Ulla schnell das benötigte Örtchen hinten im Hof hinter einer Abtrennung auf. Als sie es verließ, bemerkte sie einen zweiten Eingang links von ihr.
Gerade wollte sie ihn näher untersuchen, als KHs freudig-überraschte Stimme sie neugierig in das Café zurücktrieb.
„Nein, sowas! Das ist aber eine Überraschung. Wer hätte Sie denn ausgerechnet hier erwartet?"

Als Ulla neugierig um die Ecke bog, kam ihr der Rücken der Serviererin bekannt vor. Aber es war die Stimme, an der sie die junge Frau erkannte: Andrea Schmiddes.
Nein, nicht mehr. Nun Frau Pape.
Nach einer herzlichen Begrüßung sprudelten die Informationen. Marko arbeitete im Convento und im nahegelegenen Geriatrie-Zentrum; außerdem bereitete er die vielen kirchlichen Schätze für deutsche Touristen auf.
„Also", spottete Ulla, „hat Franziskus Sie hier nach Teneriffa verbannt? Hat er ..."
Da ließ sie ein leises Geräusch im hinteren, abgetrennten Teil des Innenhofes verstummen.
Aber Andrea lachte nur leichthin.
„Ruhig, keine Panik; das sind nur unsere Katzen. - Nein, nein. Der Papst hat Marko nicht verbannt. Aufgrund seiner Toleranz und Weitsicht hat er uns die Chance gegeben, zusammen eine neue Existenz aufzubauen. Wir sind froh, dass dies weit weg von Eisenach geschehen kann. Nach allem, was dort passiert ist..."
Ihr Gesicht verdüsterte sich und sie nahm nicht die Kunden hinter ihr wahr, die um die Rechnung baten.
Stattdessen tupfte sie sich mit einem Taschentuch die Tränen ab.
„Fräulein! Wir möchten zahlen!" Die deutsche Stimme vom Nachbartisch klang gebieterisch und ungeduldig zugleich.
„Ja, ich bin gleich bei Ihnen."
Andrea versuchte sich zu fassen. Dann legte sie eine kleine selbst gestaltete Visitenkarte vor KH.

„Am besten kommen Sie mal vorbei. Vielleicht morgen Abend? Wir haben dann ohnehin liebe Gäste. Die kennen Sie auch. Dann können wir in Ruhe reden."
Ulla und KH verständigten sich mit einem einzigen Blick und beide nickten.
„Fräulein, zahlen, zah ..."
Andrea verabschiedete sich schnell mit einem entschuldigenden Kopfnicken von den beiden.
Während sie am Nachbartisch kassierte, las KH laut die Adresse vor: *„Calle Mariano Nicolos 24.* Noch nie gehört. Weißt du ...?"
Er brach abrupt ab, als er bemerkte, wie seine Frau den Kopf nach hinten neigte und möglichst unauffällig zu lauschen versuchte.
Ihr angespannter Gesichtsausdruck irritierte ihn. Täuschte er sich, oder hörte er Schritte?
„Ich geh auch mal eben austreten", flüsterte er Ulla zu.
Als er möglichst geräuschlos den Hinterhof betrat, meinte er einen Schatten durch einen zweiten Ausgang entwischen zu sehen.

15 La Esperanza

Calle Mariano Nicolas 24 erwies sich als kleines, aber frisch renoviertes Häuschen. Die Fassade erstrahlte im typisch kanarischen Taubenblau. Ein zart geschnitztes mittelbraunes Holzgitter hatte die dicken, weißen, gedrehten Balustraden der Nachbarhäuser abgelöst.
Auch die hölzerne bräunliche Haustür zeigte feine Schnitzereien. Die Fensterläden in der gleichen Farbe verdeckten bereits die Scheiben und verliehen dem Häuschen einen anheimelnden Charakter.
Bevor Ulla den Klingelknopf betätigte, zeigte sie KH, dass ein in Deutschland übliches Namensschild fehlte.
Stattdessen bemerkten sie, dass eine kleine weiße Emailtafel in blauer Schrift ein Motto angab.
„La Esperanza", las Ulla. „Die Hoffnung. Na, wünschen wir, dass sich dies bewahrheitet."
Als sich die Eingangstür leicht öffnete, schauten sich beide verstohlen um. Nein, offenbar war ihnen niemand gefolgt. Freudig begrüßten sie Marko und Andrea.

In der mit rotbraunen Fliesen ausgelegten Wohnküche war an einem einfachen Holztisch für 6 Personen gedeckt.
„Hmm, das duftet ja köstlich hier", lobte Ulla und versuchte gleichzeitig mit einem Blick auf KH heraus zu bekommen, ob der bereits eine Idee über die noch zu erwartenden Gäste hatte.
Aber KH interessierte etwas anderes.
„Einen tollen Blick über den Ort und das Meer habt ihr hier", sagte er und betrat zielstrebig die Terrasse. Marko folgte ihm sofort.

„Ja, den genießen wir immer wieder sehr", bestätigte er, „aber wir müssen im Garten noch viel arbeiten. Er ist stark verwildert."
Ulla bemerkte zwar das dichte Gestrüpp und wollte gerade ein beschwichtigendes „Alles halb so schlimm" loslassen, als KHs sorgenvolle Miene sie verstummen ließ.
Sie folgte seinem Blick auf das große rechteckige Gebäude direkt unter ihnen - nur durch einen steilen Abhang getrennt.
War das nicht ...?
Doch, das musste es sein.
Plötzlich beschlich auch sie ein ungutes Gefühl.
Vor ihrem inneren Auge tauchte ein Männerrücken auf, der auf eine Häuserreihe oberhalb seines Standortes starrte.
Andrea stellte sich neben sie und schien ihre Gedanken zu erraten. „Ja, ja, das ist das *Convento Francesco*. In einer halben Stunde wird es erleuchtet, dann sieht es super aus. Schade, dass es heute zu kalt ist, um auf der Terrasse zu sitzen."
Abrupt drehte KH sich um; seine Augen signalisierten Ulla ein „Achtung, Gefahr!"
Er breitete die Arme aus, als ob er sie alle ins Haus zurückscheuen wollte. Sein Rücken bildete den einzigen Schutzwall nach unten.
Ulla fröstelte plötzlich. „Mir ist kalt", flüsterte sie, „ lasst uns lieber hinein gehen."
Da legten sich von hinten zwei Arme um ihren Hals.
Ulla keuchte.

***

Freudig beglückwünschte der Mann sich selbst, als in seinem Fernrohr nach und nach vier Personen auf der Terrasse auftauchten.
Er hatte richtig kalkuliert! Das Zusammentreffen fand statt, wie er vermutet hatte. Fehlte nur noch ER - die Hauptperson, auf die es wirklich ankam.
Gegen die untergehende Sonne hielt er sein Fernglas etwas höher, um das obere Stockwerk mit dem Dachbalkon genauer in Augenschein zu nehmen. Nein, dort gab es keine Bewegung. Auch keine auffälligen Schatten.
Also: Geduld, Geduld.
Wenn die Dunkelheit anbrach, konnte er sich dem Haus nähern. Er wusste, dass weder Straßenlaternen noch Terrassenlichter den verwilderten Garten beleuchteten.
„Bleib ruhig", befahl er sich selbst. „Deine Chance wird kommen. Warte ab."
Er versuchte mit dem Baum, an den er sich lehnte, zu verschmelzen. Noch bevor ihm dies gelang, wurde er durch eine unerwartete Bewegung auf der Terrasse aufgeschreckt.
Ein schneller Schatten huschte aus dem Haus. Nein, keine männliche Figur. Eine weibliche Gestalt. Eine sehr vertraute weibliche Gestalt.
Irritiert ließ er sein Fernglas sinken. Konnte das wirklich sein? Ein erneuter Blick durch das Vergrößerungsgerät bestätigte ihn. Sie war es wirklich.
Was nun?

***

Bewusst versuchte Ulla ruhig und tief ein und aus zu atmen. Sie spürte einen warmen Atem an ihrer Wange, dann hörte sie eine bekannte Stimme kichern: „Na, da hat aber jemand einen Schreck bekommen!"
Entschlossen nahm Ulla die sie umfassenden Arme von ihrem Hals und drehte sich mit einem Ruck um.
„Ivi!" Erleichtert grinste sie.
„Ivi, du hast mich vielleicht erschreckt! Wer hätte dich hier vermutet? Aber gut siehst du aus. Ein bisschen Gewicht hast du zugelegt. Aber es steht dir, wirklich!"
Ivi war nicht nur etwas fülliger geworden, auch ihre Frisur hatte sich verändert. Statt der grün-roten Fransen umrahmte ein brauner Pagenschnitt ihr feines Gesicht. Natürliche, kastanienbraune glatte Haare..
Aber bevor Ivi antworten konnte, mischte sich KH streng und bestimmt ein: „Bitte, ja, ihr könnt reden. Aber erst im Haus. Sofort! Geht sofort hinein!"
Als er die befremdeten Blicke von Andrea, Marko und Ivi sah, murmelte er entschuldigend:
„Ulla friert. Und sie soll doch ihren Resturlaub noch genießen können, ohne Krankheit."
Nun zitterte Ulla wirklich.
Sie kannte KH und wusste, dass er nicht ohne Grund so auffällig handelte. Irgendwo musste er eine Gefahr sehen; aber welche?
Ihre Augen versuchten möglichst unbemerkt den Horizont und die Umgebung des Klosters abzutasten.
Umsonst. Keine Bewegungen, keine Schatten – nichts. Vor rot gefärbten Himmel ein schönes, altes Gebäude, von Bäumen umsäumt. Idylle pur.
Aber ihr Gespür verließ sich auf KH.

„Ja, wirklich", es fiel ihr nicht schwer, hart zu schlottern, „ja wirklich, mir ist kalt; ich muss rein. Und bitte, macht die Tür zu."

***

Einen Augenblick fühlte der Mann sich hintergangen.
Wieso verzogen sich jetzt alle ins Innere des Häuschens?
Hatten sie etwa Verdacht geschöpft?
Warum? Was hatte er falsch gemacht?
Missmutig wollte er sich selbst Vorwürfe machen, als ihm seine Chance klar wurde. Wenn sie im Haus waren, konnte er sich unbemerkter nähern.
Er hatte keine Angst vor dem Aufstieg; schließlich hatte er sich die überwachsenen Treppen und baufälligen alten Torgitter durch die ehemaligen Terrassengärten gut eingeprägt. Ja, nun sollten sich seine Mühen der Erkundung auszuzahlen.
Mit einem schnellen Griff in seine Seitentasche vergewisserte er sich, dass die Pistole an ihrem Platz steckte. Zuversichtlich grinste er.
Es konnte losgehen.

***

Die gute Stimmung hatte gelitten. Alle wirkten etwas niedergedrückt.
Andrea machte sich in der Küche zu schaffen, und Ivi folgte ihr, um zu helfen.
KH schien nervös und gereizt; immer wieder durchsuchten seine Augen systematisch alle Fenster. Auch lauschte er beständig nach draußen.

Ulla fühlte sich alarmiert, zumal sie in der derzeitigen Situation keine Gelegenheit fand, mit KH allein zu sprechen.
Aber er reagiert nicht ohne Grund so. Er hat irgendetwas bemerkt. Etwas Ungewöhnliches. Aber was?
Die einzige Antwort, die sie fand, waren ihre unerwarteten Begegnungen mit dem Ziegenbart im *Convento Francesco* und in Candelaria.
Was wollte der eigentlich hier? Verfolgte er sie? Oder hatte er ein anderes Ziel und sie waren nur zufällig in sein Blickfeld geraten?
Ihre Augen suchten KH. Der zuckte ein bisschen hilflos die Schultern.
Aber auch er nahm die Anspannung wahr und versuchte, normal zu erscheinen.
„Entschuldigt mich", sagte er bemüht leichthin, „ich muss einfach ein bisschen Bewegung machen. Herumtigern, wie Ulla das nennt. Manchmal kommt das so über mich."
Er rannte von Fenster zu Fenster und starrte hinaus. Ulla hatte sogar den Eindruck, dass er an der Tür zur Terrasse lauschte.
Marko erschien wenig überzeugt, aber Ulla nickte notgedrungen. Sogar ihr Grinsen gelang.
„So ist er halt, mein Schatz, manchmal ADHS-artig. Besonders wenn er hungrig ist. Wir haben seit dem Frühstück nichts gegessen, und aus der Küche duftet es verführerisch."
Als sich trotz dieser Erklärung Markos zusammengefaltete Stirn kaum entspannte, entschloss sie sich zu einer Spur von Wahrheit.
„Super, dass wir Ivi hier wieder gesehen haben", plauderte sie in ihrem besten Konversationston. „Wer hätte das

gedacht? Dürfen wir auf weitere ähnlich nette Überraschungen rechnen? Trifft sich vielleicht das gesamte Festkomitee hier bei euch? Weil sich im sonnigen Teneriffa besser planen lässt als im dunklen Eisenach? Wir haben – glaube ich – schon ein weiteres Mitglied gesehen."
Völliges Unverständnis starrte ihr aus Markos Gesicht entgegen.
Mist! Fehlanzeige! Das ist es also nicht. Sie erwarten keine Gäste des Festkomitees, also auch nicht Thomas, den ehemaligen Ziegenbart.
KH hatte seine Fensterbewachung für einen Moment unterbrochen, um Markos Reaktion aufzunehmen.
Zwar nickte er Ulla anerkennend zu, aber er schien beunruhigter als zuvor. Gerade wollte er seinen Gang zwischen den Fenstern wieder aufnehmen, als Andrea und Ivi mit einem fröhlichen „Essen ist fertig" und vielen Schüsseln in das Zimmer traten.
Gleichzeitig öffnete sich die Tür zum Flur.
Luther erschien - völlig unverhofft und unerwartet wie immer.
Er war abgemagert, tiefe Furchen durchzogen sein Gesicht, in seinen Augen spiegelte sich tiefe Trauer.
Ohne Umstände nahm er einen Platz gegenüber der Terrassentür ein.
KH schluckte und setzte sich sofort neben Luther. Ahnungsvoll nahm Ulla gegenüber Platz. Dann wollten sie Luther endlich begrüßen, aber Ivi war schneller.
„Luther!" Sie hockte sich auf die Tischkante und nahm Luthers Gesicht in beide Hände.

„Du hast mir so gefehlt!" Vorsichtig tasteten ihre Finger Luthers Schläfen ab, und Ulla erkannte eine dicke Narbe über dem rechten Auge.
Luther reagierte sichtlich gerührt. „Schon gut, mein Kind", flüsterte er, „ich ... es tut mir leid, wirklich!"
Er tätschelte unbeholfen Ivis Hände und schien Tränen zu unterdrücken.
Marko und Andrea schauten sich besorgt an, und Ulla blickte hilflos auf KH.
Was sollte das nun bedeuten? KH zuckte die Schultern, aber da ließ ihn ein Knacken im Garten zusammenfahren. Ulla fröstelte vor Schreck.
„Äh, ich brauch mal ein bisschen frische Luft!"
Mit diesen Worten verschwand KH nach draußen und schloss betont deutlich die Terrassentür hinter sich.
„Nein, Kalli, nicht allein!"
Ulla war sofort an seiner Seite. Ihr Herz hämmerte in ihrem Hals, als sie sich wie KH zum Schutz an die dunkle Hauswand zu drückte.
„Was siehst du?", flüsterte sie fast tonlos.
Ablehnend schüttelte er den Kopf und lauschte angestrengt.
Täuschte sie sich oder hörte sie wirklich ein ganz leichtes schlurfendes Geräusch? Direkt unter ihnen?
KH gab ihr ein Zeichen zurückzubleiben und versuchte die kleine Terrasse mit drei schnellen Schritten zu überqueren.
„Nein!" Ullas Schrei blieb fast in ihrer Kehle stecken.
„Nein, Kalli! Siehst du den Schatten nicht ...?"
Ein riesiger Schatten-Arm griff nach KH und brachte ihn zum Stillstand. Gleichzeitig blendete ein grelles Licht Ulla.

„Seid ihr eigentlich verrückt geworden? Was soll das Räuber- und Gendarm-Spiel in meinem Haus?"
Markos Stimme klang wütend und unsicher zugleich.
„Hier in Garachico gibt es keine Einbrecher!"
„Okay!!" Ulla fand, dass KH fast erleichtert wirkte.
„Okay, Markus. Ich kann mich aber eigentlich auf meine Ohren verlassen. Dann lass uns zusammen den Garten absuchen!"

***

Der Mann hielt die Luft an und duckte sich tief in die kleine Einbuchtung unterhalb der Terrasse. Wie gut, dass er solch genaue Erkundigungen eingezogen hatte! Dass er jeden möglichen Rückzugsort kannte.
Niemand würde eine winzige Höhle hinter dem dichten Brombeergebüsch vermuten!
Oder doch? Die beiden Männer näherten sich und leuchteten auch in seine Richtung.
Er zwang sich, ihnen seinen dunklen Rücken zuzuwenden, und schrumpfte noch mehr in sich zusammen.
Keine Bewegung, kein Atemzug! befahl er sich selbst. *Du bist gar nicht hier.*
Er hatte Glück: Marko und der alte Eisenacher-Tourist streiften die äußeren Blätter nur mit dem Lichtkegel ihrer Taschenlampen, dann gingen sie weiter.
Regungslos wartete er endlos ab. Irgendwann verschwanden die beiden im Haus. Die Terrassentür schlossen sie hörbar von innen ab. Die Fensterläden wurden anschließend vorgelegt.
Eine kleine Festung.

Aber nicht unüberwindbar. Da war er sich sicher. Die Frage lautete nur, ob er seinen ursprünglichen Plan weiter verfolgen sollte. Oder war vielleicht Alternative B aussichtsreicher?
Auf jeden Fall würde er nicht aufgeben.
Nicht so kurz vorm Ziel. Denn ER war da! Beim kurzen Öffnen der Terrassentür hatte er IHN gesehen. Dieses Mal würde er IHN nicht verfehlen! Und wenn er sich eine dritte Variante einfallen lassen musste.
Ruhe bewahren! Und warte deine Chance ab! Sie kommt.

***

Im Inneren von „La Esperanza" herrschte eine seltsame Stimmung.
Erleichtert hatten alle KHs und Markos Erklärung aufgenommen, dass es keine Gefahr durch einen Einbrecher gebe. Der gute Wein und das leckere Essen dämpften weitere Befürchtungen.
Dennoch hatte Ulla das Gefühl, dass echte Entspanntheit nicht aufkommen wollte. Etwas Geheimnisvolles, ja, Bedrohliches schien in der Luft zu hängen.
Daher ließ Ulla ab und zu einen skeptischen Blick zur Terrasse schweifen. Auch KH schien noch nicht beruhigt.
Doch Ivis überraschende Ankündigung lenkte schließlich auch sie ab.
„Ich bin schwanger!" Ivi klang fröhlich und überschwänglich. *Fast zu forsch*, fand Ulla.
Markos Gabel klapperte auf seinen Teller, und ein entgeistertes „Bist du nicht etwas zu jung?" entfuhr ihm.

Andrea warf ihm einen vernichtenden Blick zu und versuchte gleichzeitig Ivi zu umarmen. „Wie schön!", rief sie. „Ist alles okay? Geht es dir gut? Und dem Baby auch?"
Aber es war Luthers Reaktion, die sie alle aus der Fassung brachte.
Mit einem Ruck schob er seinen Teller zurück; seine Hände krampften sich um die Tischkante.
„Und?" Seine Stimme klang heiser. „Und? Wer ist der Vater? Ist es etwa ...?" Er unterbrach sich.
Ulla beobachtete, wie seine Fingerknöchel sich vor Anspannung weiß verfärbten. *Was soll das? Ist er etwa eifersüchtig?*
Sie konnte ihren Gedanken nicht weiter verfolgen, denn Ivi legte sofort ihre Arme um Luther.
„Nein, Luther", sagte sie ruhig. Dann atmete sie tief aus und rückte näher.
„Nein, Papa Luther. Opa Luther."
Ihre Stimme klang zärtlich, als sie beruhigend seine Stirn streichelte. „Mach dir keine Sorgen. Es ist nicht ...", sie unterbrach sich und verschluckte einen Namen, „nein, es ist nicht mein Bruder. Wenn auch nur mein Halb-Bruder."
Luther schnappte nach Luft.
„Woher weißt du ...?", flüsterte er entsetzt.
Ivi drückte ihn fester und grinste.
„Frauen haben manchmal ein richtiges Gefühl. Und Mama ganz besonders! Aber sie hat dir längst verziehen!"
Sie hauchte einen dicken Kuss auf Luthers Wange.

Wenn sich Ulla später an diese Szene erinnerte, beschlich sie immer wieder das bedrückende Gefühl, es dauere nur noch Sekunden bis zum Weltuntergang. Die Uhr tickte unbarmherzig.

Marko und Andrea hatten sich eng umschlungen und schienen freudig diese Szene in sich aufzusaugen.

Freude wie bei der Rückkehr des verlorenen Sohns. Nur abgewandelt. Als ob die beiden auf die Offenbarung und Anerkennung der bisher nicht öffentlich bekannten Tochter gewartet haben.

Das Bild half ihr nicht weiter. Oder doch?

Blitzschnell sendete ihr Gehirn tausende von Fragezeichen an KH, der ungläubig seinen Kopf schüttelte.

Nein, das ist nicht möglich. Oder? Da ist doch was! Was nur? Da gibt´s doch diesen Hinweis...

Als KH sich erinnernd vor die Stirn klopfte, fiel es auch Ulla sofort ein.

KHs Aussage über sein Gespräch mit den beiden alten Frauen im Wartburg-Hotel: *Natürlich haben sie die Gerüchte-Küche umgerührt. Das Übliche über unverheiratete Männer. Man kennt es ja. Luther, der Liebling verheirateter Frauen. Oder verwitweter. Im hohen Alter erstmalig Vater geworden - jedenfalls so viel sie offiziell wissen. Vielsagende Blicke und Getuschel. Vater von einer zwar bemerkenswert hübschen, aber auch sehr eigensinnigen Tochter; ganz der Papa ...*

Da ist noch mehr!

Ulla zermarterte ihr Gehirn, je mehr sie den Eindruck hatte, dass ihr nicht mehr viel Zeit blieb.

Nur noch 10 Sekunden! Was war es nur?

Urplötzlich donnerte Luthers Stimme in ihr Ohr. *Lass sie in Ruhe!*

Und dann ein hämisches meckerndes Lachen. *Ach, das Fräuleinchen steht unter ganz besonderem Schutz? Schau an! Wer hätte das gedacht! Noch ein Bastard!*
Nur noch vier Sekunden, drei, zwei ...
Bekenne dich! Warum hast du dich nicht bekannt? Das verzeihe ich dir nie!
Die Uhr war abgelaufen.
Ulla sah die Katastrophe kommen, aber ihr Schrei erstarb im Hals.
Ein harmloses, leises Knacken unterbrach die sprachlose Stille.
Alarmiert schaute Marko sofort auf KH. Dessen Blick wanderte direkt zur Terrassentür.
Da! Ein weiteres Knacken - eindeutiger, wie das Spannen einer Pistole, dann kurzer Feuerschein in der leicht geöffneten Tür!
KHs Bundeswehr-Programmierung funktionierte lückenlos, auch noch nach all den Jahren.
Ohne nachzudenken riss er Luther zu Boden. Im selben Moment knallten mehrere Pistolenschüsse durch die Tür.
„Deckung!", schrie KH. „Legt euch hin!"
Das Licht ging aus.

***

Die jungen Polizisten der Policia Local sicherten die Spuren im Garten und im Haus.
Sie fanden leere Patronenhülsen und entdeckten sogar die kleine Höhle unter der Terrasse, aber sie konnten den Einbrecher nicht mehr stellen.

Selbst eine Fahndung auf der TF 5 und den kleineren Straßen TF 42 und 82 brachte trotz vieler Autokontrollen kein Ergebnis. Fast ausschließlich Touristen, überwiegend deutsch.
Keine Einbrecher.
Erst als die Polizisten abgezogen und alle Türen und Fenster fest verschlossen waren, berichteten Ulla und KH von ihren Beobachtungen im Convento Francesco und in Candelaria.
Sicherheitshalber hielten sie sich im obersten Stockwerk bei Kerzenschein auf.
„Unmöglich!" Marko konnte sich nicht vorstellen, dass ein ehemaliges Mitglied des Festkomitees einen Groll gegen Luther hegen sollte.
„Warum sollte Thomas das tun? Er hat zwar manchmal lockere Sprüche losgelassen, aber er ist kein Nazi. Nein, die Schüsse hier sind von einem Einbrecher abgegeben worden. Nichts Politisches."
Andrea und Ivi waren sich weniger sicher.
Luther äußerte sich nicht.
Er sah sehr blass aus, ungeheuer alt und fast zerbrechlich. Immer wieder biss er sich auf die Lippen und begann zu zittern, als er befragt wurde.
Aber er wich beharrlich aus.
Vor allem den Fragen nach dem Attentat in Thüringen.
Er schüttelte nur seinen Kopf, strich sich verzweifelt durch das schütter gewordene Haar und hielt sich wie ein Kleinkind die Ohren zu.
Als die Fragen schärfer und drängender ausfielen, verweigerte er sich total.

Er wurde stocksteif und kündigte an, auf dem Dachboden schlafen zu wollen. Als Marko die Dachtreppe ausklappte, zog er sich sofort mit einer Luftmatratze und einer Decke dorthin zurück.
Auf seine inständige Bitte klappte Andrea die kleine Falttreppe hinter ihm ein, obwohl allen nicht wohl dabei war.

***

Ulla und KH flüsterten noch lange im Gästezimmer. Immer wieder legte Ulla ihre Theorien dar. Es gelang ihr nicht, KH zu überzeugen.
„Alles möglich, Liebes, wirklich; aber sehr, sehr unwahrscheinlich. Deine Phantasie geht mit dir durch. Warum sollte dieser Thomas den beliebten Luther umbringen wollen? Da gebe ich Marko Recht. Er ist kein Nazi."
Ulla seufzte. „Ja, ja, das sehe ich auch so. Thomas hat möglicherweise keine politischen Gründe. Aber vielleicht persönliche."
„Persönliche?" KH runzelte die Stirn. „Welche privaten Motive sollte er denn haben?"
Sie wusste, dass sie sich auf glattes Parkett begab. Aber was hatte Ivi heute gesagt?
„Frauen haben manchmal so ein Gefühl ...", fing sie langsam an, als KHs misstrauischer Blick sie schnell Fahrt aufnehmen ließ.
„Ja, KH, auch wenn du es vielleicht nicht gern wahrhaben willst. Stell dir vor, Thomas ist vielleicht - ist vielleicht ein weiteres nicht eheliches Kind von Luther. Und er ist stinkig. Weil Luther ihn nicht als Sohn anerkannt hat. Oder, weil ...", sie bemerkte KHs skeptischen Blick, „oder weil er

sich vielleicht in Ivi verliebt hatte und ihm zu spät gesagt wurde, dass sie seine Halbschwester ist. Er ist gekränkt und will sich rächen. Er will Luther vielleicht gar nichts tun. Ihm nur ein bisschen Angst einjagen."
Ablehnend schüttelte KH den Kopf; er war nicht überzeugt.
Das spornte Ulla zu weiteren Überlegungen an. „Vielleicht hat er damals in Thüringen im Affekt auf Luther geschossen. Und nun will er …".
Sie kam nicht weiter.
„Du spinnst, Ulla", erklärte KH kurz und bündig.
Der Tag war zu anstrengend gewesen; er fühlte, wie ihn eine bleierne Müdigkeit überfiel. Er küsste sie knapp, drehte er ihr den Rücken zu und schlief ein.

16 Dedo de Dios - Der Finger Gottes

Mit gemischten Gefühlen nahmen sie den gelb-weißen Bus wahr, der Unmengen von Touristen ausspuckte. Natürlich hatten sie kein Anrecht darauf, die Roques de Garcia allein zu erwandern.
„Aber eine halbe Stunde später hätte auch gereicht", murmelte Ulla genervt. Sie waren extra früh aufgebrochen, weil laut Reiseführer die Touristenbusse erst am späten Vormittag die Canadas abklapperten.
Noch hatten sie einen unverstellten Blick von ihrem Aussichtspunkt am Rande des riesigen sonnendurchfluteten Kraters, den bizarre Felsformationen säumten.
Aber sie wollten diese phantastische Landschaft nicht nur von einem Mirador aus bewundern, sondern durchwandern - und zwar möglichst ungestört.
Glücklicherweise hatten die Bus-Insassen anscheinend keine großen Spaziergänge vor.
Sie strömten auf die große Aussichtsplattform unterhalb des Felsens; ununterbrochen fotografierend und filmend. Einige wenige erkletterten die Treppe auf dem gegenüberliegenden Roques und winkten den anderen freudig zu.
Schon bald begaben sich die ersten zurück zum hinter ihnen liegenden Parador, wo sie auf der Terrasse das Mittagessen genießen wollten.
Nur eine einzelne Person setzte sich von der Gruppe ab. Der Mann war als letzter ausgestiegen. Er hatte seine Anorak-Kapuze über den Kopf gezogen und machte sich ohne Umschweife als einziger in ihre Richtung auf den Weg.
Ulla runzelte die Stirn. Er störte.

Nicht nur, dass der Fremde ihre Ruhe unterbrechen würde; nein, er störte einfach – als Person.
Über sich selbst erschrocken, schüttelte sie den Kopf.
Ulla, seit wann stört dich ein einzelner Mensch?
Aber KHs warnendes Hüsteln neben sich ließ sie genauer hinschauen.
Das war doch ...! Thomas!
War er es wirklich?
KH fotografierte den Ankömmling so demonstrativ, dass dieser plötzlich innehielt. Er stutzte einen Moment, als er sie sah, drehte sich dann abrupt um und begann dann sehr schnell seine Wanderung zwischen den Roques, und zwar genau auf dem Weg, den sie sich vorgenommen hatten.
Eilig rannte Ulla hinter KH her, der sich sofort an die Fersen des Wanderers zu heften versuchte.
Aber sie mussten erst den schmalen, steinigen Felsenweg vom Aussichtspunkt hinabsteigen, bevor sie schnaufend den relativ ebenen Weg zwischen den Roques erreichten.
Der junge Mann hatte sich einen deutlichen Vorsprung erarbeitet; sie sahen ihn gerade noch an einer erstarrten dunklen Lava-Wand links um eine rötlich-steinerne Felsnase verschwinden.
Im Gehen wischte sich KH schnell den Schweiß von der Stirn. Ihnen beiden war bewusst, dass sie keine Zeit verlieren durften, wenn sie den Verfolgten nicht verlieren wollten.
Denn weiter vorn gabelte sich der Weg zwischen unüberschaubaren Felsen. So viel wussten sie noch von ihrer Tour aus dem vorigen Jahr, die sie abgebrochen hatten, weil sie auf ein unwegsames Lavafeld geraten waren.

***

Gierig saugte der Mann das Wasser in sich hinein.
Wer hätte gedacht, dass es hier schon am späten Vormittag so heiß und staubig sein würde! Und dass die beiden Alten solch eine Kondition zeigten!
Hinter einem großen Felsbrocken unterhalb des Weges meinte er ihre Stimmen zu hören.
„Achtung, falscher Weg! Polizei informieren! Beweise!"
Nahm er noch richtig wahr, oder litt er bereits unter Halluzinationen?
Quatsch! Reg dich nicht auf. Was wollen sie dir anhaben? Es gibt nichts, das dich überführen könnte.
Schließlich hatte er die Polizeikontrollen zwei Abende zuvor gut überstanden.
Er war als ganz normaler Tourist durchgewinkt worden.
Und das nach einer Schießerei.
Wieso sollte also jemand einen Touristen auf einer typischen Touristen-Bustour in den Canadas verdächtigen?
Also: Keep cool!
Bewusst langsam atmete er aus und ein; bald fühlte er sich besser.
Die Frage blieb nur: Was war der richtige Weg?
Diverse Spuren führten durch das schwarze Lavafeld, an dessen Rand er nun kauerte.
Seit zehn Minuten hatte er keine Markierung mehr gesehen, und sein Zurücklaufen hatte nur bewirkt, dass die beiden Alten zu ihm aufgeschlossen waren. Wenn er Pech hatte, würden sie ihn gleich entdecken.
Entscheide dich!

Unter sich nahm er Bewegungen wahr. Dort schien ein Pfad zu verlaufen. Als dann auch noch zwei junge Männer ihn leichtfüßig überholten und ohne Umschweife nach unten kraxelten, war die Entscheidung leicht.
Ohne Mühe erhob er sich und folgte ihnen in den schwarzen Abgrund.

***

„Da ist er!" Ullas Zeigefinger deutete unmissverständlich nach unten auf eine kleine Kapuzen-Person, und ihre Füße folgten ihrem Finger ohne Bedenken.
„Ulla! Bist du des Teufels? Stopp sofort!"
KH spürte, wie ihm die Puste ausging.
Ungute Erinnerungen an ihre damalige, abgebrochene Wanderung kamen in ihm auf, und er wunderte sich nur, dass Ulla alles vergessen zu haben schien.
„Auf keinen Fall diesen Weg, Ulla. Der ist auf jeden Fall falsch."
Nur widerwillig gab sie nach. Mit zusammen gekniffenen Augen schaute sie auf die erstarrten Lavamassen, in denen sie sich vor einem Jahr verirrt hatten.
Richtig, dieser kleine Pfad da unten war falsch.
„Aber was ist der richtige Weg? Wir dürfen unseren Verdächtigen auf keinen Fall verlieren."
Nein, das war klar, sie durften ihn auf keinen Fall verlieren.
Andererseits wusste KH auch nicht recht, was sie tun sollten, wenn sie ihn stellten.
Bei ihrem letzten Zusammentreffen hatte der andere mindestens eine Pistole dabei gehabt. Ulla und er waren

selbstverständlich unbewaffnet, es sei denn, Wasserflaschen zählten als Wurfgeschosse. *„Und dann sind wir noch nicht mal treffsicher!"*
„Was sagst du, Kalli?"
Glücklicherweise hatte sie sein Gemurmel nicht verstanden.
Ihre weitausladenden Armbewegungen gaben ihm stattdessen eine Wegrichtung vor. „Hier, eine bequemer Abstieg am Rande des Lavafelds nach unten. Ganz ohne Steine. Oder fast ohne."
Er seufzte, denn inzwischen hatte er zu häufig mühevoll lernen müssen, was „bequemer Abstieg" tatsächlich bedeutete. Aber seine suchenden Blicke offenbarten ihm keine Alternative.
Er hoffte nur, dass sie Recht hatte, und sie „am Rande des Lavafeldes nach unten" wirklich schneller den Parkplatz erreichen würden als durch die erstarrten Lavamassen.
Denn nur wenn sie vor dem Verfolgten ankamen, hatten sie eine reelle Chance.
Die reelle Chance, ihn zu stellen.
Und zu überleben.
Das sagte er Ulla nicht. Stattdessen versuchte er, all seine Kraft zu bündeln.

***

Schwer atmend und tief verschwitzt schaffte Thomas die letzten Meter des steilen Aufstiegs.
Unter ihm ragte als monumentaler Felsblock die „Cathedrale" in die Höhe, wie eine Hand gezackt und äußerst steil.

Dennoch hingen einzelne Kletterer mit Leichtigkeit an Seilen in ihren bizarren Ausbuchtungen.
Er gestattete sich nur einen kurzen Blick auf dieses Schauspiel und war froh, dass er endlich den Parkplatz mit seinem Bus erspähte. Der wollte gerade abfahren.
Ohne ihn.
Sein Herz setzte für einen kurzen Moment aus - dann erkannte er, dass er Glück haben würde.
Sein Touristenbus wollte offenbar gerade ohne ihn starten, aber ein altertümlicher roter BMW mit herabgelassenem Verdeck versperrte ihm den Weg. Offensichtlich hatte dessen Fahrer direkt vor dem Nummernschild des Busses geparkt, so dass dieser die nicht vorhandene Parklücke nur mit größter Mühe und mit vielem Vor- und Zurücksetzen verlassen konnte.
Der Busfahrer wirkte genervt, er hupte wiederholt und streifte beim Rückwärtsfahren den hinter ihm parkenden schwarzen Corsa.
Sofort eilten empört einige Menschen herbei, was den Busfahrer erst recht in Aufruhr versetzte: Er hupte nun ununterbrochen.
Das wiederum brachte einen älteren glatzköpfigen Herrn in Wallung, vor dessen Bauch eine Kamera flatterte. Er schwenkte einen Autoschlüssel in Richtung Busfahrer, stieg in den roten BMW ein und steckte den Schlüssel ins Schloss.
Aber statt loszufahren, stand er auf, drehte sich Richtung Bus, hob die Kamera und filmte.
Als der Bus deshalb erneut zum Stillstand kam, erkannte Thomas, dass er es schaffen würde.
Nur noch 50 Meter!

Er schwenkte beide Arme als Zeichen für den Busfahrer, auf ihn zu warten, atmete tief ein und sprintete los.
Leider hatte der die Rechnung ohne den schwarzen Corsa gemacht.
Gerade als er an ihm vorbeirannte, öffnete sich die Fahrertür und mähte ihn um.
Eine ältere Frau entstieg euphorisch, offenbar ohne den Unfall zu bemerken.
Sie wandte sich an die umstehenden Schaulustigen und gestikulierte begeistert in Richtung des einzelnen rotbraun-weiß gestreiften Felsens, dessen Mitte deutlich schlanker als sein Oberteil war.
„Und das ist er - der Finger Gottes, der Dedo de Dinos, der Roques Chinado!", rief sie emphatisch einem älteren weißhaarigen Herrn zu.
Der beachtete ihre Ausführungen nicht, sondern setzte sich sofort an das Steuer des Corsa.
„Der Finger Gottes", wiederholte sie mit geheimnisvoller, aber laut-durchdringender Stimme, als Thomas sich mühsam von seinem Sturz erhob.
Entsetzt erkannte er die Sprecherin.
Ihm schien, dass alle Touristen in der Nähe aufmerksam lauschten.
Die Frau schien sich ihrer Zuhörerschaft sicher zu sein und fuhr in verschwörerischem Ton fort:
„Dedo - der Finger Gottes. Dieser Finger weist auf einen Verbrecher hin, auf einen Mörder, der nicht davor zurückschreckt, sogar seinen eigenen Vater umzu..."
Da verließen ihn die Nerven.

Unvermittelt wühlte er aus seiner Jackentasche die Pistole und hielt sie ohne nachzudenken dem glatzköpfigen BMW-Fahrer unter die Nase. „Schlüssel! Und raus!"
Sofort legte der Glatzköpfige den Schlüssel aus dem Fahrersitz und stolperte aus seinem Auto, begleitet von empörten Schreien der Umstehenden.
Diese Geräuschkulisse versuchte Thomas zu verdrängen; betont sorgsam drehte er den Schlüssel im Schloss und startete los. Hinter ihm stotterte der Bus glücklicherweise und würgte dann ab.
Aber leider - er konnte es genau im Rückspiegel erkennen - sprintete sofort der schwarze Corsa aus der Parklücke. Der weißhaarige Mann hielt konzentriert das Steuer, während die ältere Frau mit unvermuteter Behändigkeit auf den Beifahrersitz kletterte.
Er gab Gas.
Ja, es waren die beiden Alten. Die Störer.
Noch mehr Gas.
Bis zur Auffahrt auf die TF 21 konnte sein roter BMW einen großen Abstand zwischen sich und den Corsa legen. Aber leider musste er dann einige schnelle vorfahrtsberechtigte Fahrzeuge passieren lassen, bis er sich mit quietschenden Reifen in den Verkehr auf der Hauptstraße einreihen konnte.
Geschafft!
Triumphierend blickte er in den Rückspiegel, aber er musste voller Bitterkeit erkennen, dass er den Alten unterschätzt hatte.
Offenbar war dieser zeitgleich mit ihm abgebogen, ohne die Vorfahrtsregeln zu beachten. Nun befand sich der schwarze Corsa direkt hinter ihm.

Thomas lächelte zynisch. Okay, der kleine Corsa hatte sich nicht abhängen lassen - aber was sollte das auf gerader Strecke nützen?
Er trat auf das Pedal, und sofort sprintete der BMW los. Der Abstand vergrößerte sich stetig - zu seiner großen Freude.
Als er dann auch noch in einem waghalsigen Manöver zwei Motorräder und einen Polo überholte, stellte er zufrieden fest, dass der Corsa hierbei nicht folgen konnte.
Er atmete tief aus und versuchte sich zu sammeln.
Was war eigentlich genau passiert? Warum hatte er die Nerven verloren?

***

„Halt drauf, Kalli!" Ulla schien all ihre Umsicht im Straßenverkehr vergessen zu haben. „Fahr, was das Zeug hält. Aber fahr vorsichtig!"
Ihre Kommentare versuchte er nicht an sich heranzulassen.
Stattdessen konzentrierte er sich so stark, dass ihm fast der Kopf zersprang.
Die Strecke verlief zu geradlinig, als dass er den BMW einholen konnte. Aber immerhin schaffte er es nach einer Weile, den Polo und später die beiden offenbar verunsicherten Motorradfahrer zu überholen.
Einer der beiden zeigte ihm einen Vogel.
„Du schaffst es, Kalli. Du kennst die Strecke! Das macht dir Spaß!"
Ulla versuchte verzweifelt, ihn zu ermuntern.

Ja, er kannte die Strecke durch die vielen, fast täglichen Ausflüge in die Canadas.
Und tatsächlich schien Ulla Recht zu behalten. Als sie sich der Seilbahnstation am Fuß des Teide näherten, verlangsamten die vielen Kurven und auch der üppige Querverkehr von den Parkplätzen den BMW.
KH hatte diese Schleifen verinnerlicht, und seine rasante Fahrweise hielt die Autos, die von den Parkplätzen und Seitenstraßen einbiegen wollten, davon ab, sich zwischen ihn und den BMW zu drängen.
Der Corsa holte unter dem schrillen Hupen der anderen Verkehrsteilnehmer auf.
„Super - das machst du toll, Kalli! Aber gib noch ein bisschen mehr Gas, der Corsa kann das verkraften!"
Ungläubig schüttelte KH den Kopf; er kannte seine Frau, eine sehr vorsichtige Fahrerin und Beifahrerin, nicht wieder.
Statt ihm wie üblich die Schilder am Straßenrand „please drive slowly" vorzulesen, feuerte sie ihn zu waghalsigen Manövern an.
Immerhin vermutete sie richtig - ja, diese Verfolgungsfahrt machte Ihm sogar ein bisschen Spaß.
Er trat das Gaspedal bis zum Anschlag durch.
In der nun kurvigeren Strecke zwischen der Seilbahnstation und dem Aussichtspunkt *Montana Blanca Sendero* verlor der BMW zunehmend an Geschwindigkeit.
„Sicher nicht, weil er sich die Sehenswürdigkeit anschaut!", murmelte Ulla in Erinnerung an die weiße Steinwüste. „Er kann die Kurven einfach nicht fahren. Das ist deine Chance, Kalli. Du schaffst es!"

Er schaffte es wirklich: Der rote BMW befand sich keine dreißig Meter mehr vor dem Corsa.
„Er verliert die Nerven, guck!", feuerte Ulla ihn an.
Tatsächlich beschleunigte der alte BMW immer stärker, verlor an Stabilität und schleuderte daher wiederholt in den Kurven von einer Seite zur anderen.
„Da - er hat schon die graue Felswand gestreift! - KH, bleib konzentriert; er schmiert gleich ab!"
Ullas Stimme klang aufgeregt, und auch er nahm wahr, dass der BMW nicht nur links die Felswand, sondern auch mehrfach die rechte Leitplanke berührt hatte.

Das Unglück ereilte Thomas in Form einer entgegen kommenden Gruppe von Radfahrern.
Direkt hinter dem *Blanco Sen*dero in einer scharfen Rechtskurve fuhr der BMW in sie hinein.
Seine hohe Geschwindigkeit verhinderte ein schnelles und effizientes Bremsen; er versuchte auszuweichen, rammte links eine braungelbe Felsnase und fühlte sich dankbar, dass ihm kein anderes Auto entgegenkam.
Leider katapultierte ihn der Aufprall vom Felsen zurück auf die Straße - direkt in die Gruppe der Fahrradfahrer.
Urplötzlich spürte er einen kleinen Widerstand am rechten Kotflügel und einen sperrigen Gegenstand am rechten Hinterreifen.
O nein! Im Rückspiegel sah er, wie ein Fahrrad den Abhang hinunter getrieben wurde. Eine schlanke Gestalt im weiß-roten Trikot blieb bewegungslos auf der Straße liegen.
Er gab Gas, auch um sich von der roter Flüssigkeit abzulenken, die aus der Schädeldecke austrat. Die Teamkolle-

gen, die zuerst bei dem Unfallopfer eintrafen, schwenkten die geballten Fäuste hinter seinem BMW her.

Selbstverständlich bremste KH sofort.
Im Schritttempo passierte der Corsa die Unfallstelle, aber er hielt nicht an.
Fahrradfahrer bildeten sofort eine Absperrung um die Stelle, an der Teamkollegen dem Verunglückten Erste Hilfe leisteten. Außerdem wurden viele Handys betätigt, um Unterstützung von Polizei und Notarzt herbei zu holen.
„Wir können auch nicht mehr tun. Fahr weiter, Kalli!"
Ullas Stimme klang gequetscht.
Er streifte sie mit einem kurzen Blick und stellte beunruhigt fest, dass sie sehr blass und mitgenommen aussah. Dennoch hatte sie Recht. Sie konnten wirklich nicht mehr für den Verunglückten tun.
Aber andererseits – es galt einen mutmaßlichen Mörder zu stellen!
Er gab Gas.
Sofort entstand Unruhe bei den Fahrradfahrern;
Köpfe wurden wütend geschüttelt, das Nummernschild des Corsa wurde mehrfach notiert. Im Seitenspiegel beobachtete Ulla, wie jemand das Zeichen des Halsabschneidens machte.
Sie schluckte. „Fahr einfach ruhig weiter!"
Ihre Stimme klang betont sachlich. Beruhigend legte sich ihre Hand auf seinen Oberschenkel.
„Fahr einfach. Wir haben ja keine Wahl, wenn wir Luther schützen woll ...".
Ihre Stimme brach.

Beunruhigt fasste er nach ihrer Hand. Sie war eisig-kalt.
„Was auch immer passiert – ich liebe dich, Ulla!"
Er hob ihre Finger an seinen Mund und küsste sie.
Dann beschleunigte er den Corsa bis zum Limit, und Ulla biss sich auf die Lippen.

Die wilde Jagd führte sie auf der sich in immer engeren Kurven zusammenziehenden Straße durch rotbraune dicke Lavabrocken. Malerisch gezackt, in allen Farbschattierungen zwischen ockergelb über rötlich-orange bis schwarzbraun. Aber sie hatten kein Auge für die Szenerie.
Irgendwann hörte der Gegenverkehr auf.
„Hat die Polizei etwa schon eine Straßensperre errichtet?", fragte Ulla einerseits hoffnungsvoll, andererseits besorgt.
Denn ohne entgegen kommende Fahrzeuge würde sich der BMW die relativ gerade Mittellinie aussuchen und davon preschen.
Und richtig - nach weiteren 100 Metern hatte dieser die Situation erkannt und gab Gas.
Aber KH nahm sofort die Herausforderung an. Er kannte nicht nur die die Felsen am Straßenrand; noch genauer hatte er den Straßenverlauf und jeden Kurvenwinkel verinnerlicht.
Kurz vor den *Minas de San Jose* würde es wirklich gefährlich werden: Enge Rechts- und Linkskurven wechselten im schnellen Tempo, und Leitplanken fehlten.
Wie automatisch fuhr der Corsa die beste Linie, musste in den Kurven im Gegensatz zum BMW kaum bremsen, und der Abstand verringerte sich zusehends.

„Super, kleiner Corsa!" KH tätschelte das Armaturenbrett, während Ulla versuchte, ihre schrecklichen Vorahnungen zu bändigen.
Im Rückspiegel bemerkte Thomas mit Schrecken, wie sich der kleine Verfolger näherte. Die Strecke war zu kurvenreich, so dass ein starker Motor keinen Vorteil brachte.

***

Nein, Ulla schrie nicht, als der rote BMW wieder einen Felsen streifte, dann aber urplötzlich nach rechts unten in ein Lavafeld sackte.
Der Corsa bremste scharf und kam am Straßenrand zu stehen.
Der BMW hing seitlich auf einem schwarzen Felsen, aber offensichtlich war der Fahrer unverletzt.
Eiligst versuchte er sich zu befreien. Der Schrecken hatte all seine Sinne geschärft, und er wusste genau: Flucht war jetzt seine einzige Chance.
Nur wenige Sekunden nach dem BMW-Fahrer öffnete Ulla eiskalt die Tür ihres Autos und folgte ihm in das Lavafeld.
Es war KH, der sich die Lunge aus dem Leib brüllte.
„Ulla, bist du verrückt?! Bleib stehen! Das muss die Polizei regeln! Der ist bewaffnet!"
Seine Frau winkte ihm beschwichtigend zu und folgte Thomas durch schwarz-braunes Geröll und undurchsichtige Felswände nach unten.
KH war außer sich.
Wie konnte Ulla so unvorsichtig sein?
Aufgewühlt stolperte er ihr nach, als Sirenengeheul und Blaulicht nicht weit von ihm zum Stillstand kamen.

Guardia Civil!
Drei bewaffnete Polizisten sprangen aus dem Auto, orientierten sich kurz und rannten auf ihn zu.
Im Laufen deutete KH atemlos nach unten in die Felsenmasse. „Da! Da unten! Meine Frau und der Mörder!"
Aber dann hielt ein sehr kräftiger Polizist ihn fest, während zwei andere die Verfolgung von Ulla und Thomas aufnahmen.
Verzweifelt versuchte KH sich loszureißen.
Als ihm das nicht gelang, sprudelte er schnell alle wichtigen Informationen heraus.
Der Polizist nickte beruhigend und hielt ihn fester. *No, no - peligroso.* Sicherheitshalber richtete er seine Pistole auf die Felsen unter ihnen.
Na klar, das war gefährlich.
Aber weil KH der Eindruck plagte, dass sein Polizist kein Deutsch verstand, versuchte er seine Fassung zurück zu gewinnen. Er musste einen klaren Kopf bewahren. Irgendwie musste er Ulla retten.
Aber wie?
Unter ihnen ertönte ein Schuss.
Dann Stille.
Sein Herz stockte. Wer hatte geschossen? Ein Polizist oder Thomas? Er horchte angestrengt.
Kein Laut von Ulla.
Was war los? War sie getroffen?
Verzweifelt riss er sich los und kletterte hastig durch das scharfkantige Geröll nach unten.
Da stieß sein Polizist einen gellenden Warnschrei aus.
Vor Schreck strauchelte KH.

Der Uniformierte holte ihn schnell ein und zielte abwechselnd mit seiner Waffe auf den felsigen Weg und auf KH. Dabei flüsterte er eindringlich auf KH ein.
Alto! Peligro.
Ja, ja. Er wusste es selbst. Gefahr.
Er wäre wahrscheinlich nur ein weiteres Opfer. Oder eine willkommene Geisel. Trotzdem.
Vor seinem geistigen Auge spielten sich schreckliche Szenen ab. Ulla, die neugierig wie immer aus der Deckung hervorkam; Ulla, die unvorsichtig ausrutschte und ins Schussfeld des Mörders geriet; Ulla…
Da - erneute Schüsse unter ihnen.
Stille. Dann Stimmen. Spanische Wortfetzen.
Er hielt es nicht mehr aus. „Ich komme, Ulla", keuchte er angestrengt, als er sich durch zwei enge Felsbrocken zu quetschen versuchte.
Kopfschüttelnd machte der Polizist ihm Zeichen stehenzubleiben.
Dann Ullas Stimme; zittrig, aber beruhigend: „Alles okay hier, KH. Pass auf dich auf!"
War sie wirklich gerettet?
KH atmete tief aus und horchte in das Felsenmeer. Seine Hände bluteten.
Tief unter ihm schnaufte und redete Ulla ununterbrochen. Offensichtlich stieg sie aus dem Geröll auf und versuchte ihm Lebenszeichen zu senden.
Endlich tauchte sie auf. Blass, aber unverletzt.
Als sie in KHs Arme fiel, weinten beide.
Wenig später führten die zwei Polizisten stützend einen mühsam humpelnden, in sich zusammen gesunkenen Thomas nach oben.

Er presste die linke Hand an seinen rechten Oberarm; sie war blutig. Sein blasses Gesicht war schmerzverzerrt. Von der Straße erklangen gellende Sirenen und stoppten dann plötzlich über ihnen.
Ambulancia.
Als Thomas dicht an KH und Ulla vorbeigeführt wurde, blieb er plötzlich stehen. Er nickte kurz, wollte etwas sagen, schüttelte dann aber den Kopf und humpelte weiter. Als seine zusammen gesunkene Gestalt vom Kegel des immer noch blinkenden Blaulichts erfasste wurde, drehte er sich kurz um.
„Sagt dem Vat …". Das Reden fiel ihm sichtlich schwer. Er räusperte sich.
„Sagt ihm: Luther", sein Flüstern war kaum hörbar, „Luther, der echte. Es steht bei deiner Macht allein…"
Er hustete. Oben klappte die Tür des Krankenwagens und Sanitäter mit roten Warnwesten eilten ihnen entgegen. Thomas hustete erneut, spuckte Blut. Ein nicht zu deutendes Lächeln verzog seinen Mund gespenstisch.

17 Es steht bei deiner Macht allein die Sünden zu vergeben

Ihren letzten Urlaubstag verbrachten sie in La Esperanza bei Marko und Andrea. Auch Ivi und Luther waren eingeladen.
Das Mittagessen wurde auf der Terrasse serviert an einem schön gedeckten Holztisch mit blau-weiß karierter Decke, tiefblauem Geschirr und hellblau gemusterten Servietten. Es war ein perfekter Tag.
Die Sonne strahlte, und das Meer leuchtete genauso blau wie der Himmel. Die koloniale Architektur des Convento unter ihnen strömte eine majestätische Ruhe aus. Und die würzigen Gerüche des Gartens wetteiferten mit den leckeren Düften aus den Töpfen.
Aber trotzdem.
Trotzdem wollte keine lockere Stimmung aufkommen.
Das lag an Luther.
Er sah sehr alt und mitgenommen aus. Klein, blass und zerfurcht hing er in einem Sessel.
Andrea und Marko blickten besorgt. KH räusperte sich wiederholt. Ulla versuchte durch eine beruhigende Nachricht die Stimmung aufzuhellen.
„Es ist doch gut, dass die Polizei jetzt Thomas verhaftet hat. Nun besteht keine Gefahr mehr."
Luther sank noch tiefer in seine Kissen, und Marko runzelte die Stirn.
Also falsch.
Was dann? Ulla warf einen Blick auf KH, der seine Schultern ratlos zuckte. Auch er wusste keine Antwort.

Schnell sprang Ivi ein und bemühte sich, mit guten Zukunftsperspektiven zur Stimmungsverbesserung beizutragen.
„Ich fange im Februar mit dem Studium an. Politik und Pädagogik und ... Wie? Was meinst du, Andrea?"
Die schien Einwände zu äußern, aber Ivi hob erstaunt ihre Augenbrauen. „Natürlich bekomme ich das Baby. Das ist doch kein Hindernis für ein Studium. Wir freuen uns ganz doll, Sven und ich."
„Sven?" KH schien für einen Moment desorientiert.
Mit einem Lächeln erläuterte Ivi: „Na klar. Sven ist der Vater."
Luther atmete erleichtert aus.
Ivi unterbrach sich für einen kurzen Seitenblick auf Luther und fuhr dann fort:
„Wir beide wollen das Kind. Und wir beide werden uns um den Kleinen kümmern. Svens Mama hilft uns. Und meine Mama natürlich auch."
Mit einem Augenzwinkern auf Ulla fügte sie hinzu: „Und natürlich haben wir im Osten viele und gute Kinderkrippen. Anders als ihr Wessis."
Dann fixierte sie Luther. „Uroma hilft natürlich auch. Sie ist froh, endlich einen Urenkel zu haben. Noch ist sie rüstig. Und natürlich unterstützen uns auch Mahatma und seine Frau."
Sie nahm die tausend Fragezeichen sofort wahr.
„Na ja, Mahatma wurde frei gesprochen. Notwehr. Und außerdem hat er durch seine Aussage zur Aufdeckung eines staatsgefährdenden Komplotts beigetragen. Oder so ähnlich. Jedenfalls kann er in Deutschland bleiben. Mama, Uroma und alle fanden, dass er besser bei uns aufgehoben

ist. Er hat mit seiner Frau eine Kate auf dem Gutshof bezogen. Und da sie keine eigenen Kinder haben, freuen sie sich auf das Baby."
Ihre Stimme dröselte aus. Dann zog sie ihre Schultern straff und blickte Luther direkt an.
„Und ich hoffe, dass sich auch der Opa aufrafft, uns ein bisschen zu unterstützen. Und dass er seinen Enkel aufwachsen sehen will."
Luther zuckte zusammen.
Dann schüttelte er seinen Kopf. Er murmelte in sich hinein. KH und Ulla verstanden nur Bruchstücke.
Leider – Opa kann nicht. Gezeichnet. Schuldig am eigenen Sohn.
Ulla und KH blickten sich verständnislos an.
Andrea entfuhr ein entrüstetes: „Quatsch! Der eigene Sohn hat versucht dich umzubringen!"
Marko reagierte priesterlich: „Luther! Schau dich um! Du hast es hier nur mit Sündern zu tun. Wir alle sind nur Menschen und haben Fehler gemacht. Wir sind alle schuldig. Jesus war das sehr bewusst: Wer frei ist von jeder Schuld, der werfe den ersten Stein!"
Zwar nickte Luther, aber er schien nur halb überzeugt. Da legte Ivi nach:
„Papa, ja ich weiß: Thomas wollte, dass du ihn als seinen Sohn öffentlich anerkennst. Aber du hast auch das Recht, dies zu verweigern. Um dich zu schützen. Um die Mutter zu schützen. Auch ihr habt ein Recht auf Privatsphäre."
Aber Luther ließ sich nicht überzeugen.
Störrisch schüttelte er den Kopf: „Weiß nicht. Wollte immer ohne Fehl und Tadel sein. Meinen Namen verdienen - der bessere Luther."

Er machte eine kurze nachdenkliche Pause. „Falsch. Ich bin der schlechtere Luther", murmelte er zerknirscht, „leider nicht der bessere."
Das brachte KH auf die Palme.
„Was soll das, Herr Suchanek?" fragte er scharf.
Verstört blickte Luther auf, und anklägerisch fuhr KH fort: „Das ist doch nur Selbstmitleid!"
Beruhigend legte Ulla ihre Hand auf KHs Arm, damit er sich mäßigte.
Mit einem Blick auf den zerbrechlichen alten Mann streichelte KH kurz, aber verstehend ihre Hand und fuhr dann leiser fort.
Doch seine Stimme wirkte umso eindringlicher.
„Luther – ja klar, er hat seine Verdienste. Um die Reformation. Aber er war ja nicht frei von Schuld. Im Gegenteil. Schauen Sie sich seine antisemitischen Äußerungen an. Und seine Aussagen gegen die Türken - den Islam. Und sein Paktieren mit den Herrschenden. ´Wider die mörderischen und räuberischen Rotten der Bauern´. Luther war ja nun wirklich kein makelloser Held. Er war ein irrender Mensch. Wie wir alle."
Zustimmende Kopfbewegungen von Marko. Als Priester hätte er es nicht besser formulieren können.
Aber letztlich gab Ivi den Ausschlag. Sie schlug sich vor die Stirn.
„Tut mir leid. Hab ich ja ganz vergessen. Ihr kennt hier ja die neuesten Untersuchungsergebnisse des thüringischen NSU-Ausschusses noch nicht. Die Waffe, mit der Luther angeschossen wurde, stammt auch aus dem vertuschten Überfall auf die Polizeistation. Aber" - und hier hob sie ihre Stimme bedeutungsvoll – „ sie wurde dem mutmaßli-

chen Mörder vom thüringischen Verfassungsschutz ausgehändigt. Er bekam den Auftrag von seinem V-Mann-Führer. Am Tag des Thesenanschlags. Aus Staatsschutz-Gründen. Zur Sicherheit. Bevor Luther noch mehr Details veröffentlichen oder in Interviews verbreiten konnte."
Ivi blickte triumphierend, und alle anderen hielten den Atem an. Zweifelnd und ungläubig.
Was? Von einem V-Mann angeschossen? Im Auftrag des thüringischen Verfassungsschutzes?
Aber - Thomas war doch kein Spitzel. Oder doch? Konnte das sein?
Es war Ulla, aus der es als erste herausplatzte.
„Ja – ja, das ist plausibel. Das kann ich mir gut vorstellen Thomas als V-Person. Ich hatte immer ein ungutes Gefühl. Ja. Das passt."
Andrea stammelte: „ Als V-Mann – und dann den eigenen Vater …!"
Als Luther Einwände erheben wollte, fixierte KH ihn scharf.
„Herr Suchanek! Wir sind doch einer Meinung: Jeder trägt die Verantwortung für sein persönliches Handeln. Jeder muss sich selbst entscheiden für Gut oder Böse. Egal, welche Hintergründe er hat."
Fast unerkennbar nickte Luther.
Versöhnlich senkte KH seine Stimme.
„Und natürlich entschließt sich nicht jeder vaterlos aufgewachsene Junge für Verrat an seinem Vater. Auch nicht dafür, ihn umzubringen. Das wissen Sie genauso gut wie ich. Als der Verfassungsschutz Thomas anheuern wollte, hätte sich genauso gut anders entscheiden können. Er

hatte Entscheidungsfreiheit und trägt die Verantwortung für sein Handeln."
Luther seufzte tief.
Offenbar fiel es ihm schwer, Abschied zu nehmen von den eigenen Schuldvorwürfen und dem Drang, seinen Sohn zu beschützen.
„Aber das Kind – so viel Leiden", murmelte er unzusammenhängend.
In seinen blassen Wangen spiegelte sich der Widerschein des blauen Geschirrs.
Plötzlich erschien in Ullas Erinnerung ein gespenstisches Lächeln in einem durch zuckendes Blaulicht entstelltem Gesicht.
Durch lautes Räuspern verschaffte sie sich Gehör.
„Wir haben einen Auftrag, KH und ich. Als Thomas abgeführt wurde, da hat er uns eine Botschaft für Sie mitgegeben, Herr Suchanek."
Demonstrativ nickte KH und stellte sich direkt hinter Ulla. Ihnen war nun die volle Konzentration aller Anwesenden sicher.
Luther blickte erwartungsvoll. „Für mich? Was hat er gesagt?"
„Es war ein bisschen verschlüsselt, kein fertiger Satz." Ulla zermarterte ihr Gedächtnis nach Einzelheiten; sie wollte keinen Fehler machen. Hilfesuchend wandte sie sich KH zu, der aufmunternd nickte.
Sie sammelte sich und versuchte Thomas´ Tonfall möglichst genau nachzuahmen. „ Etwa so: „Sagt dem Vat ... - Sagt ihm: Luther. Luther, der echte. Es steht bei deiner Macht allein..."
Verblüffte Stille folgte. Ratlosigkeit.

„Mehr nicht?" Andrea schien enttäuscht.
Ivi zog die Augenbrauen hoch: „Typisch Thomas. Immer rätselhaft."
Marko grübelte, schien sich an etwas zu erinnern und suchte dann im Bücherschrank.
„Luthers Kirchenlieder, ja, da müsste es sein", flüsterte er vor sich hin.
Über Luthers faltiges Gesicht huschte ein Lächeln. Er schloss die Augen.
„Bitte nochmal, bitte!"
Ulla zitierte erneut: „Es steht in deiner Macht allein."
Dann fügte sie an: „ Punkt. Mehr nicht."
Luthers Lächeln verstärkte sich. „Doch natürlich ist da mehr."
Gebrechlich und leicht schwankend stand er auf, stützte sich an der Wand ab und sagte dann mit klarer Stimme: „Es steht bei deiner Macht allein die Sünden zu vergeben."
Die ratlosen Blicke seiner Zuhörer veranlassten ihn zu einer kleinen Predigt.
„Die Sünden zu vergeben. Natürlich kann das nur Gott selbst. Aber wir Menschen müssen das auch tun. Anderen Sündern vergeben. *Und vergib uns unsere Schuld. Wie auch wir vergeben unseren Schuldigern.* "
Er setzte sich wieder, faltete seine Hände und schloss die Augen.
Dann flüsterte er: „Ich bin bereit, mein Kind."
Es war Andrea, die die feierliche Stille durchbrach.
„Thomas ist es auch. Sonst hätte er Ulla und KH nicht diesen Auftrag mitgegeben. Und außerdem - wie ist das

Marko, können wir nicht einen Besuchstermin im Gefängnis vereinbaren?"
Es gab Diskussionen, ob dies sinnvoll für Luther war. Aber schließlich einigten sich alle, dass Marko der Vermittler zwischen beiden sollte.
Luther schien recht zuversichtlich.
Da nahm Ivi seine Hand und sagte: „Los, Opa in spe, kehr ins Leben zurück - du wirst noch gebraucht!"
Alle hielten den Atem an.
Die Farbe kehrte in Luthers Wangen zurück. Er straffte seinen Rücken und sagte: „Na dann! Dann muss es wohl so sein."
Er richtete sich gerade auf und sagte nicht nur zu ihnen, sondern offenbar zu einem weltweiten Publikum:
„So ist das Leben. Jeder hat seine eigene Verantwortung. Der Mensch fehlt. Es steht in Gottes Macht allein die Sünden zu vergeben. Ich nehme meine Schuld an. Und ich verzeihe. Ich hoffe, dass mein Sohn mir auch verzeiht."
Dann streichelte er Ivis Kopf.
„Und nun, mein Kind, wollen wir zusammen den Enkel großziehen!"

Ivi, Marko und Andrea vollführten kleine Freudentänze.
Luther war ins Leben zurückgekehrt!
KH atmete erleichtert aus.
Ullas kleines Teufelchen flüsterte in KHs Ohr:
„Und was ist, wenn er nach Deutschland zurückkommt? Wird er vom Verfassungsschutz ständig observiert werden? Oder wird sich dann das organisierte Verbrechen an ihm rächen?"
Entschieden widersprach KH. Auch er flüsterte:

„Ich glaube, du siehst zu schwarz, Ulla. Luther ist ein alter Mann geworden, an dem niemand mehr Interesse hat. Denn den offensichtlich Schuldigen wird bereits der Prozess gemacht. Und die Leute im Hintergrund werden sich nicht an Luther herantrauen – aus Angst, dann ins Visier der Justiz zu geraten. Wenn Luther sich auf seine Opa-Rolle beschränkt, wird ihm nichts passieren."
Dann küsste er sie.
„Und du Ulla – wenn du dich auf deine Oma-Rolle beschränken würdest, dann hätten wir zwei auch ruhigere Zeiten. Ich bin so froh, dass wir alle heil aus dieser Geschichte herausgekommen sind! Um Haaresbreite! Versprich mir: Nie wieder Krimi im Urlaub!"
Heftig küsste Ulla zurück und flüsterte dann:
„Versprochen, KH. Nie wieder Krimi im Urlaub - jedenfalls nicht im Wartburg-Urlaub!"